MO MALO
Intrigen in Saint-Malo

Weitere Titel des Autors:

Tod in Saint-Malo

MO MALO

INTRIGEN
IN SAINT-MALO

**EIN
BRETAGNE-KRIMI**

Aus dem Französischen von
Ulrike Werner

Lübbe

Titel der französischen Originalausgabe:
»Ni Français, ni Breton ...«

Für die Originalausgabe:
Copyright © 2023 by Mo Malo

Für die deutschsprachige Ausgabe:
Copyright © 2025 by Bastei Lübbe AG, Schanzenstraße 6–20, 51063 Köln

Bei Fragen zur Produktsicherheit wenden Sie sich bitte an:
Produktsicherheit@bastei-luebbe.de

Vervielfältigungen dieses Werkes für das
Text- und Data-Mining bleiben vorbehalten.

Textredaktion: Marion Labonte, Wachtberg
Umschlaggestaltung: Guter Punkt, München | www.guter-punkt.de
Bildnachweis: © Andreas Sträußl |
Guter Punkt, München; © Shutterstock: rycw
Satz: hanseatenSatz-bremen, Bremen
Gesetzt aus der Chaparral Pro
Druck und Verarbeitung: GGP Media GmbH, Pößneck

Printed in Germany
ISBN 978-3-404-19448-3

2   4   5   3   1

Sie finden uns im Internet unter luebbe.de
Bitte beachten Sie auch: lesejury.de

Hauptpersonen

Maggie Corrigan: geborene Maggie O'Connell, 70 Jahre, feierte im ersten Band »Tod in Saint-Malo« diesen runden Geburtstag, Betreiberin des Gästehauses *Manoir des Corrigan*, Witwe von Constant Corrigan

Louise Corrigan: 44 Jahre, geschieden, einzige Tochter von Maggie und Constant, Lehrerin an der Grundschule Saint-Joseph und ehrenamtliche Helferin im *Manoir des Corrigan*

Énora Corrigan: 22 Jahre, ledig, Studentin der Veterinärmedizin, steht kurz vor dem Examen, einzige Tochter von Louise und Enkelin von Maggie, ebenfalls ehrenamtliche Helferin im *Manoir des Corrigan*

Christophe Guilloux: 42 Jahre, ledig, Leiter der Polizeiwache von Saint-Malo, stammt ursprünglich aus Vannes, erst seit Kurzem im Amt

Emma Lobo: 37 Jahre, geschieden, Mutter von Leo und Rose, Hauptkommissarin bei der Kriminalpolizei, Stellvertreterin von Christophe Guilloux

Fanny Horvais: 23 Jahre, Angestellte von Guy Le Divellec, Jugendfreundin (und heimliche Lebensgefährtin) von Énora Corrigan, Geschäftsführerin des Gästehauses *Beauregard*, einer Dependance der Pension *Le Repaire des corsaires*

Alain Le Divellec: 46 Jahre, geschieden, Ex-Mann von Louise Corrigan, Fotograf bei der Tageszeitung *Le Pays malouin* und Inhaber des Fotostudios »Le Divellec«

Guy Le Divellec: 56 Jahre, Bruder von Alain, Betreiber der Pension *Le Repaire des corsaires*, verheiratet mit Aline, kinderlos

Sophie Kervazo: 23 Jahre, Kindheitsfreundin von Énora, Zimmermädchen im *Manoir des Corrigan*

5

Jacques Gaillard: 70 Jahre, Rentner, verheiratet, Liebhaber von Maggie Corrigan

Fabienne Leroy: 34 Jahre, ledig, Leiterin des Fremdenverkehrsamts in Saint-Malo

Dodik Cadiou: 67 Jahre, Witwe, Nachbarin des *Manoir des Corrigan* und berüchtigte Klatschbase der Rue du Puits-Sauvage

Arnaud Prigent: Alter unbestimmt (im Ruhestand), Säufer, treuester Stammkunde der illegalen Kneipe im *Manoir des Corrigan*, verbreitet gern Klatsch und Tratsch

Malo: 22 Jahre, Jugendfreund von Énora und insgeheim in sie verliebt, Zeitungsausträger der Tageszeitung *Le Pays malouin*

Weitere Personen

Francis Lemoine: 54 Jahre, seit zwölf Jahren linksgerichteter Bürgermeister von Saint-Malo, ausgebildeter Rechtsanwalt und Hobbysegler, Ziel eines Anschlags auf hoher See

Françoise Lemoine: 51 Jahre, geborene Françoise Arhouet, Ehefrau von Francis Lemoine, geboren in Saint-Malo, ehemalige Aktivistin der bretonischen Unabhängigkeitsbewegung, lebt in Trennung

Théo Lemoine: 17 Jahre, Sohn von Francis und Françoise, Gymnasiast am Lycée La Salle-Passy-Buzenval in Rueil-Malmaison (Hauts-de-Seine)

Claire Lebreton: 41 Jahre, erste stellvertretende Bürgermeisterin von Saint-Malo, ehemals Chemikerin bei der Unternehmensgruppe Timac

Bernard Chauvel: 60 Jahre, Geschäftsmann, Vorstandsvorsitzender des Unternehmens Chauvel, Förderer von Tourismusprojekten, insbesondere eines Öko-Parks in Saint-Malo

Sènnt Chauvel: Ehefrau von Bernard Chauvel und Stiefmutter von Élier

Élier Chauvel: 17 Jahre, Sohn von Bernard, Gymnasiast am Lycée Institution in Saint-Malo Intra-Muros, begeistert sich für die Geschichte der Stadt Saint-Malo

James Hillbie: 63 Jahre, englischer Historiker, Experte für Saint-Malo und dessen Beziehungen, Initiator einer Ton- und Lichtshow

Yves-Malo Bazin: 68 Jahre, Vorsitzender der Gesellschaft für Geschichte, Association historique de Saint-Malo (AHSM)

Erwan Bazin: 53 Jahre, Bruder von Yves-Malo, ehemals Angestellter beim Handelshafen und Archivar der AHSM

Joseph Prigent: 49 Jahre, genannt Jojo, Cousin von Arnaud, Beamter bei der Nationalpolizei, ehemals Ordner im Stadion von Brest

Étienne Mazurel: 45 Jahre, Unterpräfekt von Saint-Malo

Laurent Dugué: 43 Jahre, lokaler Oppositionsführer (Les Républicains)

Marc Coullon: 55 Jahre, Organisator der Transatlantik-Einhand-Segelregatta La Route du Rhum

Yvon Glévarec: 48 Jahre, Leiter des Segelclubs von Bon-Secours

Janot: Alter unbekannt, in Saint-Malo als »Möwenflüsterer« bekannt

Clara: 26 Jahre, Kinderkrankenschwester im Krankenhaus Broussais in Saint-Malo, Ex von Fanny

Soizic: 23 Jahre, Kellnerin in der Crêperie *Le Corps de garde*, Ex von Énora

Lorie Gazeau: 27 Jahre, Krankenschwester auf der Intensivstation des Krankenhauses Broussais in Saint-Malo

Gezeitentabelle
für Saint-Malo

23.September	
Flut	00:59 Uhr
Ebbe	06:38 Uhr
Flut	13:14 Uhr
Ebbe	18:48 Uhr

PROLOG

*23. September, Saint-Malo, irgendwo auf dem Meer zwischen
den Inseln Harbour und Cézembre, kurz vor Mittag*

Um ihn herum war das Meer bestrebt, so smaragdgrün zu
schimmern, wie es die von ihm selbst freigegebenen Reisepro-
spekte anpriesen. In gewisser Weise verdankte dieses Wasser
seinen schmeichelhaften Ruf als unvergleichliches Farbenspiel ihm. Eine Landschaft so zu prägen war nicht gerade eine
Kleinigkeit. Das war sein Einfluss, und seit er den hatte, genoss er jede Minute und alle Vorzüge.

Mit einer Hand in seinem von der Gischt steifen grauen
Haar und der anderen am Steuer, wendete er und lenkte den
kleinen Katamaran hart am Wind in Richtung des offenen
Meeres. Er gab sich noch eine Stunde Zeit, um die Bucht von
Saint-Malo zu erreichen, und wahrscheinlich würde er wie immer auch dicht an Cézembre vorbeisegeln, ehe er zum Strand
zurückkehrte. Immer die gleiche Tour. Tatsächlich segelte er
mit seinen Mitte fünfzig nie viel weiter. Aber da er in Saint-
Malo zu den Zugezogenen zählte, erschien ihm das Segeln als
eine der Tätigkeiten, die man von ihm als Bürgermeister der

Stadt erwartete. Und weil er glaubte, damit bretonischer zu sein als jeder waschechte Bretone, fuhr er seit zwölf Jahren jeden Samstagmorgen aufs Meer hinaus.

Inzwischen hatte er sogar seinen nun siebzehnjährigen Sohn Théo überreden können, sich ebenfalls in der Segelschule von Bon-Secours anzumelden, wo er selbst sein Boot zu mieten pflegte – für sein Image erschien es ihm auch wichtig, lediglich ein einfacher Segler zu sein und kein reicher Freizeitkapitän mit eigenem Boot. Häufig begleitete sein Sohn ihn bei seinen Ausflügen. Seit er sich jedoch gezwungen gesehen hatte, Théo in einem Internat in der Nähe von Paris unterzubringen, teilte dieser die selbst auferlegte Freizeitpflicht nicht mehr mit ihm, und Francis brachte sein windiges Opfer allein.

War das wirklich so lästig, wie er es nur sich selbst eingestand? Nicht wirklich. Der Septembermorgen auf dem gischtsprühenden Wasser mit seinem wechselnden Farbenspiel gestattete ihm vielmehr eine Zeit der Ruhe, die er vorbehaltlos genoss. Er hatte nicht oft die Gelegenheit, sich von den Pflichten seines Amtes zu lösen. Als soziales Chamäleon und Mensch mit einem dauerhaften Geschäftslächeln im Gesicht genoss er solche Momente, in denen er in Ruhe grübeln konnte, ohne eine Rolle einnehmen zu müssen. Meeresbrise, bläuliches Licht, der Duft nach Salz und Seetang. Alle seine Sinne arbeiteten gemeinsam daran, seine Gedanken auf null zu setzen, die Verbindungen waren so gut wie vollständig gekappt. Tatsächlich hatte er ausnahmsweise keines seiner drei Smartphones mitgenommen, weder die beiden dienstlichen noch sein privates.

Das war auch bitter nötig, um den aktuellen Scherereien zu entkommen. Nicht nur dem Ärger wegen Théo, sondern auch dem wegen Françoise und wegen all dieser Idioten, die ihm das Leben zur Hölle machten, angefangen beim Stadtrat bis hin zum Premierminister. Ganz zu schweigen von den anstehenden Terminen, der nächsten Route du Rhum im November und vor allem dem Wahlkampf für die Kommunalwahlen im kommenden Frühjahr, der bereits in vollem Gang war und seine aktuellen Handlungen beeinflusste.

Plötzlich brachte ihn eine Querböe fast zum Kentern. Er stellte das Ruder gegen den Wind und stoppte die Jolle. Einige Augenblicke lang verharrte er so, von den Wellen hin und her geworfen, wie zwischen Zeit und Raum. Schließlich füllte er das Segel mit einer winzigen Bewegung des Ruders wieder mit Wind und wendete über Backbord. Für einen eher unfreiwilligen Amateur, so dachte er, schlage ich mich gar nicht so schlecht. Das Segeln hatte zumindest einen Vorteil: Mit dem Nordwind vertrieb es die Sorgen und blähte auch die Segel seiner Motivation wieder auf. Nach jedem dieser Ausflüge fühlte er sich, als könnte er alles erobern, weit über die Korsarenstadt in seinem Rücken hinaus. Ließe man ihm nur mehr Raum für Muße, könnte er viele schöne Dinge für diese Küste tun ... Und nicht nur für die Bretagne. Sein Geist vagabundierte von Dünkirchen bis Menton.

Er schwelgte noch in bittersüßen Gedanken, als er weit entfernt am Horizont einen weißen Schiffsrumpf bemerkte. »Sieh mal einer an«, murmelte er vor sich hin. »Ist der Kerl tatsächlich auch hier?«

Aus derselben Richtung ertönten mehrere Signale eines Nebelhorns, ohne dass er den Grund für den Alarm verstand. Dann jedoch tauchte ein weiteres Objekt in seinem Sichtfeld auf. Es war schwarz, kam näher und wurde immer größer. Bald schon vernahm er das typische Brummen eines Außenbordmotors. Unter Missachtung jeglicher Navigationsregeln bewegte sich das Boot auf ihn zu.

Was um alles in der Welt macht dieser Idiot?

Im Hintergrund war die weiße, zierliche Silhouette eines Schul-Katamarans zu sehen, nur wenig kleiner als sein eigener, aber zu weit entfernt, um den Skipper ausmachen zu können. Seine ganze Aufmerksamkeit galt jetzt dem Zodiak, das wie ein Torpedo auf ihn zuschoss. Es folgte zwar einem geraden Kurs, aber das Boot schien vollkommen leer zu sein, ohne eine Menschenseele an Bord.

Ein Geisterschiff!

Wie war das möglich? War der Steuermann etwa über Bord gegangen? Aber wenn dem so war, wie konnte das Boot dann so schnell fahren, mit Vollgas und direkt auf ihn zu?

Sehr bald wich die Verunsicherung wegen dieses unsichtbaren Fremden einer panischen Angst um sich selbst. Mit zitternden Händen begann er, seinen Kurs zu wechseln, zögerlich, welche Richtung er wählen sollte. Nach mehreren unfreiwilligen Wenden steuerte er seinen Katamaran schließlich aus dem Wind nach Steuerbord, was ihm zunächst als beste Möglichkeit erschien, außer Reichweite des Geschosses zu gelangen. Ein Blick über seine Schulter jedoch offenbarte ihm das Undenkbare: Das motorisierte Geschoss wendete in seine Richtung. Als würde es ihn ins Visier nehmen! Es sah aus wie eine dieser Lenkraketen aus Hollywood-Kriegsfilmen. Jetzt lagen nur noch wenige Dutzend Meter zwischen ihnen. Das Klatschen des rasenden Schlauchboots auf dem Wasser tickte den Countdown für einen Aufprall, der unvermeidlich war, das wurde Francis jetzt klar. Sein Segelboot würde dem Verfolger selbst mit Höchstgeschwindigkeit nicht mehr entkommen. Die Sache war gelaufen.

Und doch hielt der Aufprall, der nur wenige Sekunden später folgte, noch eine weitere Überraschung für ihn bereit.

Er hatte seine Hände um das Tau geklammert, um nicht weggeschleudert zu werden, in Erwartung einer heftigen, aber vorhersehbaren Kollision des Fiberglasrumpfes mit der kautschukartigen Oberfläche des Zodiak. Stattdessen jedoch erblühte dort, wo die beiden Boote aufeinandertrafen, eine leuchtende Garbe, eine Art aus den Fluten aufsteigende Feuerkugel. Die Druckwelle schleuderte ihn durch die Luft, dann stürzte er mit seinem ganzen Gewicht zurück auf den aufgerissenen Katamaran. Die Schwimmweste half ihm in dieser Situation nicht wirklich. In dem Moment, in der er das Bewusstsein verlor, drängte eine letzte, geradezu lächerliche Feststellung an die Oberfläche: »Ich sterbe auf See wie ein echter Bretone.«

Ob sein Nachfolger in einem der neueren Stadtteile von Saint-Malo eine Statue zu seinem Gedenken errichten lassen würde?

1

Saint-Malo, Manoir des Corrigan, *vier Stunden zuvor*

»Hier schreit eine Frau in Todesangst ...«

»Wo, Madame?«

»Gegenüber von meinem Haus. Kommen Sie schnell!«

»Wo befindet sich Ihr Haus?«

»Rue du Puits-Sauvage, Stadtteil Saint-Étienne. Kommen Sie bitte.«

Mit diesen Worten hatte Dodik Cadiou mit ihrem grauen Bubikopf hinter den grauen Vorhängen ihres grauen Hauses den Alarm ausgelöst.

Aber als die Feuerwehrleute weniger als zehn Minuten später auf ihre Veranda stürmten – die Wache lag am Rand der Innenstadt in der Avenue Louis-Martin –, waren auf dem Wirtschaftsweg am Stadtrand von Saint-Malo keine Schreie mehr zu hören.

»Sind Sie ganz sicher, dass die Rufe aus dem *Manoir des Corrigan* kamen?«, erkundigte sich der Einsatzleiter zweifelnd.

»Vollkommen sicher! Entsetzliche Schreie. Es klang, als würde jemand gefoltert.«

Die Röte des runden Gesichts der dick eingemummelten Frau in den Sechzigern konkurrierte mit der Farbe des Rettungswagens vor ihrem Haus.

»Am Telefon haben Sie von einer Frau gesprochen ... Wie kommen Sie zu dieser Annahme?«

»Weil die Schreie so schrill klangen. Wie eine Sirene!«

Gewissenhaft überquerten die vier Feuerwehrleute die Straße und zogen an dem rostigen Glockenzug vor dem monumentalen Tor. Auf der rechten Hofseite jenseits der Gitterstäbe stand das Hauptgebäude eines der für Saint-Malo typischen Herrenhäuser, auf der linken Seite befand sich ein Komplex aus Nebengebäuden.

Zwei bis drei Minuten später durchschritt eine Dame in einem schottisch karierten Morgenmantel mit einem Gehstock in der Hand den Hof.

»Gibt es ein Problem, *Lieutenant*?«

Das letzte Wort hatte sie mit einem starken englischen Akzent ausgesprochen. Die elegante Siebzigjährige mit dem grauen Bob hatte also anhand der Anzahl der Streifen auf der Brust der Feuerwehrleute deren Dienstgrade identifiziert.

»Guten Tag, Madame. Ihre Nachbarin hat uns von verdächtigen Geräuschen aus Ihrem Haus berichtet.«

»*Damn!*«, rief die alte Dame verärgert. »Was denn für verdächtige Geräusche?«

»Schreie einer Frau.«

»Schreie einer ...?«

Maggie Corrigans Lachen hallte wie ein Donner.

»Was ist daran so lustig?«, erkundigte sich der Einsatzleiter verärgert.

»*Well*, Ihnen dürfte doch sicher bekannt sein, dass es au-

16

ßer Schmerz noch andere Gründe für unkontrolliert ausgestoßene Laute gibt, oder?«

Die drei anderen Uniformierten begriffen die Anspielung früher als ihr Vorgesetzter und schmunzelten, während dieser noch immer verblüfft dreinblickte.

»Ach so«, sagte der Mann schließlich und errötete. »Diese Art von Schreien ...«

»Richtig, Sir. Wenn meine reizende Nachbarin dann und wann ebenfalls im Schlafzimmer aktiv sein würde, könnte sie zwischen Lust und Leid unterscheiden. Das hoffe ich zumindest für sie.«

»Verstehe ...«

Die vier Feuerwehrleute drehten sich gleichzeitig um und blickten tadelnd in Richtung des nur wenige Dutzend Meter entfernten grauen Häuschens. Dodik Cadiou wurde knallrot und verzog sich beleidigt in ihre Höhle, wie ein verschreckter Einsiedlerkrebs.

Da war die Feuerwehr doch tatsächlich wegen eines gewöhnlichen Sexspielchens mobilisiert worden! Zugegeben, die Frau, die so früh am Morgen derart laut gewesen war, entsprach nicht gerade dem, was angesichts solch lustvoller Ausbrüche zu vermuten gewesen war. Aber trotzdem ... Wenn man nicht mehr vögeln durfte, ohne vom Nachbarn angezeigt zu werden – ganz egal, wie alt man war –, wohin sollte das führen?

In Maggies Zimmer im ersten Stock in einem der Nebengebäude des *Manoir* lag der Grund für ihre stimmlichen Ausschweifungen noch immer im Bett. Der Mann mit dem weißen Bart war sieben Jahre jünger als sie, aber immerhin auch schon über sechzig, und strahlte eine Virilität aus, die sie bei ihren Liebhabern aus der näheren Umgebung kaum noch fand.

In den zwei Tagen, seit er in dem von ihr geleiteten Gästehaus wohnte, hatte er sie mit seinen feurigen Vorstößen verwöhnt.

Nachdem sie ihm die Anekdote mit den Feuerwehrleuten erzählt hatte, erklärte er:

»Hm, du weißt doch, dass nicht nur *firemen* schon am frühen Morgen bei Kräften sind. *I know another morning glory, here, that requires some urgent help* ...«

Mit diesen Worten griff er nach ihrer Hand und versuchte, Maggie in die zerwühlten Laken zu ziehen. Doch sie setzte eine halb vergnügte, halb strenge Miene auf und schalt ihn freundlich:

»Los jetzt! Ich muss das Frühstück servieren, und du musst recherchieren. Ich weiß zwar, dass ihr Engländer seit jeher davon träumt, die Bewohner von Saint-Malo zu unterdrücken, aber ich möchte dich daran erinnern, dass du nicht nur hier bist, um ein paar Purzelbäume zu schlagen.«

»Soll das ein Witz sein?«, schimpfte er grinsend. »Du stammst ebenso wenig aus Saint-Malo wie ich aus Spanien. Und was die Beziehungen zwischen meinem Land und dieser Stadt angeht, so bin ich hier, um die Eintracht zwischen unseren beiden Völkern wiederherzustellen. Wenn ich dir das noch ein einziges Mal beweisen dürfte ...«

Mit gespitzten Lippen gab er ihr einen Kuss, den sie amüsiert mit dem Handrücken wegwischte.

Tatsächlich fragte Maggie sich, wie ihre Tochter und ihre Enkelin darauf reagieren würden, dass sie mit einem Engländer schlief, also einem Vertreter der angestammten Feinde von Saint-Malo, auch wenn dieser ein so angesehener Historiker wie James Hillbie war. Deren Kritik wollte sie sich lieber noch nicht aussetzen.

»Sag mal, hast du nicht heute Morgen einen Termin beim Bürgermeister?«

»*No, darling.* Erst in drei Tagen, nächsten Dienstag. Heute treffe ich mich mit den alten Herren von der AHSM.«

»Na bitte«, trumpfte sie auf, »sag ich's doch: Du bist *overbooked.* Also los, zieh dich an und verschwinde!«

Im mahagonigetäfelten Gemeinschaftsraum saßen die wenigen Gäste des *Manoir des Corrigan* vor ihren Tassen mit dampfendem Kaffee, die ihnen von einer Blondine mit ausladenden Hüften und rundlichen Wangen serviert worden waren.

»Sophie!«, begrüßte Maggie sie. »Wie weit bist du mit dem *Potato Farl*?«

Das Kartoffelbrot war die Spezialität des Hauses und einer von vielen Hinweisen auf die irischen Wurzeln der Betreiberin. Ebenso wie die gerahmten Ansichten von Baltimore an den Wänden oder die Romane der Krimi-Autorin L. T. Meade in den Bücherregalen.

»Steht auf dem Herd.«

»Und du lässt das unbeaufsichtigt?! Willst du uns abfackeln, oder was? Hast du vielleicht die Feuerwehr gerufen?«

Die Servicekraft verschwand in der Küche, ohne auf den ungerechtfertigten Vorwurf einzugehen.

Zu Beginn eines neuen Schuljahres hatten sie immer das gleiche Problem. Louise, Maggies Tochter, ging wieder zurück an ihre Arbeit als Lehrerin in der Schule Saint-Joseph. Auch samstags morgens. Maggies Enkelin Énora, die Dritte im Bunde dieses Frauenhaushalts, hatte gerade ihr Praktikum zum Abschluss ihres Studiums der Veterinärmedizin in der Tierklinik in Saint-Jouan-des-Guérets begonnen und musste öfter Bereitschaftsdienste übernehmen. Das *Manoir* war also völlig unterbesetzt.

»Soll das etwa heißen, dass du morgen nicht um 11:30 Uhr in der Kathedrale sein wirst?«, hatte sich Maggie am Abend zuvor aufgeregt.

»Natürlich komme ich, Granny. Mama auch. Du weißt, dass wir das um keinen Preis verpassen wollen. Aber du weißt auch, dass wir es erst auf den letzten Drücker zum Beginn der Feier in die Innenstadt schaffen.«

Seit zwanzig Jahren ließ Maggie Corrigan jeden 23. September, dem Jahrestag von Constants Tod, in der Cathédrale Saint-Vincent eine Gedenkmesse für ihn lesen.

Für Constant, ihren verstorbenen Ehemann, ihre große, verlorene Liebe, den sie liebevoll CO_2 genannt hatte (**Constant Corrigan**), und der auch so viele Jahre nach seinem Tod für sie lebenswichtiger war als Sauerstoff. Wie er wohl von seiner Wolke aus ihre kleine Geschichte mit dem britischen Historiker aufnehmen würde?

Wahrscheinlich schlecht. Constant Corrigan war ein waschechter Bewohner von Saint-Malo, einer von denen, die jahrhundertealte Streitigkeiten nicht einfach so begruben. Die eigene Frau dem Feind zu überlassen, hätte ihm gar nicht gefallen.

In diesem Moment beobachtete sie durch die Glastüren zum Innenhof, wie James Hillbie endlich das Haus verließ – als wäre er ein Echo auf ihre Gedanken. Er zupfte an seiner Hose herum in dem Versuch, sein verknittertes Outfit zu richten und war so beschäftigt, dass er Jacques Gaillard, den grauhaarigen Endsechziger und Maggies offizieller Liebhaber, kaum bemerkte.

»Monsieur«, begrüßte ihn Jacques Gaillard mit einem steifen Nicken.

»Sir.«

Die beiden Männer sahen sich einen Moment an, sondierten den Blick des jeweils anderen, um dessen Status und Absichten herauszufinden. Offenbar kamen beide zu dem Schluss, dass sie es mit einem Rivalen zu tun hatten und setzten wortlos ihren Weg fort.

James lautet die englische Version von Jacques, überlegte Maggie. Ihre beiden Lover trugen also den gleichen Vornamen. Wäre die kleine Szene, die sie gerade beobachtet hatte, für sie nicht so unangenehm, hätte sie laut gelacht.

Nach ein paar Schritten in Richtung des Herrenhauses wandte sich Jacques, der Franzose, ab und ging zurück zur Straße. Er würde sie also nicht besuchen. Ob er James, den Engländer, angreifen würde?

Maggie konnte nicht wissen, dass Jacques Gaillard bis zu diesem Zwischenfall mit den besten Absichten zu ihr gekommen war. An jenem Morgen hatte er ihr nämlich mitteilen wollen, dass er zeitnah einen Termin bei der Kommission der Präfektur vereinbart hatte, welche die Ausschanklizenzen vergab. Er würde zu Maggies Gunsten handeln, damit aus ihrer illegalen Kneipe eine offizielle wurde, die ihr neue Einnahmen verschaffen sollte.

Nun aber war er sich nicht mehr so sicher, ob er ihr ein solches Geschenk machen wollte. Er wusste nicht einmal, ob er sie überhaupt wiedersehen wollte.

2

Saint-Malo, Cathédrale Saint-Vincent, 11:32 Uhr

»*Bleedin' feckin' hell!* Habt ihr die Noguette nicht läuten hören? Ist nicht einmal diese Glocke laut genug für euch?«

Maggie stand auf dem Vorplatz der Cathédrale Saint-Vincent, blickte ungefähr so freundlich drein wie einer der Wasserspeier von der Fassade und raunzte die beiden Gestalten an, die auf sie zuhasteten. Die eine, ihre Tochter, hielt zerknirscht den Kopf gesenkt, ihre Enkelin hingegen wirkte so aufmüpfig wie ihr roter Wuschelschopf.

Alle drei waren feierlich gekleidet.

»Du hättest uns Lilybeth überlassen können, anstatt sie selbst zu nutzen«, schimpfte Énora. Mit dem Daumen deutete sie auf den marineblauen VW Käfer, der nachlässig auf einem Lieferantenparkplatz abgestellt war – eine typisch »Maggie-Corrigan«-mäßige Art, öffentlichen Raum zu nutzen. »Dann hätten wir uns nicht so abhetzen müssen. Weißt du, wie lange es mit dem Bus von Saint-Jouan hierher dauert?«

»*All righty*, Schluss mit der Makelei«, antwortete Maggie in ihrem üblichen Sprachmischmasch. »Wir sind spät dran, und der Pfarrer hat mir deutlich zu verstehen gegeben, dass wir nur eine Stunde haben, keine Minute länger. Selbst die Trauer wird heutzutage nach ihrer Dauer berechnet!«

»Es heißt mäkeln, Mama, nicht makeln«, korrigierte Louise.

Maggie überhörte die Bemerkung, schwenkte ihren Gehstock mit dem silbernen Knauf in Richtung des Kirchenportals und betrat das Halbdunkel, in dem Weihrauchschwaden waberten. Die Noguette, eine der fünf Glocken der Kathedrale, die den Einwohnern von Saint-Malo tagtäglich den Rhythmus vorgab, hatte inzwischen aufgehört zu läuten.

Die drei Frauen blieben stehen, um ihre Fingerspitzen in das Weihwasserbecken am Eingang zu tauchen, und dann noch einmal, als sie sahen, wie viele Gläubige sich bereits auf den Bänken niedergelassen hatten. Es war nicht gerade dieselbe Menge wie an großen Festtagen, aber immerhin bevölkerten gut hundert fast ausschließlich ergraute Köpfe die Reihen zu beiden Seiten des Kirchenschiffs. Obwohl Constant bereits seit gut zwanzig Jahren tot war, versammelte er immer noch mehr Gemeindemitglieder als so mancher Lebende. Eine beachtliche Leistung, vor allem für einen Pfaffenfeind wie ihn.

Wie es die Tradition verlangte, ließen sich die drei Frauen ganz vorne auf den für sie freigehaltenen Plätzen nieder, mit Blick auf den modernen Altar und einen hochgewachsenen Priester in makelloser Albe. Seine Stimme hingegen klang ein wenig mickrig:

»Schwestern und Brüder ...«, begann er.

»Kein Boogie-Woogie vor dem Abendgebet«, zitierte eine unbekannte Stimme flüsternd eine Liedzeile hinter ihnen. Die Corrigan-Frauen hatten große Mühe, ihr Lachen zu unterdrücken, was der Priester sofort mit einem finsteren Blick tadelte. Eddy Mitchell in einem Gottesdienst – was für eine Frechheit!

»... Wie Sie alle wissen, haben wir uns hier wie jedes Jahr zu diesem Datum zusammengefunden, um das Andenken an den verstorbenen Constant Corrigan auf Wunsch seiner Witwe Maggie Corrigan zu feiern.«

Mit nun ernster, fast andächtiger Miene nickte Maggie zustimmend. Die Ankunft von zwei Nachzüglern, Énoras Lebensgefährtin Fanny Horvais und Louises Ex-Mann Alain Le Divellec, schien ihre Gedanken kaum zu stören. Nur Louise drehte sich um und begrüßte den Vater ihrer Tochter mit einem kleinen, dankbaren Nicken. Nach ihrer Trennung war ihre Freundschaft wie ein unzerstörbares Denkmal bestehen geblieben – ähnlich dieser Kirche, die bis auf die Turmspitze die amerikanischen Bombenangriffe von 1944 wie durch ein Wunder überstanden hatte.

Maggie kümmerte sich nicht um das übliche Geplapper des Priesters – er hielt jedes Jahr mehr oder weniger die gleiche Predigt –, sondern ließ ihren Geist und ihren Blick unter den hohen Spitzbögen schweifen. Hier und da blieb ihr Blick an den bootsförmigen Votivbildern hängen, die Fischer oder Reeder aus Dankbarkeit gespendet hatten. Am häufigsten dankten Überlebende der Heiligen Jungfrau. Dieses Glück blieb Constant verwehrt, dachte sie. Sein Boot war gesunken. Die *L. T. Meade* war in dem flachen Küstenkanal zwischen den Inseln Grand Bé und Cézembre in der dort sehr starken Strömung zerschellt.

Als sie spürte, dass ihr die Tränen kamen, simulierte sie einen ihrer üblichen Narkolepsieanfälle und ließ den Kopf mit halb geschlossenen Augenlidern auf die Brust sinken. Schon lange glaubte sie nicht mehr an Gott oder den Teufel. Doch der Gedanke an Constant bewegte sie noch immer. Das Gefühl beschäftigte sie so sehr, dass ihr die Anwesenheit ihres enttäuschten, am frühen Morgen aus dem *Manoir* geflüchteten Liebhabers entging, der zwei oder drei Reihen hinter ihr saß. Jacques Gaillard, ein von Natur aus fröhlicher Mensch, trug heute ausnahmsweise einen Schmollmund zur Schau. Ein Schlitzohr, hätte der eine oder andere vielleicht gesagt. Kaum zu glauben, dass er ein paar Wochen zuvor, im Frühsommer, so dumm gewesen war, Maggie einen Heiratsantrag zu machen. Und nun hatte er nur wenige Stunden zuvor den neuen Liebhaber seiner Geliebten beim Verlassen ihres Bettes erwischt. So schien es zumindest. Dass er selbst auch noch verheiratet war? Das war so eine Sache. Aber für die Liebe seiner schönen Irin wäre er bereit gewesen, alles zu verlassen, auch seine Frau. Und in seinem Alter war es keine Kleinigkeit, seinen häuslichen Komfort aufzugeben.

»Ich lade Sie nun zu einigen Minuten stillen Gebets ein«, säuselte der Koloss in Soutane und Stola. »Danken Sie dem Herrn zum Beispiel für all die schönen Momente, die Sie damals mit Constant erlebt haben.«

Maggie gelang es nicht, ein freches Grinsen zu unterdrücken, und sie versuchte, die anzüglichen Bilder zu vertreiben, die ihr plötzlich in den Sinn kamen. Constant war alles andere als zurückhaltend gewesen. In ihren frühen Jahren hatte er sich sogar einen Spaß daraus gemacht, eine Karte mit den Orten in der Stadt zu erstellen, an denen sie sich geliebt hatten. Überall in der Korsarenstadt erhoben sich unsichtbare Stelen, die an ihre Leidenschaft erinnerten. Die Kathedrale, in der sie sich gerade aufhielten, belegte dabei einen der ehrenvollsten Plätze. Das Grab eines gewissen Jacques Cartier in einer Apsis des Chors erinnerte sich bestimmt noch lebhaft daran. Was man doch alles zu entweihen bereit war, wenn man sich so sehr begehrte wie Constant und sie ...

»Psst«, zischte ihr jemand ins Ohr. Sie zuckte zusammen.

Eine magere Hand tippte ihr auf die Schulter. Ein kurzer Blick nach hinten zeigte ihr das Gesicht der Störenden: eine Dame, so alt, dass sie noch aus der Zeit der Erbauung der Kathedrale zu stammen schien. Das Gesicht kam ihr vage bekannt vor. Die Innenstadt von Saint-Malo, Intra-Muros genannt, war eigentlich ein Dorf, denn die Menschen, denen man das ganze Jahr über dort begegnete, kannten sich alle zumindest vom Sehen. Maggie jedoch gelang es nicht, ihrem diffusen Gefühl einen Namen zuzuordnen. Was mochte die alte Scharteke von ihr wollen, dass sie so unhöflich war, ihre »Andacht« zu stören?

»Ich habe Ihren Constant an jenem Tag gesehen«, flüsterte die Unbekannte mit zittriger Stimme.

»*What the f...!*«

»Wissen Sie, ich lebe seit vierzig Jahren auf dem Stein.«

»Auf welchem Stein?«

»Auf der Grand Bé. Ich war auch vor zwanzig Jahren dort, als Ihr Mann verschwand.«

Es brauchte eine ganze Menge, um Maggie Corrigan mundtot zu machen. Aber jetzt hatte es ihr vollkommen die Sprache verschlagen. All die tausend Fragen, die sich aus der Aussage der Alten ergaben, blieben ihr im Hals stecken.

»Sein Boot«, fuhr die Frau flüsternd fort, »ist nicht vor Cézembre gesunken, wie man behauptet hat.«

»Wer ist *man*?«

»Na, die Polizei!«

Diese Information war nicht ganz unbedeutend. Die polizeiliche Untersuchung hatte damals ergeben, dass Constant in der gefährlichen Enge zwischen Grand Bé und Cézembre

Schiffbruch erlitten hatte. Dabei wurde jedoch nie geklärt, warum weder die *L. T. Meade* noch ihr Skipper je geborgen werden konnten.

»Was hat er denn sonst gemacht, wenn er nicht untergegangen ist?«

»Er ist abgebogen.«

»*Feckin' hell!*«, fluchte Maggie leise. »Was soll das heißen? Können Sie sich nicht *more clearly* ausdrücken?«

»Das, Gnädigste, ist doch offensichtlich: Er ist in Richtung Cézembre gefahren, im letzten Moment abgebogen, hat die Insel umrundet und ist dann weiter auf das offene Meer hinausgesegelt.«

»Aber wohin?«

»Keine Ahnung, ich bin schließlich keine Hellseherin.«

So absurd und verblüffend diese Erkenntnis auch war, sie hatte den Vorteil, erklären zu können, warum das Wrack und die sterblichen Überreste von Constant unauffindbar geblieben waren.

Die verrückte Hypothese warf allerdings eine weitere Frage auf, die für Maggie von entscheidender Bedeutung war: Warum um alles in der Welt hatte Constant, der angeblich nur einen Ausflug nach Cézembre hatte machen wollen, sich plötzlich entschlossen, jenseits der kleinen Insel auf das offene Meer hinauszufahren? Was hatte er so weit weg von seinem Zuhause gewollt, noch dazu auf einem Boot, das für Fahrten entlang der Küste und nicht für die hohe See gebaut war?

Maggie verrenkte sich fast den Hals, um die Alte weiter auszufragen, musste jedoch feststellen, dass diese bereits das Kirchenschiff durchquert hatte und gerade im hellen Licht einer halb geöffneten Seitentür verschwand.

Sie entdeckte Jacques und beantwortete seine verkniffene

Miene mit einem verzerrten Grinsen. Die Erkenntnis traf sie wie ein Schlag: Solange sie das Rätsel um Constants Tod nicht gelöst hatte, war zwischen ihnen nichts Ernsthaftes oder Dauerhaftes möglich. Während sie noch zögerte, der alten Dame zu folgen und damit die Leute, die sie selbst zum Gedenkgottesdienst eingeladen hatte, einfach stehen zu lassen, erschütterte ein weit entfernter, aber gewaltiger Knall wie ein Kanonenschuss aus dem Meer die Kathedrale mitsamt der Gemeinde. Fast fegte es sie aus dem Kirchengestühl.

Der Pfarrer war genauso erschrocken wie seine Schäfchen und suchte nach beruhigenden Worten, ohne sie jedoch zu finden. Krisenmanagement wurde im Priesterseminar offenbar nicht unterrichtet.

Nach ersten Sekunden der Bestürzung verbreiteten sich schnell Vermutungen. Soweit die einen wussten, lag derzeit kein Kriegsschiff der Marine in der Bucht oder im Hafen von Saint-Malo vor Anker. Andere wiederum meinten, dass ein derart gewaltiger Knall nur von einem Industrieunfall herrühren könne. Ein betagt wirkender Mann, der nur wenige Bänke von den Corrigans entfernt saß, verkündete so selbstbewusst, wie man in diesem Alter nur sein kann, mit lauter Stimme:

»Ich habe ja immer gesagt – das endet hier noch mal so wie in Beirut. Bei all dem Dünger, der in den Docks lagert, ist es nicht verwunderlich, dass das Zeug irgendwann explodiert. Und jetzt ist es passiert! Es ist in die Luft geflogen!«

3

Saint-Malo, Intra-Muros, Vorplatz der Cathédrale Saint-Vincent

Seitdem die drei Corrigan-Frauen vor einigen Monaten die Breizh Brigade wieder ins Leben gerufen hatten – ihre kleine Ermittlergruppe für Kriminalfälle –, spürten sie einen neuen Zusammenhalt, der sich fast unwillkürlich in ihren Gesten und Reaktionen zeigte. Und so waren sie alle drei sofort aus der Kathedrale gestürmt, ohne sich vorher abzusprechen. Die anderen Gemeindemitglieder folgten ihnen auf dem Fuße.

Der Priester fand sich wortlos mit dem abrupten Ende seiner Messe ab – oder vielmehr *ihrer* Messe, schließlich waren die Damen die Auftraggeberinnen. Niemand hatte noch Respekt vor irgendetwas, nicht einmal vor dem lieben Gott und seinen Stellvertretern.

»Woher kam das, was glaubt ihr?«, überlegte Louise auf dem Vorplatz. Ihr langer brauner Pferdeschwanz hatte sich in der Eile halb gelöst.

»Auf jeden Fall war es nicht innerhalb der Stadtmauern«, entschied Énora. »Dann hätte man nämlich nicht nur die

Explosion gehört, sondern auch das Beben noch stärker gespürt.«

Schon wurden die drei von Schaulustigen umringt. Dass die Explosion während der Feier erfolgt war, mochte zwar nur Zufall sein, aber das Chaos, das mitten in ihre Gebete einbrach, verunsicherte sie in ihrem Glauben. So wie damals an Weihnachten, als ein als Satan verkleideter Witzbold während der Christmette aufgetaucht war und »Gott ist tot!« geschrien hatte. Ein paar festlich gekleidete Väter hatten ihn ohne großes Federlesen aus der Kirche geworfen. Aber jene, die damals Kinder gewesen waren, gruselten sich noch heute.

»Wenn man die Ausbreitung des Geräuschs bedenkt, würde ich sagen, dass es vom Meer kam«, behauptete ein Mann in den Sechzigern, der eine Reporterweste trug.

»*What makes you say that?*«, fragte Maggie und verzog das Gesicht. »Sind Sie Sprengstoffexperte?«

Hatte nicht gerade einer der Gläubigen die ballistische Hypothese eines Kanonenschusses auf See ausgeschlossen?

»Nein, aber ich habe mein Leben lang als Tontechniker beim Fernsehen gearbeitet. Ich kenne mich also ein wenig damit aus, wie Geräusche sich ausbreiten. Und in diesem Fall kann ich sagen, dass bei einer derartigen Ausbreitung und dem fast gedämpften Klang der Druck im Epizentrum ziemlich stark gewesen sein muss.«

Eine kleine Frau, die an allen Gedenkfeiern teilnahm, ob sie den Verstorbenen nun kannte oder nicht, rief: »Drüben an der Mole ist offenbar eine Menge los.«

An der Môle des Noires.

Der Name des Damms ließ die älteste Corrigan-Frau nostalgisch schaudern. Als Constant noch lebte, waren sie gern auf dieser Mole spazieren gegangen. An den Deich selbst und an den nahe gelegenen Strand hatten sie beide die eine oder andere lustvolle Erinnerung. Und obwohl ihre spontanen Gefühlsbekundungen im Laufe der Jahre seltener geworden waren, empfanden sie auch weiterhin eine besondere Zuneigung zu diesem Ort. Eine Art Dankbarkeit für diesen langen, der Brandung ausgesetzten Damm aus Stein und Zement. Trotz des schlechten Charakters der einen und der Treulosigkeit des anderen blieb die Mole eine Art Bindeglied zwischen ihnen ... Ein Ort der Begegnung im edelsten und intimsten Sinne des Wortes.

»Ich habe ... Ich habe eine SMS von der Redaktion erhalten«, stotterte Alain hinter ihnen. »Sie bestätigt, dass auf der Mole große Hektik herrscht.«

Der Fotograf der Tageszeitung *Le Pays malouin* schien wild entschlossen, sich an den Ort des Geschehens zu begeben. Wie üblich trug er seine Leica bei sich – die Kamera verließ ihn nie.

»Tut mir leid«, flüsterte Fanny ihrer Liebsten ins Ohr, »aber ich kann nicht mitkommen. Der Schlosser ist gerade in Guilloux' Wohnung und wartet auf mich, damit er anfangen kann.«

»*Fuck* ... Konntest du das nicht auf später verlegen?«

»Nein. Monsieur le Commissaire ist zwar nett, aber im Grunde eben auch ein Mieter wie jeder andere.«

»Du meinst blöd?«

»Sagen wir mal nörglerisch und anspruchsvoll. Andererseits ist das nach drei Monaten Wartezeit auch irgendwie verständlich.«

Der neue Leiter der Polizei von Saint-Malo, Christophe Guilloux, forderte bereits seit Anfang des Sommers den Austausch des Schlosses an seiner Eingangstür, und jetzt war es schon fast Ende September. Als Verwalterin der kleinen Zweizimmerwohnung, die sie im Auftrag ihres Chefs Guy Le Divellec vermietete, konnte Fanny die Erfüllung seiner Forderung nicht länger hinauszögern.

Die drei anderen Frauen liefen, von Alain wie von einem Schatten begleitet, im Eilschritt durch die kleine Rue Pourpris, die zunächst in die Rue Broussais und dann in die Rue de Dinan mündete, die wiederum zum Stadttor gleichen Namens führte.

Obwohl die Touristensaison inzwischen vorbei war, wimmelte es auf der leicht abfallenden Einkaufsstraße vor Spaziergängern – es war also ein ganz normaler Samstagmittag in Intra-Muros. Vermutlich kamen die meisten Flaneure aus Rennes und wollten das Wochenende am Meer verbringen; viele Bewohner der bretonischen Hauptstadt hatten einen Zweitwohnsitz an der Smaragdküste.

Die Hast der kleinen Gruppe löste die unterschiedlichsten Reaktionen aus – von neugierig bis belustigt. Wer mochte diese exaltierte Omi in dem schwarzen Kleid sein, die trotz ihres Gehstocks wie eine Verrückte zwischen den Besuchern und den Verkaufsständen mit bretonischem Steingut hindurchflitzte? Hatte sie etwas mit dem heftigen Knall zu tun, der die Innenstadt erschüttert hatte?

Nachdem sie die Porte de Dinan, eines der am besten erhaltenen Tore der Stadtmauer, passiert hatten, mussten sie rechts an der Mauer entlang auf die Esplanade Surcouf abbiegen. An der Flanke des großen runden Turms, der zur Bastion Saint-Philippe am Anfang der Mole gehörte, war eine schlichte Tafel angebracht, die an »Alle unsere auf See vermissten und umgekommenen Seeleute« erinnerte. Jedes Mal, wenn Maggie daran vorbeiging, empfand sie einen Stich in der Brust. Auch jetzt.

»Wissen Sie zufällig, was passiert ist?«, fragte sie einen Passanten in einer gelben Regenjacke, die angesichts des strahlenden Wetters irgendwie fehlplatziert wirkte.

»Nicht wirklich ... Nach der Explosion haben wir da drüben

viele Stimmen gehört ... Später rannten dann viele Einheimische zu den Fischern, die schon vor Ort waren.«

Der Tourist im Ölzeug deutete auf das etwa fünfhundert Meter entfernte Ende der Mole, wo sich der weiße Turm mit dem blutroten Semaphor erhob.

Mit pochenden Herzen legten die Corrigan-Frauen und Alain den halben Kilometer auf dem Damm zurück, der sich in Richtung Dinard und auf das offene Meer hinaus erstreckte. Rechts wurde er von einer Mauer und links von einem blauen, vom Salz zerfressenen Metallgeländer begrenzt. Sie, die sonst von der herrlichen 360°-Aussicht auf die Bucht von Saint-Malo und die Festungsstadt hinter ihnen zu schwärmen pflegten, hatten jetzt nur Augen für die Menschen am Ende der Mole. Je näher sie ihnen kamen, desto deutlicher erkannten sie die Aufregung. Hektisch bewegten die Leute Arme und Angelruten und schrien durcheinander.

Auf ihre erneute Frage nach dem Geschehen packte ein bärtiger Mann mit roter Cousteau-Mütze Maggie am Arm und half ihr, auf die niedrige Mauer zu klettern, die an dieser Stelle eine Rundung bildete:

»Sie wollen wissen, was hier los ist, Madame? Nun, das hier ist los!«, rief er und deutete nach unten.

Auf dem Wasser, wo die Wellen gegen die schwarzen Felsen der Mole klatschten, nach denen das Bauwerk benannt war, dümpelte ein zum größten Teil zerfetzter Hobie-15-Katamaran. Angesichts des Zustands seiner Schwimmkörper, vor allem desjenigen an Steuerbord, war es erstaunlich, dass er noch nicht gesunken war. Doch das Schockierendste befand sich an Bord: ein regloser, blutüberströmter Männerkörper, der wie ein Bündel auf der Mittelplanke hing, welche die beiden Hälften des Schiffes verband. Zu sehen war nur sein Rücken; sein Gesicht und seine Identität waren nicht erkennbar.

Alain begann sofort zu fotografieren, sozusagen aus beruflichem Reflex. Rotkäppchen gefiel das ganz und gar nicht. Der Mann beschimpfte ihn und machte Anstalten, auf Alain loszugehen, um die Entweihung zu beenden:

»Hey, du Aasgeier, ich helf dir gleich! Findest du nicht, dass das eine Schande ist?«

»Nein. Ich … ich …«

Obwohl er seit Jahrzehnten in der Region für die Lokalzeitung unterwegs war, wirkte Alain Le Divellec jetzt hilflos, er konnte mit solchen Situationen nicht umgehen. Auseinandersetzungen waren für ihn eine Fremdsprache, die er nicht zu erlernen vermochte.

»*Feckin' hell!*«, donnerte Maggie an seiner Stelle und hielt ihren Gehstock zwischen die beiden Männer. »Alain ist Reporter bei *Le Pays malouin*. Er darf so viele Bilder machen, wie er will. Und wenn Sie morgen etwas zum Schauen haben wollen, sollten Sie ihn lieber seinen Job machen lassen.«

Der Fischer wich einen Schritt zurück und senkte sofort seine Stimme. Dass Maggie der Meinung war, ihre eigene Freiheit zu recherchieren ginge mit Alains Freiheit zu informieren Hand in Hand, verschwieg sie.

»Das wusste ich nicht …«, grummelte Rotkäppchen.

»Nun, jetzt wissen Sie es, *bollocks*!«

»Um Himmels willen! Heilige Scheiße!«, rief plötzlich einer der Männer, der sich über die Mauer gebeugt hatte. »Habt ihr gesehen, wer das da unten ist?«

Niemand antwortete, aber alle beugten sich weiter vor, um den Kopf des Verletzten aus einem anderen Winkel betrachten zu können – selbst auf die Gefahr hin, dabei ins Wasser zu fallen.

»Mist, das ist Lemoine!«

»Lemoine?«, keuchte Louise. »Etwa Francis Lemoine?«

»Leute, das ist unser Bürgermeister!«, rief der Mann, der den Verletzten als Erster erkannt hatte. »Unser Bürgermeister ist tot!«

4

Saint-Malo, Môle des Noires

»Unser Bürgermeister ist tot!!!«

Der neugierige Fischer hatte so laut geschrien, dass jeder an diesem Ende des Damms die Nachricht mitbekommen hatte. Sie wanderte bereits den zementierten Deich bis zur Stadtmauer hinauf und verbreitete sich wie ein Lauffeuer, das zudem alle anderen Gesprächsthemen im Keim erstickte. Heutzutage schwappen Wellen von Gerüchten jedoch über andere, digitale Meere und landen schließlich an anderen elektronischen Ufern. Die Schaulustigen auf der Mole zückten ihre Smartphones und gaben die Nachricht weiter. Auch Rotkäppchen. Plötzlich fand niemand es mehr unschicklich, die makabre Szene zu fotografieren: den leblosen Körper des vierundfünfzigjährigen Francis Lemoine, seit fast zwölf Jahren Bürgermeister in Saint-Malo, dessen zweite Amtszeit nun gleichzeitig mit seinem Leben endete.

»In den sozialen Netzwerken geht es schon rund«, stellte Énora fest und schwenkte ihr Smartphone vor den Augen ihrer Mutter und ihrer Großmutter.

»Und was steht da?«, erkundigte sich Louise.

»*Guess what!* Dass Lemoine losgezogen ist, um den Blauen Hummer zu fangen, dass aber die Hummer gegen ihn gewonnen haben.«

Maggie nutzte jede Gelegenheit, um ihre Tochter zu ärgern, und doch schimmerte unter der rauen Fassade immer auch Zärtlichkeit.

»Sehr witzig ...«

»Na ja, man berichtet über die Explosion vor der Küste und die Entdeckung der Leiche unseres Bürgermeisters nur wenige Minuten später.«

»Haben die beiden Dinge denn miteinander zu tun?«

»Nun, Granny, ich nehme an, genau das ist die Frage«, antwortete ihre rothaarige Enkelin mit den tätowierten Armen sehr ernst.

Während sich das Geräusch von Sirenen auf Polizeiautos näherte, berieten die drei Frauen sich kurz. Ihnen war klar, dass die zur Verfügung stehende Zeit sehr knapp werden würde, sollten sie eigene Nachforschungen über das beunruhigende Ereignis anstellen wollen – und sie konnten der Versuchung, ein gutes Rätsel zu lösen, einfach nicht widerstehen. In Kürze würden Christophe Guilloux und zahlreiche seiner Leute auf der Mole auftauchen, und dann wäre es zu spät. Die Breizh Brigade war eine gegen jede Vorschrift handelnde, geheime Gruppe und wollte dies auch bleiben, sowohl um der eigenen Ruhe willen als auch wegen einer gewissen Handlungsfreiheit.

Ohne darüber abstimmen zu müssen, teilten die Frauen die anstehenden Aufgaben sofort untereinander auf.

Énora ging die Mole hinauf zum Quai de Dinan und der gleichnamigen Anlegestelle und befragte die Passagiere eines Ausflugsdampfers, der gerade aus Dinan gekommen war. Zum

Zeitpunkt der Explosion waren die Touristen auf dem Meer gewesen, vielleicht hatten sie etwas bemerkt.

»Ja«, bestätigte ein Urlauber in gestreiften Shorts, »als wir den Knall hörten, sahen wir so etwas wie einen Feuerball über dem Wasser.«

»In welcher Richtung?«

»Ungefähr in Richtung Cézembre.«

»Haben Sie vielleicht gesehen, ob in der Nähe kurz vor oder nach der Explosion noch andere Boote unterwegs waren?«

»Ich bin nicht ganz sicher, weil wir weit entfernt waren und unser Boot ziemlich geschaukelt hat. Aber ich meine, einen kleinen Katamaran gesehen zu haben.«

Wahrscheinlich den Hobie 15 von Francis Lemoine, der nun schwer beschädigt war. Aber das Boot war nicht gesunken, obwohl einer der beiden Schwimmkörper fehlte – ein kleines Wunder der Schiffsbaukunst.

Maggie widmete sich der heiklen Aufgabe, die Angler auszuhorchen, die sie eben erst getadelt hatte. Die älteste der Corrigan-Frauen fand nichts amüsanter, als ihre Unverfrorenheit zu demonstrieren und setzte dafür ihren ganzen Charme und ihr loses Mundwerk ein. Glücklicherweise entpuppten sich zwei oder drei der Herren als Stammgäste der illegalen Kneipe im *Manoir*. Erinnerungen an eine fröhliche Zecherei waren hervorragend geeignet, um Zungen zu lockern.

»Oh, das war gar nicht so weit weg«, erklärte einer von ihnen. »Ich würde sagen, zwischen der Île Harbour und Cézembre, höchstens drei oder vier Kilometer von hier.«

»Sind Sie sicher, dass der Katamaran wegen der Explosion in diesem Zustand ist?«

»Oh ja, daran besteht kein Zweifel«, stimmte sein Kumpel zu. »Es gab einen großen Lichtblitz am Bug des Bootes, und dann diesen heftigen Knall. Im Fernglas konnte ich sehen, dass der Hobie ganz schön was abgekriegt hat.«

»Aber das, was ihn in die Luft gejagt hat, haben Sie nicht zufällig gesehen?«, hakte Maggie nach.

»Leider nicht ...«, meinten die Zeugen. »Sicher ist aber«, fügte der Wortgewandteste hinzu, »dass das Boot durch die Wucht in Richtung Küste geschleudert wurde. Sonst wäre es nie so schnell hier angetrieben.«

Da hatte er wohl recht: Der Zeitraum zwischen der Detonation und der Entdeckung des Katamarans am Fuß der Mole war in der Tat recht kurz gewesen. Höchstens fünfzehn Minuten. Wahrscheinlich hatte das mit dem Druck zu tun.

»Und dann?«

»Nichts weiter. Wir haben beobachtet, wie das Wrack auf uns zutrieb. Erst als wir den Zustand des Kerls an Bord erkannten, wurde uns klar, wie schlimm es wirklich war. Aber das wissen Sie sicher schon, Sie kamen doch höchstens zwei Minuten, nachdem wir ihn gefunden hatten.«

»*Right* ... Und Sie haben keine anderen Schiffe auf dem Wasser gesichtet? *I mean*, in der Nähe des Katamarans?«

»Doch, einen weiteren Katamaran. Aber der war viel größer. Diese Art Doppelrumpfboot für Freizeitkapitäne.«

»Und wo?«

»Südwestlich von ihm, zwischen Grand Bé und Cézembre.«

»Das Schiff sah aus wie die *Sisyphos*«, mischte sich ein Fischer ein, der bis dahin geschwiegen hatte.

»Die *Sisyphos*? *What's that*, die *Sisyphos*?«

»Das Fünfzehn-Meter-Boot von Chauvel. Ich glaube, es liegt in Bas-Sablons in Saint-Servan vor Anker.«

Chauvel? Bernard Chauvel?, überlegte Maggie. Der Mann galt als einer der risikofreudigsten und erfolgreichsten Geschäftsmänner von Saint-Malo, der Tourismusprojekte mit Finanzspekulationen verknüpfte. Seine Unterstützung für Francis Lemoine – vor allem, aber nicht nur finanzieller Art – war allgemein bekannt. Bei den letzten beiden Kommunalwahlen, auch schon bei der ersten, bei der noch niemand den aus der Hauptstadt abgeworbenen Kandidaten auf dem Schirm gehabt hatte, war er an Lemoines Seite aufgetreten. Ob sie gemeinsame Interessen hatten? Gut möglich.

»Wie kommen Sie darauf?«

»Ganz einfach: Fünfzehn-Meter-Boote, die in Saint-Malo registriert sind und ein großes blaues Hermelin auf den Schwimmern tragen, gibt es nicht gerade in rauen Mengen.«

Ein paar Schritte weiter wurde Louise mit einer ganz anderen Art von Tier konfrontiert. Der alte Mann, der sie schon seit mehreren Minuten belaberte – knorrig wie ein Tau, mit Matrosenmütze und einem für die Jahreszeit viel zu warmen Caban – ließ nicht locker:

»Meine Schätzchen haben alles gesehen. Wissen Sie, von dort oben verpassen sie nichts. Sie sind die Augen dieser Stadt.«

Die Schätzchen von Janot, so hieß der Alte, kreisten direkt über ihnen. Ihre schrillen Rufe schienen seine Aussage zu bestätigen. In der gesamten Innenstadt nannte man ihn den »Möwenflüsterer«. Er war Sozialhilfeempfänger und kannte sämtliche örtliche, manchmal etwas verworrene Legenden. Janot war vielleicht nicht das einzige vom Prestige der Korsarenstadt angelockte Original, aber sicher eines der folkloristischsten. Für ein paar Münzen erzählte Janot den Touristen seine ganz persönliche Version der Geschichte der philosophischen und schwatzhaften Möwe Jonathan.

»Und? Was haben die außer der Explosion noch gesehen?«

»Tut mir leid, sie fürchten sich. Im Moment weigern sie

sich, irgendetwas zu erzählen, sogar mir. Das beweist, wie viel Angst sie haben!«

Die Lehrerin musste über sein Gefasel lächeln – es klang wie das Theater, das einige ihrer Schüler ihr vorspielten, wenn sie ihr irgendetwas nicht verraten wollten –, aber sie fragte weiter:

»Und Sie? Haben Sie etwas bemerkt?«

»Ich?« Er wirkte überrascht. »Kann sein, dass ich ein anderes Segelboot gesehen habe, nicht weit von dem kleinen Katamaran entfernt. Aber ich sage wirklich nur: kann sein. Okay?«

»Könnten Sie das andere Segelboot identifizieren?«

»Nein, nein, das können nur meine Schätzchen.«

Als die Corrigan-Frauen sich auf der Hälfte der Mole wiedertrafen, rauschten drei der blau-weiß-roten Peugeots der Nationalpolizei heran und parkten gegenüber der Porte de Dinan auf freien Behindertenparkplätzen. Endlich hörte das Sirenengeheul auf. Ein knappes Dutzend Polizisten sprang aus den Fahrzeugen und rannte den Deich entlang. Die beiden Anführer der Truppe fielen dadurch auf, dass sie keine Uniform trugen. Der lange Lulatsch mit dem sportlichen Schritt war Commissaire Christophe Guilloux. Die junge Frau gleich hinter ihm, mit langem, vom Wind zerzaustem brünettem Haar, konnte nur seine Stellvertreterin Capitaine Emma Lobo sein.

Glücklicherweise stand die Menge der Neugierigen mittlerweile so dicht, dass die Breizh Brigade unbemerkt die Leiter über die Brüstung erreichen und zum Strand hinunterklettern konnte. Zumindest hofften sie, nicht bemerkt zu werden.

Mit den Füßen im Sand und an die Deichmauer gepresstem Rücken ließen sie die Polizisten über ihren Köpfen vorbeiziehen, ehe sie sich wieder zu rühren wagten.

»Polizei! Polizei, aus dem Weg!«, bellte Guilloux. »Meine Damen und Herren, ich muss Sie bitten, den gesamten Bereich zu räumen.«

Vor den drei Corrigan-Frauen erstreckte sich der kleine Strand Môle entlang der Stadtmauer von der Bastion Saint-Philippe bis zur Poterne d'Estrées. Obwohl er nicht so frei lag wie die anderen Strände der Stadt, hatte er eine große Anzahl treuer Anhänger. In Saint-Malo wurde er gerne als der Strand der »echten Malouins« bezeichnet, die ebenso wie Maggie diese felsigen Pools dem Bad im offenen Meer vorzogen. Der große flache Felsen, auf dem sie gerne lag, befand sich tatsächlich am anderen Ende dieses Sandstreifens.

Doch der Ort weckte nicht nur süße Erinnerungen. Nur wenige Monate zuvor war Maggie hier von Guilloux' Beamten abgeführt worden. Eine unangenehme Erfahrung, die sie lieber nicht wiederholen wollte. Die Breizh Brigade hatte sich vorgenommen, Kriminalfälle zu lösen ... nicht Teil davon zu werden.

Hatten L. T. Meade oder Agatha Christie im wirklichen Leben etwa all die Menschen getötet, die in ihren Romanen abgeschlachtet wurden? Waren sie jemals Komplizinnen oder auch nur Zeuginnen dieser Verbrechen geworden? Maggie bezweifelte es. Und wie ihre berühmten Vorbilder wollte sie in Zukunft höchstens literarisch und nicht etwa gerichtlich von sich reden machen.

5

Saint-Malo, Porte Saint-Vincent, Café de Saint-Malo

Maggie hatte nie verstanden, warum das ehemalige *Café de Paris* vor einigen Jahren in *Café de Saint-Malo* umbenannt worden war. »*That's so stupid!*«, hatte sie damals kommentiert. »Jeder weiß, dass man in einem *Café de Saint-Malo* sitzt – weil man sich nämlich in Saint-Malo befindet! Es ist, als würde man die *Brasserie Fouquet's* in *Champs-Élysées* umbenennen, nur weil sie dort liegt ...«

»Einen Kir Cassis, bitte«, bestellte sie jetzt beim Kellner.

Sie hatte das abschließende s von Cassis nicht ausgesprochen. Noch etwas, das ihr manchmal entging – diese Buchstaben am Ende eines Wortes, die man je nach Situation aussprach oder auch nicht. »*French people are just crazy, but the French language is really nasty*«, sagte sie gern.

Louise und Énora schlossen sich ihrer Bestellung an, und es dauerte nicht lange, bis drei kühle, beschlagene rubinfarbene Gläser vor ihnen standen. Diese Stärkung brauchten sie jetzt, um sich von der jüngsten Aufregung zu erholen.

Einer Aufregung, die nicht nur sie empfanden. Wenige

Schritte entfernt, unter einem der beiden Bögen der Porte Saint-Vincent, dem wichtigsten Zugang zur Innenstadt für Fußgänger, sprach eine Gruppe städtischer Beamter mit einem uniformierten Polizisten. Es bestand kein Zweifel, worüber sie redeten. Wer auf der Café-Terrasse und auch darüber hinaus aufmerksam lauschte, vernahm in Saint-Malo nur noch dieses tragische Gerücht: Bürgermeister Francis Lemoine war gerade Opfer eines Attentats geworden.

»Attentat, Attentat! Ist es nicht ein bisschen *early* für diese Theorie?«, meinte Maggie und nippte an ihrem süßen Getränk.

»Absolut! Bei dem hohen Tidenhub und den starken Strömungen in der Bucht kommt es in der Schifffahrt gar nicht so selten zu Zwischenfällen. Vor allem, wenn sich irgendwelche Trottel ohne Bootsführerschein und ohne die geringste Erfahrung aufs Meer wagen.«

Énora wusste, wovon sie sprach, sie war die Einzige von ihnen, die jemals Segeln gelernt hatte. Auf ihren Törns durch die Bucht war sie mehr als einmal gekentert, ehe sie die schwierigen Stellen zu umgehen wusste, vor allem die Rippströmung, die um Cézembre herum zwei bis drei Knoten schnell werden konnte.

»Trotzdem«, mischte sich Louise mit ungewöhnlicher Begeisterung ein. »Es gab eine Explosion genau an der Stelle, wo er Schiffbruch erlitten hat. Ihr müsst zugeben, dass das bei einem Schiff ohne Motor sehr ungewöhnlich ist!«

Alle Berichte, die sie gesammelt hatten, deuteten darauf hin, dass eine Explosion die schweren Zerstörungen verursacht hatte, die sie selbst an dem Hobie 15 gesehen hatten.

»Na endlich!«, rief sie und griff nach ihrem vibrierenden Telefon. »Alain hat mir gerade eine Auswahl seiner Fotos von der Mole geschickt.«

Von der eigentlichen Mole war zwar auf den Bildern nicht viel zu sehen, aber der Ausdruck klang immer noch diskreter, als von einem Tatort zu sprechen. Der Fotograf von *Le Pays malouin* hatte mit seinem starken Zoom Details eingefangen, die mit keinem noch so guten Smartphone festgehalten werden konnten. Die hohe Auflösung der Bilder ermöglichte es zudem, mithilfe von Daumen und Zeigefinger auf dem Display in die Tiefe zu gehen.

Die allererste Ansicht, die halb zerfetzte Steuerbordseite, zeigte das Ausmaß der Gewalteinwirkung. Das Material des Rumpfes, ein glasfaserverstärktes Polyester, galt als äußerst widerstandsfähig. Doch von den Schichten in Sandwichbauweise war nur ein kläglich zerfasertes Stück übrig geblieben, durch dessen klaffende Öffnung das Meerwasser eindrang.

»*Look*«, stellte Maggie fest. »Habt ihr die schwarzen Spuren gesehen?«

Die dunklen Ablagerungen waren so deutlich, dass sie von einem Brand herrühren mussten. Louise hatte bereits erwähnt, dass der Hobie 15 keinen Motor besaß. Falls es an Bord gebrannt hatte – und daran bestand kein Zweifel mehr –, dann mussten Brennstoff und Zünder von außerhalb des kleinen Katamarans stammen.

»Irre, das sieht aus wie geschmolzenes Plastik«, wunderte sich Maggies Enkelin und deutete auf die seltsamen schwarzen Flecken auf den Überresten des sonst makellosen Rumpfs.

Waren das etwa die Überbleibsel dessen, was für die Katastrophe verantwortlich war?

Das nächste Bild zeigte das, was von der Besegelung übrig geblieben war. Von der Fock existierten nur noch kümmerliche Reste, und das Großsegel schien zu drei Vierteln verbrannt zu sein wie in eine Flamme gehaltenes Papier d'Arménie. Eine Explosion war nicht mehr nur eine Hypothese …

»Dagegen hat der Mast merkwürdigerweise nicht viel abbekommen«, meinte Énora, als sie eine vergrößerte Ansicht des Bootes betrachtete.

Der Mast war nur abgeknickt, aber nicht durchtrennt, wie es angesichts der Druckwelle zu befürchten gewesen wäre.

»Der zweite Schwimmer ist fast noch intakt«, fügte Louise hinzu. »Es ist, als hätte sich der gesamte Schock nur auf die Steuerbordseite konzentriert.«

»Und die Moral von der Geschichte: Trotz des wahnsinnigen Knalls war es wohl doch keine ganz so heftige Explosion.«

Die beiden anderen Frauen nickten schweigend und gönnten sich gedankenverloren einen Schluck Kir Cassis.

Maggie legte eine Hand auf den Knauf ihres Gehstocks und strich sich eine graue Strähne hinters Ohr. Ihr schwarzes Kleid und die ernste Miene ließen sie in diesem Moment wie eine korsische Witwe aussehen, allerdings eine mit irischer Eleganz. Sie, die sonst so redselig war und auf ihre Umgebung bisweilen etwas erdrückend wirkte, hielt sich aus den Gesprächen weitestgehend heraus.

Sie konnte die Bilder dieses Schiffbruchs nicht anschauen, ohne Erinnerungen an jenes andere Ereignis heraufzubeschwören, das zwanzig Jahre zuvor geschehen war. Genau wie in der Kathedrale tauchte immer wieder Constants Gesicht vor ihrem inneren Auge auf. Doch im Gegensatz zu dem Bild, das Louise jetzt herumzeigte – es war ein Foto von Francis Lemoines verbranntem Körper –, hatte sie nie Gelegenheit gehabt, einen letzten Blick auf die sterblichen Überreste ihres verstorbenen Mannes zu werfen. Aus dieser Leere war ein riesiges Loch entstanden, in das sie nun durch die Ereignisse wieder hineingezogen wurde. Zwar waren seither viele Jahre vergangen, trotzdem reichte eine Kleinigkeit aus, um ihren

Schmerz erneut zu entfachen, als hätte unter ihrem Übermut ständig ein Feuer geschwelt.

Hier allerdings endete der Vergleich zwischen den beiden Unfällen auch schon. Denn jeder in Saint-Malo hatte Constant gemocht. Niemand hätte ihm je nach dem Leben getrachtet, dessen war sich Maggie sicher. Er war weder eine Person des öffentlichen Lebens und damit den damit verbundenen Spannungen ausgesetzt gewesen, noch ein Mensch, der durch sein Verhalten oder sein Geld Hass oder Eifersucht hervorrief. Wieder gingen ihr die Worte der alten Frau durch den Kopf: »Er ist in Richtung Cézembre gefahren, im letzten Moment abgebogen, hat die Insel umrundet und ist dann weiter auf das offene Meer hinausgesegelt.«

Vielleicht war er doch eher ein Flüchtling als ein Skipper in Seenot?

Énoras fachkundige Worte rissen sie aus ihren Träumen:

»Sein Gesicht und seine Unterarme weisen nicht nur Verbrennungen auf, sondern zeigen auch die gleichen Ablagerungen wie der Schiffsrumpf.«

»Bist du vielleicht Expertin für Forensik?«, grinste Maggie.

»Nein, aber ich habe schon Kadaver von Pferden obduziert, die bei Bränden ums Leben gekommen sind. Und daraus kann ich zwei Dinge ableiten: Erstens, es muss so etwas wie einen Brandbeschleuniger gegeben haben, damit das Feuer solchen Schaden anrichten konnte, und zweitens hat die Explosion ihn erwischt, ehe die Flammen ihn erreichten.«

»Woran erkennst du das?«, fragte Louise.

»Er hat fast überall Schnittwunden und Blutergüsse von herumfliegenden Trümmern, außerdem ist sein Brustkorb eingedrückt. Nicht zu vergessen die vielen kleinen Fiberglas-Splitter in seinem Körper.«

Ihre Mutter vergrößerte das Bild und erkannte das, was ihre Tochter mit bloßem Auge gesehen hatte.

»Wirklich schade, dass ich keine Zeit hatte, Proben zu nehmen«, ärgerte sich Énora. »Damit hätte ich im Labor der Klinik ein paar grundlegende Tests durchführen können.«

Nun hielt sie sich schon für die Spurensicherung! Aber keine der beiden anderen Corrigan-Frauen dachte daran, sie zurückzupfeifen. Die Breizh Brigade verfügte zwar nicht über vergleichbare Mittel wie die Polizei, trotzdem erschien ihnen in Sachen Ermittlungen nichts unvorstellbar. Zweifellos hatten sie ihren Erfolg im Fall Le Tohic vor drei Monaten diesem an Rücksichtslosigkeit grenzenden Wagemut zu verdanken.

»Es gibt News«, sagte Fanny, die sich jetzt an ihren Tisch setzte. Die Damen Corrigan waren so vertieft gewesen, dass sie nicht bemerkt hatten, wie die junge Frau die Rue Jacques-Cartier hinunterkam und auf die Terrasse stürmte.

»*Good news*, hoffe ich?«

»*Good* und *bad* zugleich. Die schlechte ist, dass der Mann, der Guilloux' Schloss ausgetauscht hat, mir etwas verraten hat. Ich kenne ihn flüchtig, er hängt manchmal im *Java Café* ab.«

»Der Kommissar ist schwul!«, spekulierte Louise ein wenig zu laut.

Einige Köpfe drehten sich zu ihnen um.

»Nein, nicht dass ich wüsste. Aber er ist noch misstrauischer, als wir befürchtet hatten.«

»Was meinst du?«, erkundigte sich Énora.

»Als der Schlosser mit seiner Arbeit fertig war, meinte er etwas in der Art: ›Sagen Sie mal, wer ist hier eigentlich paranoid? Sie oder Ihr Mieter?‹«

»Wieso?«

»Stell dir vor, unser Freund Guilloux hat in seiner Wohnung eine Überwachungskamera installiert, genau gegenüber der Eingangstür. Damit kann er kontrollieren, wer in seiner Abwesenheit kommt und geht.«

Also konnte die Breizh Brigade trotz des neuen Schlüsselbundes nicht mehr in die Wohnung von Christophe Guilloux eindringen, wann es ihnen gefiel, und natürlich auch nicht mehr die Ermittlungsakten kopieren, die der Chefpolizist mit nach Hause nahm. Die erstklassige Quelle, die in der Vergangenheit ihre Ermittlungen sehr begünstigt hatte, war soeben abrupt versiegt.

»Und was ist die gute Nachricht?«

»Dass Lemoine sehr schwer verletzt ist – er wurde ins künstliche Koma versetzt –, aber lebt.«

»Woher weißt du das?«

»Nun ja«, lächelte Fanny verschmitzt. »Ich habe eine Freundin, die als Krankenschwester in der Pädiatrie des Krankenhauses Broussais arbeitet. Clara. Wenn wir sie freundlich bitten, bin ich sicher, dass sie uns über befreundete Kollegen auf der Intensivstation von Zeit zu Zeit einen kleinen Überblick über Lemoines Gesundheitszustand geben kann.«

Zwar hatte sie »wenn wir sie freundlich bitten« gesagt, aber Énora hatte »wenn ich sie freundlich bitte« verstanden. Wer war diese Clara? Fanny hatte sie noch nie erwähnt. Etwa eine Ex? Oder gar noch schlimmer?

»Ah, das sind wirklich *very good news*!«, stimmte Maggie zu und klatschte etwas übertrieben.

»Wir reden hier immerhin von unserem Bürgermeister, der zwischen Leben und Tod schwebt!«, empörte sich Louise.

Das allein war schon Grund genug, sich mit dem Fall zu befassen. Soweit sie wussten, war in Saint-Malo seit der Befreiung noch nie eine wichtige lokale Persönlichkeit ins Visier geraten.

»*Don't be such a wet blanket!* Deine Skrupel werden ihn sicher nicht wieder zum Leben erwecken. Los, Mädels, ab ins Krankenhaus!«

6

Saint-Malo, Krankenhaus Broussais

Als Clara sie in der Eingangshalle der Klinik begrüßte, war für Énora sofort klar: Clara war bekennende Lesbe und hatte eindeutig ein Auge auf Fanny, auf *ihre* Fanny, geworfen. Küsschen hier und Küsschen da, neckische Augenaufschläge, immer wieder hinters Ohr gestrichene Haarsträhnen. Nur die Auserwählte selbst bekam von diesen kleinen Manövern nichts mit.

Nicht zu fassen, wie sie dich anmacht!, ärgerte sich Énora stumm mit einem Blick von der Seite. Fanny zuckte ebenso schweigend mit den Schultern.

Doch die dunkelhaarige, üppige Clara erwies sich tatsächlich als Frau der Stunde, genau wie ihre ehemalige Schulkameradin angekündigt hatte – daher kannten Fanny und sie sich nämlich.

»Ihr habt Glück. Meine beste Freundin hier im Haus arbeitet auf der Intensivstation. Wenn sich Lemoines Zustand allerdings stabilisiert, wird er demnächst auf eine andere Station verlegt, wo seine Verbrennungen behandelt werden. Da kenne ich leider niemanden.«

»Könnte deine Freundin uns Zugang zu seinem Zimmer verschaffen?«

»Und uns vielleicht seine Verletzungen genauer beschreiben?«, präzisierte Louise.

»Klar, das müsste gehen«, stimmte Clara mit einem schelmischen Grinsen zu. »Ich will nicht ins Detail gehen, aber Lorie ist mir etwas schuldig.«

Obwohl es Énora innerlich fast auffraß, war keine der vier Besucherinnen so indiskret, nachzufragen, worin diese Schuld der Freundin bestand. Sie folgten der Krankenschwester in den zweiten Stock des Hauptgebäudes.

Am Ende eines antiseptisch riechenden Korridors übergab Clara sie an Lorie, eine tätowierte und gepiercte Kollegin, die hetero zu sein schien. Im Zimmer von Francis Lemoine erwies sie sich vor dem reglosen Körper des Bürgermeisters als die redseligste von allen. Die Frauen der Breizh Brigade waren zwar abenteuerlustig, aber eine derartige Nähe zum Tod empfanden sie als sehr gewöhnungsbedürftig. Und der Mann, der dort vor ihnen lag, schien nicht sehr weit vom Tod entfernt zu sein.

Lorie bestätigte alles, was die drei Corrigans auf Alains Fotos bereits gesehen hatten: die Schnitte, die Blutergüsse, das Thoraxtrauma durch die Explosion und vor allem die großflächigen Verbrennungen, verursacht von einer offenbar schwer zu bestimmenden Substanz.

»Mit anderen Worten«, fragte Louise verwundert, »es war nicht nur Diesel?«

Falls das Ding, das Lemoines Katamaran gerammt hatte, motorisiert gewesen war, wäre eine Entzündung des Mineralöls die logischste Ursache für solche Wunden gewesen.

»Nein«, antwortete die forsche Krankenschwester. »Wir

haben zwar Treibstoffspuren gefunden, aber sie waren nicht die Hauptursache für die Verbrennungen. Tatsächlich hätte brennendes Benzin keine derart ätzende Wirkung gehabt. Die Epidermis hätte Blasen entwickelt, und die Lederhaut wäre ausgetrocknet. Hier aber sieht es so aus, als wären die beiden oberen Hautschichten zerfressen.«

»*Anyway*«, sagte Maggie, um das Unbehagen zu vertreiben, das sie alle ergriffen hatte, »wenn man sich überlegt, wie der Zusammenstoß abgelaufen sein muss, *it makes sense*.«

»Wieso?«

Die Siebzigjährige streckte ihre Hand flach aus, um Francis Lemoines Hobie 15 darzustellen, und verwandelte ihren Stock in ein Objekt, das mit voller Geschwindigkeit auf die Nase des Katamarans zusauste.

»*Think for a minute*«, fuhr sie fort. »Motor und Tank eines Außenborders, zum Beispiel eines Zodiak, befinden sich immer am Heck.«

Um die dramatische Wirkung zu unterstreichen, ließ sie Hand und Stock mit einem kleinen Zungenschnalzen zusammenstoßen.

»Da das Boot nicht rückwärts segeln kann, muss der Zusammenprall der beiden Fahrzeuge also zwischen den beiden Bugen erfolgt sein. Nicht zwischen dem Heck des Zodiaks und der Steuerbordseite des Hobie. Wenn aber der Motor beim Aufprall nicht berührt wurde, kann er normalerweise auch nicht Feuer fangen. *Quod erat demonstrandum.*«

»Okay«, stimmte Louise zu, »deine Überlegungen sind ziemlich schlüssig. Aber wenn es nicht der Motor, sagen wir mal, eines Zodiak war, der diese Art von Verletzungen verursacht hat, was war es dann? Was gab es auf diesem verdammten Geisterschiff, das so etwas verursacht haben könnte?«

Mit diesen Worten deutete sie auf das Gesicht und den

bandagierten Torso des Schwerverletzten, dem eine tiefe Sedierung die Schmerzen erleichterte.

Ihre Frage sorgte kurzfristig für Sprachlosigkeit.

»Offenbar etwas deutlich Stärkeres als normaler Treibstoff«, wagte sich Énora vor und suchte in Lories Augen nach Bestätigung.

»Ja, aber du hast doch selbst gesagt«, hakte ihre Mutter nach, »dass der Schaden an Lemoines Boot trotz des vernehmlichen Knalls nicht besonders gravierend ist.«

Die Krankenschwester mischte sich in ihre Überlegungen ein:

»Ich kann dazu nur sagen, dass die Kriminaltechniker schon da waren und Proben aus den Wunden entnommen haben.«

»Wann war das?«

»Vor einer knappen halben Stunde. Ein Junger und ein Alter, ein bisschen wie Thomson und Thompson aus *Tim und Struppi*. Sie kamen aus Rennes.«

Diese Nachricht war gut und schlecht zugleich. Gut, weil sie bedeutete, dass man bald wissen würde, um welche Art von Sprengstoff es sich handelte; schlecht, weil sie ohne ihre bisherigen polizeilichen Quellen in nächster Zeit nichts darüber erfahren würden, schließlich waren sie nur einfache Amateurdetektive. *De facto* hatte man sie aus den Ermittlungen von Guilloux und seinen Leuten ausgeschlossen.

Mussten sie jetzt aufgeben?

Eine gewisse Niedergeschlagenheit machte sich breit, als nur wenige Schritte von der geöffneten Tür entfernt im Korridor plötzlich vertraute Stimmen zu hören waren.

Guilloux! Lobo!

Das regelmäßige Piepsen des Monitors übertönte die

Worte der Besucher zum Teil noch, aber sie wurden mit jeder Sekunde deutlicher.

Unter den Frauen im Zimmer brach Panik aus. Erschrocken sahen sie sich an.

Für Lorie stand vermutlich eine ganze Menge auf dem Spiel, wenn ihre Vorgesetzten erfuhren, dass sie Unberechtigte in einen so sensiblen Bereich gelassen hatte.

»Sie sind es wirklich!«, murmelte Énora, nachdem sie einen vorsichtigen Blick in den Flur geworfen hatte. »Mazurel ist auch dabei.«

Étienne Mazurel war der amtierende Unterpräfekt von Saint-Malo.

Seine Anwesenheit machte sowohl den Ernst der Lage als auch den Druck deutlich, unter dem die beiden Kriminalbeamten standen. Wie lange mochte es her sein, dass in Saint-Malo eine so wichtige Persönlichkeit wie der Bürgermeister verletzt worden war? Wahrscheinlich seit der Befreiung der Stadt im August 1944 nicht mehr.

Die Gruppe blieb vor der Tür stehen und wechselte einige besorgte Worte. Drinnen suchten die Eindringlinge hektisch nach einer Fluchtmöglichkeit. Ein Sprung aus dem Fenster im zweiten Stock kam für sie ebenso wenig infrage, wie die Option, den beiden Kommissaren unter die Augen zu treten. Wenn Guilloux sie hier beim Herumschnüffeln erwischte, würde er schnell eine Verbindung zu den Witzbolden herstellen, die ihm einige Wochen zuvor unter dem lächerlichen Namen Breizh Brigade anonyme Hinweise gegeben hatten. Würde ihnen dieser Fauxpas einen Gefängnisaufenthalt einbringen? Was riskierte man eigentlich, wenn man sich in die Arbeit der Polizei einmischte? Keine von ihnen hatte Lust, das herauszufinden.

Als die drei Beamten schließlich den Raum betraten, fanden sie nur eine Krankenschwester vor, die sich über die Apparate beugte, die Francis Lemoine am Leben erhielten. Auf den ersten Blick betrachteten sie die junge Frau mit einem gewissen Misstrauen, doch als diese ihnen den Zustand des Patienten darlegte, verflogen ihre Bedenken sofort. Sie war mit Sicherheit ein echter Profi.

»Er ist zwar noch lange nicht über den Berg«, schloss Lorie bald. »Trotzdem kann man sagen, dass sein Zustand stabil ist.«

»Er befindet sich also nicht mehr in akuter Lebensgefahr?«

»Nein. Aber der Chefarzt kann Ihnen das besser erklären als ich.«

Auf den Gesichtern der Beamten machte sich Erleichterung breit.

Für die vier versteckten Frauen – die beiden älteren standen im angrenzenden Waschraum, die beiden jüngeren steckten im Kleiderschrank – galt das hingegen nicht. Louise betete, dass ihr ewiges Magengrummeln sie nicht verriet. Maggie hoffte, dass sie nicht von einer ihrer Schlafattacken ereilt würde. Énora und Fanny hielten den Atem an, um die leeren Blechbügel im Schrank nicht zum Klirren zu bringen. Welch groteske Szene, wenn man sie erwischen würde wie ein Liebespaar in einer Boulevardkomödie!

Dennoch konnte die eifersüchtige Rothaarige nicht umhin, ihrer Liebsten ins Ohr zu flüstern:

»Diese Clara steht auf dich, nicht wahr? Gib es zu!«

7

Saint-Malo, Krankenhaus Broussais, Zimmer von Francis Lemoine

»Bei allem Respekt, Monsieur le Préfet, glauben Sie ernsthaft, ein solches Manöver könnte den Täter aus der Reserve
locken, gerade so, als würde er sich nur hinter dieser Tür verstecken?«, fragte Emma Lobo mit einer Hand auf der Klinke
der Nasszelle. Die beiden Frauen in ihrem Versteck gerieten
ins Schwitzen. Maggies Gehstock zitterte.

Étienne Mazurel, Krawattenträger und Verwaltungsbe-
amter durch und durch, war etwas überrascht, dass die junge
Kriminalbeamtin ihm derart die Stirn bot und richtete sich so
weit auf, wie es ihm seine bescheidene Größe von einem Meter siebzig gestattete, um ihr zumindest einen Anschein von
Autorität entgegenzusetzen:

»Nein, Mademoiselle Lobo ...«

»Madame«, korrigierte sie ihn unter Christophe Guilloux'
finsterem Blick erneut.

»... So naiv bin ich nicht. Andererseits müssen wir den
momentanen Hype in den Netzwerken um jeden Preis unter
Kontrolle bekommen und unbedingt verhindern, dass irgend-

welche Fake News noch mehr Chaos anrichten. Und dafür erscheint mir eine Pressekonferenz zugegebenermaßen als einzige schnelle Lösung.«

»Allerdings sollten wir bedenken, dass eine schlechte Presse weniger als zwei Monate vor der Route du Rhum nicht gerade gut für die Stadt wäre«, warf Guilloux ein.

Seine Stellvertreterin schien ihn mit einem Blick zu schelten wie ein Kind: Echt jetzt? Ist die Route du Rhum wirklich alles, worum du dir Sorgen machst?

»Das stimmt«, bestätigte Mazurel. »Fast eine Million Besucher in einem vergifteten Klima zu begrüßen, dürfte nicht ganz einfach werden. Wer weiß, wie viele Gäste ihren Besuch absagen würden? Kurzum, ich verlasse mich auf Sie, dass Sie das alles so gut wie möglich abwiegeln, wenn Sie sich an die Medien wenden.«

Bei dem Wort »Medien« hatte er das Gesicht verzogen. Hastig drehte er sich um und verschwand in den Flur, wobei er ihnen kurz zuwinkte. Ein Gruß, der wie ein Befehl wirkte. Lorie folgte ihm auf dem Fuß.

Und wann soll diese Pressekonferenz sein? Der Kommissar schluckte seine Frage herunter, ohne sie stellen zu können. Aber angesichts des Tonfalls, den der Unterpräfekt angeschlagen hatte, war die Antwort klar: so bald wie möglich.

»Hast du schon öfter vor Journalisten gesprochen?«, erkundigte sich Lobo.

»Na ja …«

»Kannst du das, oder macht es dich nervös?«

Mit einem angedeuteten Lächeln wich er der Frage aus. Doch seine wortkarge Reaktion und sein starrer Gesichtsausdruck ließen darauf schließen, dass er sich sowohl freute als auch ein wenig fürchtete.

»Na ja«, wiederholte er schließlich. »Zumindest habe ich von Staatsanwältin Le Cam grünes Licht für die Einleitung einer Voruntersuchung erhalten. Angesichts der Identität des Opfers hätte man früher oder später ohnehin die Presse informieren müssen.«

Durch dieses undifferenzierte »man« bezog er seine Stellvertreterin mit ein.

»Das ist wohl wahr ... Die eigentliche Frage lautet: Bestätigen wir die Hypothese eines Attentats auf Lemoine, oder reden wir lieber um den heißen Brei herum?«

»Für eine Bestätigung ist es zu früh. Wir müssen die Ergebnisse der Spurensicherung abwarten, ehe wir da eine Entscheidung treffen. Obwohl ...«

»Obwohl was?«

»Nun, ein lebensgefährlicher ›Unfall‹ des Bürgermeisters genau einen Monat nach Ankündigung seiner erneuten Kandidatur ... Ich weiß nicht, ob du die Gerüchte kennst, aber man munkelt, dass die Stadtratssitzung, bei der er seine Kandidatur offiziell bekannt gegeben hat, ziemlich aus dem Ruder gelaufen sein soll.«

In ihren jeweiligen Verstecken freuten sich die Frauen mächtig über seine Worte.

»Aus dem Ruder gelaufen? Inwiefern?«

»Die Details kenne ich nicht. Unsere Kommunalpolitiker bewahren Stillschweigen. Aber ich habe den Eindruck, dass Lemoines Kandidatur für eine dritte Amtszeit nicht nur für Freude gesorgt hat. Auch nicht in seinem eigenen Lager.«

»Ich kann die Leute verstehen«, gab Lobo zu und warf einen Blick auf den Verletzten. »Ich habe ihn auch nie besonders gemocht.«

Ob er das abwertende Urteil trotz seines Komas hören konnte? Vermutlich nicht.

»Zu bieder für deinen Geschmack?«

»Zu offensichtlich auf seinen Posten gehievt.«

Genau wie ich, dachte der aus Vannes stammende Kommissar, ohne von der unbeabsichtigten Anspielung gekränkt zu sein.

»Ein Mann aus Paris, der kurz vor den Wahlen plötzlich seine Affinität zu Saint-Malo entdeckt«, fuhr Lobo fort, »das fand ich schon immer grenzwertig. Ehrlich gesagt habe ich die letzten Kommunalwahlen schlicht geschwänzt. Ich habe nicht gewählt.«

»Aha?«

»Ich weiß, dass das falsch ist!« Sie lachte leise.

Guilloux fand sie wunderbar natürlich und sehr hübsch, wenn sie lachte. Doch er schob diese Gedanken sofort beiseite und kehrte lieber zur beruflichen Ebene zurück.

»Denkst du bitte daran, die Protokolle der Zeugenaussagen von der Mole zu bearbeiten, sobald wir wieder im Büro sind?«

»Ja klar, natürlich«, bestätigte sie leicht verkniffen und ein bisschen beleidigt, nachdem er sie wieder in ihre Rolle einer einfachen Untergebenen zurückbeordert hatte. »Was hältst du von diesem Hinweis auf die *Sisyphos*?«

Im Badezimmer hätte Maggie beinahe vor Zufriedenheit gegrunzt. Die *Sisyphos*? Einer der von ihr befragten Fischer hatte Bernard Chauvels Luxuskatamaran ebenfalls erwähnt.

»Du solltest mal die Hafenmeister beider Jachthäfen befragen, den von Saint-Malo und den von Les Sablons. In aller Regel führen sie Liste über alle Boote, die ihren Liegeplatz verlassen. Wenn die *Sisyphos* also heute Morgen ausgelaufen ist, sollten sie darüber Bescheid wissen.«

»Und wenn sie einen Durchsuchungsbeschluss verlangen?«

»Die können mich mal! Aber wenn sie das tun, sag ihnen,

dass der Bürgermeister ihnen eine Klage anhängen könnte, sobald er wieder genesen ist. Das sollte sie zur Vernunft bringen.«

Emma Lobo bestätigte die entschlossene Haltung ihres Chefs mit einem komplizenhaften Augenzwinkern.

»Und jetzt los«, erklärte Guilloux. »Wir lassen unseren Bürgermeister ausruhen und kehren ins Büro zurück. Es gibt eine Menge zu tun. Mit etwas Glück lassen die ersten Ergebnisse der KTU vom Wrack des Hobie nicht mehr allzu lange auf sich warten.«

Holy fuck bloody Scheiße!, regte sich Maggie lautlos auf. Noch mehr wesentliche Dinge, die ihnen entgehen würden! Sie mussten dringend eine neue, ebenso gut unterrichtete Informationsquelle finden.

Die beiden Kriminalbeamten wollten gerade das Krankenzimmer verlassen, als Christophe Guilloux' Smartphone nervig zu bimmeln anfing. Er stellte fest, dass die Nummer auf seinem Bildschirm zwar nicht in seinem Telefonbuch verzeichnet, ihm aber nicht völlig unbekannt war.

»Commissaire Guilloux?«

»Am Apparat.«

»Françoise Lemoine. Die Frau des ...« Sie suchte nach einer passenden Bezeichnung, ohne sie zu finden.

Guilloux drückte die Lautsprechertaste, damit Emma mithören konnte. Schon von der Mole aus hatte er versucht, die Frau des Bürgermeisters zu erreichen, nachdem er sich von Lemoines Sekretärin die Nummer hatte geben lassen. Als sich niemand meldete, hatte er lediglich eine neutrale, aber sehr ernste Nachricht hinterlassen.

»Ihr Mann ist auf See verunglückt«, informierte er sie ohne Umschweife. »An Bord seines Katamarans. Er wurde in ziemlich ernstem Zustand in die Klinik eingeliefert.«

Die beiden Beamten erwarteten eine heftige Reaktion, möglicherweise sogar einen Schrei. Doch aus dem Hörer drang Stille, so lang wie eine Dünungswelle.

»Es ist zwar noch zu früh für Schlussfolgerungen«, fuhr Guilloux fort, »aber wir haben Grund zu der Annahme, dass es sich nicht um einen Zufall gehandelt hat.«

»Wie meinen Sie das?«, antwortete sie schließlich mit spröder Stimme.

»Angesichts der Umstände gehen wir davon aus, dass er das Ziel eines Angriffs gewesen sein könnte.«

»Verstehe.«

Es klang wie die Bemerkung einer Lehrerin, so, als würde sie eine Information bestätigen, ohne emotional beteiligt zu sein. War sie betroffen? Eigentlich wirkte sie eher gelangweilt als wirklich erschüttert. Ihr Atem ging weiter regelmäßig und weder stoßweise noch abgehackt.

»Brauchen Sie mich vor Ort?«, erkundigte sie sich pragmatisch.

»Vor Ort ... Sie meinen, hier in Saint-Malo?«

»Genau. Ich lebe zurzeit in Paris. Wenn ich also ein Zugticket buchen soll, müsste ich das möglichst bald wissen.«

Offensichtlich hatte sie keine Lust, ihren Ehemann zu besuchen. Leicht schockiert riss Emma die Augen auf. Man teilte dieser Frau mit, dass ihr Mann schwer verletzt war, und sie interessierte sich nicht einmal für seinen Zustand! Keine einzige Frage noch eine Bemerkung kamen zu diesem Thema ...

»Nein«, stammelte der Kommissar, den diese distanzierte Haltung ebenfalls verwirrte. »Das dürfte vorläufig nicht nötig sein. Aber wir werden uns sicher wieder bei Ihnen melden. Und sei es auch nur, um Sie über die Entwicklung der Situation zu informieren.«

»Einverstanden.«

Geht's noch?, empörte sich Emma Lobo im Stillen.

»Madame Lemoine?«, fuhr Guilloux fort. »Dürfte ich erfahren, wie es um Ihre Beziehung zu Ihrem Ehemann bestellt ist?«

»Natürlich. Es ist ganz einfach: Wir leben getrennt. Und ich habe die Scheidung eingereicht.«

Ein einseitiger Schritt? Interessant. Sie hatte gesagt »ich habe die Scheidung eingereicht« und nicht »wir haben«.

»Seit wann leben Sie getrennt?«

»Seit ungefähr einem Monat. Allerdings verstehe ich nicht, was Sie unsere Privatangelegenheiten angehen ...«

»Sie haben doch einen Sohn, nicht wahr?«, fragte Guilloux unbeeindruckt weiter.

»Ja. Théo.«

»Wie alt ist er?«

»Siebzehn.«

»Möchten Sie ihn selbst informieren, oder sollen wir das übernehmen?«

»Ich werde mich darum kümmern«, antwortete sie emotionslos.

»Glauben Sie, dass er seinen Vater im Krankenhaus besuchen möchte?«

Er sagte nicht »zumindest er«.

»Nein, das glaube ich nicht.«

»Darf ich fragen, warum?«

Guilloux hatte zwar selbst keine Kinder, aber er wusste, dass Kinder im Fall einer Trennung gerne Partei für den einen oder anderen Elternteil ergriffen.

»Er ist in einem Internat in Rueil-Malmaison im Departement Hauts-de-Seine. Das sollte er nicht wegen jeder Kleinigkeit verlassen.«

63

»Aber sein Vater befindet sich in einem kritischen Zustand ... Ihr Mann wurde ins künstliche Koma versetzt. Bisher ist nicht bekannt, wann oder in welchem Zustand er daraus erwacht.«

Er hatte absichtlich schwarzgemalt, um bei seiner Gesprächspartnerin eine Reaktion zu provozieren. Aber sie blieb unbeeindruckt.

»Nun ja«, meinte sie schließlich. »Sagen wir mal so: Die beiden sind auch nicht gerade gut aufeinander zu sprechen.«

Nach diesen Worten, begleitet von dem Versprechen, die Ehefrau auf dem Laufenden zu halten sowie ein paar unverbindlichen Höflichkeitsfloskeln, endete das Gespräch.

Die beiden Kriminalbeamten machten sich auf den Weg zum Ausgang, blieben jedoch schon bald stehen. Im Flur trafen sie auf Claire Lebreton, die erste stellvertretende Bürgermeisterin von Saint-Malo, die sich mit der tätowierten Krankenschwester aus Lemoines Zimmer unterhielt. Lebreton war in den Vierzigern, wirkte fast statuenhaft, trug ein dunkelblaues Kostüm und hatte halblanges braunes Haar. Sie grüßten sie respektvoll aus der Ferne, was sie mit einem aufgesetzten Lächeln quittierte. Guilloux konnte nicht umhin, unter ihrer geschäftsmäßigen Maske eine Art unterdrückten Jubel zu vermuten. Auch er selbst frohlockte insgeheim, und zwar bei der Vorstellung, endlich eine landesweite Untersuchung durchführen zu können; aber Unvollkommenheiten waren bei anderen grundsätzlich leichter erkennbar.

Sollte Francis Lemoine nicht in der Lage sein, sein Amt bis zu den nächsten Kommunalwahlen in sechs Monaten wieder zu übernehmen, würde Lebreton übergangsweise Bürgermeisterin der Stadt werden. Zum ersten Mal wäre eine Frau Chefin der Stadtverwaltung von Saint-Malo. Vor allem aber: Ohne einen einsatzfähigen Kandidaten aus ihrem Lager könnte sie die Wahl durchaus auch selbst gewinnen.

Tatsächlich waren Lemoines Probleme für alle anderen nicht gerade die schlechtesten Nachrichten.

8

Saint-Malo, Palais du Grand Large, einige Stunden später

Étienne Mazurel hatte sicher nicht damit gerechnet, dass seine Wünsche so schnell in Erfüllung gehen würden. Wenn er ganz ehrlich war, musste er zugeben, dass er die Idee mit der Pressekonferenz eher als Druckmittel für Guilloux und dessen Team als aus persönlicher Überzeugung geäußert hatte.

Er stand links neben dem Kommissar und seiner Stellvertreterin hinter dem Rednerpult im Auditorium Chateaubriand und schien sowohl in seiner Rolle als auch in seinem anthrazitfarbenen Anzug zu schlottern. Seit seinem Besuch am Krankenbett von Francis Lemoine waren drei oder vier Stunden vergangen. Länger hatte das Team des Kommissars nicht gebraucht, um eine Schar von Journalisten und Neugierigen zu versammeln, wie man sie in Saint-Malo nur selten antrifft. Lokale, regionale und nationale Presse, Korrespondenten der großen Agenturen und sogar einige neue Gesichter. Alle waren gekommen und drängten sich in den ersten Reihen aus roten Sesseln. Im Publikum herrschte erwartungsvolle Ungeduld, die durch das Aufflammen diverser Blitzlichter und die

Anwesenheit zweier Überraschungsgäste auf der Bühne noch gesteigert wurde: Auch die stellvertretende Bürgermeisterin Claire Lebreton und der Organisator der Route du Rhum, Marc Coullon, waren erschienen. Schon bei den ersten Worten wurde der Tenor der Veranstaltung klar: Es würde mehr um die Folgen des »Unfalls« für die Stadt gehen als um die eigentlichen Fakten. Etwas abseits der Tribüne schien die blonde Gestalt von Fabienne Leroy, der Leiterin des Fremdenverkehrsamtes, über die richtige Gewichtung zu wachen.

»*Bleedin' parasite* dieser Gemeinde«, fluchte Maggie leise zu den beiden anderen Corrigan-Frauen. »Wartet's ab, gleich geht es hier mehr um *Sailing* als um *Crime Scene*.«

»Das ist zu befürchten«, stimmte Louise zerstreut zu, während sie Alain mit dem Blick folgte.

Wie immer, wenn in Saint-Malo etwas Wichtiges passierte, berichtete ihr Ex-Ehemann mit seiner diskreten, aber immer aufmerksamen Leica über das Geschehen. Anstatt mit Blitzlicht – das erschien ihm zu aufdringlich –, arbeitete er mit lichtstarken Objektiven und schob sich zwischen den Rednern hindurch, selbst nahezu unsichtbar, obwohl er sie beinahe berührte. Maggie hatte sich mit ihrem alten, längst abgelaufenen Ausweis als Lokalredakteurin für *Le Pays malouin* Zutritt zum Saal verschafft, Alain hatte seine Ex-Frau und seine Tochter unter seine Fittiche genommen. »Sie sind … sie gehören zu mir«, hatte er vor den Sicherheitsleuten am Eingang der Halle gestottert und dabei den für ihn typischen Blick eines harmlosen alten Hundes als Sesam-öffne-dich aufgesetzt.

»Guten Tag allerseits und vielen Dank, dass Sie gekommen sind«, begann Christophe Guilloux schließlich. Aus dem Mikrofon drang eine schrille Rückkopplung, die die Ohren aller Anwesenden folterte.

»Ehe ich Ihre Fragen zum polizeirelevanten Teil der Tragödie beantworte, die uns heute hier zusammengeführt hat ...«

Die Verwendung eines so melodramatischen Begriffs wie
»Tragödie« passte eigentlich nicht zu dem neuen, erst seit einem halben Jahr in Saint-Malo tätigen Kommissar. Vermutlich hatte man ihm das Wort nahegelegt.

»... übergebe ich das Wort zunächst an Claire Lebreton, die
das Amt der Ersten Bürgermeisterin ausüben wird, solange
Francis Lemoine nicht dazu in der Lage ist ...«

Im Saal machte sich große Erleichterung breit. Bei dieser
Art von Zusammenkunft war jedes Wort von Bedeutung, und
wenn Guilloux nur von einer Interimslösung sprach, war das
erstens ein Zeichen dafür, dass Lemoine noch lebte, und zweitens schien seine Rückkehr zu seinen Amtsgeschäften denkbar.

»... und an Marc Coullon, den Chef der Route du Rhum,
den Sie ebenfalls alle kennen und der Ihnen Auskunft über die
möglichen Auswirkungen auf die von ihm organisierte Veranstaltung geben wird ...«

Der Angesprochene lächelte den wenigen Frauen, die er im
Publikum ausmachen konnte, verführerisch zu. Mit seinem
Look des umfassend gesponserten Draufgängers – rund ein
Dutzend verschiedener Marken zierten seine marineblaue Ja-
cke – und seinen blonden Strähnen erfüllte er seine Rolle als
Geschäftsmann und Abenteurer geradezu perfekt.

Umgehend kamen die ersten Fragen:

»Marc, haben Sie vor, die Route du Rhum abzusagen?«

»Nein, da kann ich Sie sofort beruhigen. Trotz der Freundschaft und des Respekts, den meine Mitarbeiter und ich Francis Lemoine entgegenbringen, kommt es keinesfalls infrage,
Saint-Malo und den Einwohnern von Saint-Malo ihre Route
du Rhum zu nehmen.«

Auf nicht sonderlich subtile Art und Weise versuchte er, sich bei den Einheimischen lieb Kind zu machen. Ein langes, zustimmendes Raunen belohnte seine Bemühungen.

Fabienne Leroy lächelte zufrieden. Das alle vier Jahre stattfindende Hochseerennen bedeutete für die Stadt einen unschätzbaren Geldsegen. Es war kein Zufall, dass ein Kai im Jachthafen nach dem Wettbewerb benannt worden war, zu Ehren seiner siegreichen Segler, von Mike Birch bis Charles Caudrelier.

»Wenn Francis Lemoine aber nun gestorben wäre«, wollte ein anderer Reporter wissen, »wäre Ihre Entscheidung dann dieselbe gewesen?«

Coullon und Leroy verzogen gleichzeitig das Gesicht und suchten mit dem Blick die Unterstützung von Guilloux, den die Ereignisse ein wenig überforderten. Ausgerechnet er, der das Rampenlicht so sehr herbeigesehnt hatte, schien sich nicht ganz wohl in seinem Element zu fühlen.

Ein verlegenes Schweigen entstand, bis Emma Lobo sich zum Mikrofon beugte und ihren Chef rettete:

»Diese Frage stellt sich nicht«, erklärte sie mit fester Stimme. »Und da Sie das Thema gerade ansprechen: Wir freuen uns, Ihnen mitteilen zu können, dass Monsieur Lemoine außer Lebensgefahr ist.«

Sie hoffte inständig, dass die Einschätzung der tätowierten und gepiercten Krankenschwester Hand und Fuß hatte. Die Meldung löste bei den Schreiberlingen ein erfreutes Stimmengewirr aus.

»Das ist natürlich eine gute Nachricht«, hakte einer von ihnen nach. »Aber es beantwortet nicht die Frage, die wir uns alle hier stellen: Handelt es sich um einen gewöhnlichen Schiffsunfall ... oder um ein Attentat auf den Bürgermeister von Saint-Malo?«

Das Stimmengewirr wurde lauter.

»Bitte, meine Herrschaften«, versuchte Guilloux die Leute zu beruhigen. Auf kriminalistischem Terrain fühlte er sich wohler als auf der emotionalen Seite. »Zum derzeitigen Stand unserer Ermittlungen – und die haben gerade erst begonnen – kann ich nicht zulassen, dass Sie diesen Begriff verwenden. Selbst wenn es einen Angriff auf Francis Lemoine gegeben hätte, was, wie gesagt, alles andere als erwiesen ist, so ist aus den Fakten, die wir bislang zusammengetragen haben, ein mögliches politisches Motiv in keiner Weise ersichtlich. Weder aufgrund der gesammelten Zeugenaussagen noch durch das Video des Schiffbruchs, soweit wir ihn bisher rekonstruieren konnten, und schon gar nicht aufgrund irgendeines Bekennerschreibens.«

Er atmete tief durch und erkannte in den Gesichtern der Journalisten, dass seine lange Aufklärung ebenso viele Skeptiker wie Überzeugte zur Folge hatte.

»Was verraten die Trümmer seines Hobie 15?«, fragte einer der Journalisten. »Konnten Sie die bereits interpretieren? Denn die ersten Bilder zeigen, dass es sich nicht um eine kleine Havarie unter Segelbooten handelt, sondern um einen ausgesprochen massiven Schaden.«

»Alle Beweisstücke, die an der Môle des Noires und am Unfallort in der Bucht gesammelt wurden, werden derzeit ausgewertet. Im Moment kann ich Ihnen nicht mehr dazu sagen.«

Die inhaltlich sehr verfahrensorientierte und formal standardisierte Antwort trug nicht dazu bei, Unbehagen und Zweifel zu zerstreuen.

»Éric Lathière vom *Le Pays malouin*«, stellte sich ein freier Mitarbeiter der Lokalzeitung vor. »Sie scheinen die Hypothese eines Attentats zwar unter den Tisch kehren zu wollen, aber auch wenn diese Episode einfach nur ein Unglücksfall ist, müssen Sie zugeben, dass man den Kontext des Wahlkampfs nicht komplett ausblenden kann.«

Guilloux verstummte unbehaglich, aber erneut rettete Emma die Situation.

»War das eine Frage, Monsieur Lathière«, fragte sie leicht ironisch, »oder habe ich etwas falsch verstanden?«

»Hören Sie, geben wir uns doch nicht naiver, als wir sind. Schließlich ist es kein großes Geheimnis, dass die Ankündigung von Lemoines dritter Kandidatur bei der Stadtratssitzung am 20. September alle überrumpelt hat. Ich würde sogar sagen, dass Lemoines Kehrtwende viele Beteiligte nicht gerade glücklich gemacht hat. Wenn Sie also eine Frage wollen, stelle ich sie Ihnen gerne: Könnte jemand ein Interesse daran gehabt haben, dass der amtierende Bürgermeister nicht erneut kandidieren kann?«

Bei diesem Frontalangriff jubelte Maggie innerlich. Endlich kam ein bisschen Schwung in das einlullende Geplänkel! Sie war sogar so hingerissen, dass sie ihre Tochter und ihre Enkelin mit ein paar begeisterten Stockschlägen traktierte. Die beiden versuchten, sie zu beruhigen. Immerhin nahm die Breizh Brigade inkognito an der Pressekonferenz teil, und es erschien ihnen besser, sich zurückzuhalten.

Doch die Journalisten um sie herum richteten ihre gesamte Aufmerksamkeit auf die beiden Kriminalbeamten und ihre ausbleibende Reaktion. Ein langes, betretenes Schweigen entstand, bis Claire Lebreton, offensichtlich betroffen von der Anspielung, sich ihrer Verantwortung erinnerte:

»Zunächst möchte ich Sie darauf aufmerksam machen, dass die Debatten und Beratungen des Gemeinderats unter den Grundsatz der Vertraulichkeit fallen. Nichts, was dort besprochen wird, darf nach außen dringen. Erst recht nicht, wenn es sich um Äußerungen außerhalb der offiziellen Tagesordnung handelt, wie es bei der – in der Tat recht unerwarteten – Ankündigung von Francis Lemoine der Fall war. Was mich betrifft, so arbeite ich seit fast zwölf Jahren an seiner Seite, und ich glaube nicht, dass meine Loyalität ihm gegenüber jemals infrage gestellt wurde.«

»Das ist richtig. Aber vor drei Monaten haben Sie und Lemoine gemeinsam erklärt, dass er bei der nächsten Wahl zu Ihren Gunsten auf sein Amt verzichten würde. Zum Zeitpunkt der besagten Stadtratssitzung waren Sie sogar im Begriff, Ihre eigene Kandidatur anzukündigen, oder irre ich mich?«

»Nein, Sie irren sich nicht«, entgegnete Lebreton eisig, »aber hier geht es um demokratische Vorgänge in einer Gemeinde, da läuft nicht immer alles nach Schema F. Ich habe nichts weiter dazu zu sagen, möchte jedoch anmerken, dass es meine Aufgabe ist, die Kontinuität der von Francis eingeführten Verwaltungsarbeit zu gewährleisten, und dass ich alle meine Kräfte nun auf dieses Ziel, und zwar ausschließlich auf dieses Ziel, ausrichte. Vielen Dank.«

Die Hilflosigkeit in diesen vernebelten Floskeln führte zu einem erneuten Aufruhr im Publikum. Der von Guilloux erhoffte glatte und schöne Ablauf seiner Pressekonferenz erlitt nun ebenfalls Schiffbruch.

Durch dieses Fiasko gleich zu Beginn ermutigt, wurden nun von allen Seiten weitere beunruhigende Fragen gestellt. Die meisten davon betrafen die lokalen politischen Rivalitäten, aber einige Journalisten versuchten auch, Näheres über die Fakten des Unfalls zu erfahren:

»Stimmt es, dass Bernard Chauvels Segelboot *Sisyphos* zum Zeitpunkt des Dramas nicht weit vom Katamaran des Bürgermeisters entfernt war?« Der Fragesteller musste fast schreien, um sich Gehör zu verschaffen.

Die Hauptredner, allen voran Claire Lebreton, zogen sich jedoch bereits hinter die Bühne zurück, und ein Knacken in den Lautsprechern zeigte an, dass die Mikrofone abgeschaltet wurden. Die Pressekonferenz war beendet. Auf die noch offenen Fragen würde es keine Antworten mehr geben. Viele Anwesende äußerten lautstark ihre Empörung. Einige erklärten sehr vernehmlich, dass sie offenbar völlig umsonst gekommen seien, die meisten allerdings beschwerten sich nur leise und machten sich widerwillig auf den Weg nach draußen. Lediglich Christophe Guilloux blieb noch auf der Bühne zurück. Enttäuscht von der eigenen Leistung starrte er betreten auf sein Smartphone. Als er gerade gehen wollte, stürmte die alte Frau, die Maggie in der Kathedrale angesprochen hatte, wie aus dem Nichts auf die Bühne.

»Monsieur le Commissaire, ich muss Ihnen etwas erzählen! Es ist sehr wichtig!«

»Entschuldigen Sie, aber ich habe etwas Dringendes ...«

»Der Angriff auf unseren Bürgermeister – also ich habe alles gesehen, müssen Sie wissen.«

Im Mittelgang taten die drei Corrigan-Frauen so, als würden sie sich unverfänglich mit Alain unterhalten. Sie waren fest entschlossen, sich den nur wenige Schritte von ihnen entfernten, spannenden Dialog keinesfalls entgehen zu lassen.

»Wie bitte?«

»Wissen Sie, ich lebe seit vierzig Jahren auf dem Stein«, begann sie erneut ihren Sermon.

»Gesunde Umgebung. Aber wie kann ich Ihnen helfen?«

»*Ich* kann Ihnen helfen! Ich sage doch, ich habe alles gesehen.«

»Was genau haben Sie denn gesehen, Madame?«, erbarmte Guilloux sich schließlich in dem herablassenden Ton, den man gern gegenüber kleinen Kindern anschlägt.

»Ich weiß, wer es war. Ich weiß, wer versucht hat, Monsieur Lemoines Katamaran zu versenken.«

Ganz in der Nähe hatte die Breizh Brigade alle Mühe, ihr Ablenkungsmanöver fortzusetzen, als wäre nichts geschehen.

»Und wer war es?«

»Der Junge, der das Fliegen liebt.«

Der das Fliegen liebt? Die Worte der Alten ergaben keinen Sinn. Der Unfall mit dem Hobie 15 hatte sich auf dem Wasser ereignet. Und keiner der Zeugen hatte einen Gegenstand oder ein Geschoss in der Luft erwähnt.

Guilloux antwortete mit einem nachsichtigen Lächeln. Entschlossen bemühte er sich, die fantasierende Harpyie loszuwerden. Doch die Alte ließ nicht locker. Ihre aufgeregte Stimme wurde durch die Glut in ihren Augen unterstrichen:

»Ich weiß, wovon ich rede. Schließlich bin ich nicht plemplem. Der Vogeljunge war es, das können Sie mir glauben!«

Hielt die arme Irre sich etwa für Janot? Sprach sie ebenfalls mit den Möwen?

9

Saint-Malo, Kommissariat

»Wie wär's mit *Far aux Pruneaux*?«

Emma Lobo kannte ihren Chef zwar erst seit einem halben Jahr, aber sie wusste bereits die Antwort auf ihre Frage. Die Augen von Christophe Guilloux, der sonst eher gelassen dreinblickte, leuchteten interessiert auf. Der bretonische Backpflaumenkuchen, seine Lieblingssünde, war ihm an diesem frühen Abend eine willkommene Stärkung. Eifrig streckte er die Hand nach dem in Zellophan eingeschlagenen Rechteck aus. Schon jetzt war es ein langer Tag gewesen, und das Eintreffen des ersten Berichts aus der KTU in Rennes vor wenigen Augenblicken würde ihn wohl noch um einige Stunden verlängern.

Die junge Frau setzte sich dem Kommissar gegenüber auf die andere Seite seines Schreibtischs und deutete äußerst neugierig auf den frisch ausgedruckten Stapel Papier. Alles, was die Distanz zu ihrem Chef verringerte – natürlich nur in rein beruflicher Hinsicht –, erschien ihr wie ein Segen:

»Hast du schon mal reingeschaut?«

»Bisher nicht«, sagte Guilloux und biss genüsslich in den herrlich weichen Kuchen. »Erzähl mir lieber, was du in der Hafenmeisterei herausgefunden hast.«

Obwohl er gern naschte, ließ sich Guilloux nicht mit einem Stückchen *Far* bestechen. Emma musste ihm erst einen Beweis liefern, dass sie sich ernsthaft an den Ermittlungen beteiligte, ehe er sich dazu herablassen würde, den Inhalt der erhaltenen Dokumente mit ihr zu teilen.

»Nun«, begann sie lächelnd, »die Aufzeichnungen in beiden Jachthäfen lassen keinen Zweifel: Heute Morgen vor 11:00 Uhr sind nur etwa fünfzehn Boote ausgelaufen, die sich also kurz nach 11:30 Uhr in dem für uns relevanten Gebiet zwischen den Inseln Harbour und Cézembre aufgehalten haben dürften.«

»Das ist nicht gerade viel für einen Samstag mit gutem Wetter.«

»Du musst wissen, dass die Sommersegler Ende September schon längst wieder zu Hause sind.«

Mit anderen Worten: in Paris, Rennes oder anderen Orten, wo Touristen eben herkamen.

»Nur die echten Freaks und die Einheimischen haben jetzt noch Lust auf durchnässtes Ölzeug. Zumal der Wind laut Aussage des Hafenmeisters von Bas-Sablons, wo die *Sisyphos* ankert, heute ziemlich schwach war. Windstärke 2, also höchstens sechs oder sieben Stundenkilometer. Das reicht kaum für das richtige Feeling.«

»Segelst du etwa auch?«, fragte Guilloux verwundert.

Über Persönliches sprachen sie nur mit äußerster Zurückhaltung miteinander.

»Ich nicht, aber Rose und Leo. In der Surf School in Le Sillon.«

In seiner Miene spiegelte sich Misstrauen. Als Bretone aus

dem eher ländlichen Gebiet – er stammte aus Vannes – hatte er die Begeisterung mancher Mitmenschen für Wassersportarten nie verstanden.

»Und was war nun mit der *Sisyphos*?«, kehrte er zum Thema zurück.

»Sie ist tatsächlich ausgelaufen. Sie war sogar das einzige große Segelboot, das am Morgen den Hafen verlassen hat.«

Also stimmte das Gerücht von der Mole …

Der Vierzigjährige, der aussah wie der ideale Schwiegersohn, genoss seinen *Far* und studierte das Kuchenstück in seinen Händen, als suchte er eine Erklärung in dem süßen Gebäck, das seine Zunge verwöhnte.

Schließlich schüttelte er seine Nachdenklichkeit ab. »Selbst wenn sich Chauvel zum Zeitpunkt des Unfalls in der Nähe von Lemoines Katamaran befand, sehe ich keinen Grund, warum er seinen besten politischen Verbündeten hätte versenken sollen.«

»Da hast du vermutlich recht. Du warst damals noch nicht hier, aber ich kann dir versichern, dass Chauvels Unterstützung für Lemoine in der Gegend für viel Gesprächsstoff gesorgt hat. Die Schützenhilfe eines der reichsten Männer der Region für einen Pariser Winkeladvokaten ohne echten Bezug zu Saint-Malo kam allen irgendwie merkwürdig vor.«

»Gemeinsame Interessen?«

»Vermutlich, denn eigentlich sind die beiden eher ein bisschen wie Tag und Nacht.«

Chauvel, äußerst diskret und in der Küstenregion verwurzelt, der seine Geschäfte im Verborgenen betrieb, und Lemoine, der hierhergelockte Überläufer, der bei jeder Gelegenheit das Rampenlicht suchte.

»Denkst du an irgendwelche Papiere, die zu Spannungen zwischen den beiden hätte führen können?«

»Nein, eigentlich nicht. Ich verstehe auch nicht, in welcher Weise Chauvel von Lemoine hätte profitieren können, als Gegenleistung für seine Förderung. Bis heute jedenfalls nicht. Soweit ich weiß, hat unser Bürgermeister weder ihn noch sein Geschäfte jemals begünstigt.«

Guilloux schluckte die Erklärung gleichzeitig mit einem Bissen Kuchen.

»Hm«, grummelte er. »So wie du Chauvel beschreibst, kann ich mir auch nicht vorstellen, dass er ein so drastisches Vorgehen wie einen Angriff auf See wählen würde, um seinen Partner abzustrafen. Kennst du vielleicht irgendwelche Leute, die uns mehr über die Beziehung der beiden verraten könnten?«

»Ja, vielleicht ... Aber solange wir nichts in der Hand haben, sollten wir die Sache mit Chauvel langsam angehen.«

»Warum?«, fragte Guilloux, ohne irgendein Gefühl zu zeigen. Er war von Natur aus unempfindlich gegen Druck jeglicher Art.

»Weil Chauvel einen ziemlich langen Arm hat. Er könnte deine Karriere bei der Polizei wie eine Muschel unter seinem Stiefelabsatz zertreten.«

Wie als Bestätigung dieser diffusen Drohung biss Guilloux beim letzten Stück *Far* auf einen Pflaumenkern. Kriminalfälle waren wie handgefertigte Desserts: Immer gab es gute oder schlechte Überraschungen. Würde Chauvel sich in diesem Fall als die heimtückische Pflaume erweisen? Würden er und Emma sich die Zähne an ihm ausbeißen?

»Apropos Risiko«, fuhr er fort, nachdem er seine Zähne abgetastet hatte, um sicherzugehen, dass keiner beschädigt war. »Ich würde Lemoine gern unter Personenschutz stellen.«

»In seinem Zimmer?«

»Ein Beamter vor seiner Tür, ein anderer am Ende des Flurs, so was in der Art. Kannst du dich darum kümmern?«

Emma nickte.

»Glaubst du, dass der, der es auf ihn abgesehen hat, ins Krankenhaus kommen könnte, um seine Arbeit zu beenden?«

»Keine Ahnung. Aber ich glaube, dass Mazurel und Co. uns eher in Ruhe lassen, wenn wir jetzt schon auf Sicherheit gehen.«

Bei seinen letzten Worten begann sein Smartphone zu piepsen. Von Fabienne Leroy, stellte er mit sichtlichem Missfallen fest. Beim Anblick des Namens der Absenderin war er nicht überrascht, dass nicht nur eine, sondern gleich ein halbes Dutzend Nachrichten auf seinem Bildschirm erschienen.

Seit seiner Ankunft in Saint-Malo belagerte ihn die Chefin des örtlichen Fremdenverkehrsamtes ausdauernd, wobei sie mehr oder weniger fadenscheinige berufliche Gründe mit kaum verhüllten persönlichen Anspielungen verband. Vor drei Monaten, nachdem er seinen ersten großen Fall in der Stadt gelöst hatte, hatte sie ihm eine peinliche Sprachnachricht hinterlassen, die er jedoch nie beantwortet hatte: »Wenn sich die Aufregung etwas gelegt hat, könnten wir beide doch einmal ein Glas zusammen trinken. Was sagst du dazu? Immer nur arbeiten, puh! Mach dich nicht verrückt.« Allein die Tatsache, dass sie diesen Ausdruck benutzte, bewies, dass sie zumindest sich selbst auf jeden Fall verrückt machte. Dieses Mal jedoch war der Tonfall ihrer Textnachricht eher geschäftsmäßig als privat: »Wir sollten uns so schnell wie möglich treffen. Ich muss dir dringend etwas Wichtiges über den Fall Lemoine erzählen.« Als Beauftragte für Tourismus in der amtierenden Stadtverwaltung war sie nicht die schlechteste Ansprechpartnerin für Auskünfte über Francis Lemoine, zudem über ihn als Privatperson jenseits seines Amtes. Ob sie wohl auch mit dem Bürgermeister geflirtet hatte?

Der Kommissar schüttelte den Gedanken ab, legte eine Hand auf den Stapel Dokumente und teilte ihn zwischen sich und Emma auf, sodass jeder von ihnen einen Teil der Unterlagen durchgehen und dem Kollegen das Wichtigste daraus mitteilen konnte. Als er sich über den Schreibtisch beugte, ließ er sich für einen Moment von dem Parfumhauch bezaubern, der von ihr ausging, erwärmt von einem langen Arbeitstag.

Nach einigen Minuten schweigenden Lesens, so konzentriert, wie es ihre Müdigkeit und dieser Zustand von verwirrender Intimität zuließen, meldete sich Capitaine Lobo als Erste:

»Offenbar war es tatsächlich ein Schlauchboot vom Typ Zodiak, das Lemoines Hobie 15 gerammt und den größten Schaden angerichtet hat.«

»Woraus schließt die KTU das?«

»Sie haben Spuren von geschmolzenem Gummi an dem aufgerissenen Schwimmer gefunden. Außerdem einige Trümmerteile im Meer, die auf denselben Bootstyp hindeuten.«

»Keine menschlichen Überreste?«

»Nein ...«, sagte sie. Die Erwähnung dieser Möglichkeit verfinsterte ihren Blick.

»Okay. Das passt ziemlich gut zu dem, was ich hier habe.«

Er tippte mit seinem noch klebrigen Zeigefinger auf einen Textabschnitt.

»Es sieht ganz danach aus, als wäre das Ding, das Lemoines Kat gerammt hat, mit einem VHF-Empfänger zur Steuerung des Außenbordmotors bestückt gewesen. Das Gerät, das die Spurensicherung aus dem Meer gefischt hat, war zwar in keinem guten Zustand, aber immer noch gut genug, um diese Hypothese zu bestätigen.«

»Wenn ich richtig verstehe«, stellte Emma leicht erschrocken fest, »wurde unser Bürgermeister also von einer Art ferngesteuertem Spielzeug angegriffen!«

»So hätte ich es vielleicht nicht ausgedrückt, aber ja ...«, grinste er.

Er mochte es, wenn sie seine manchmal übertriebene Vernunft mit ihrer Lebhaftigkeit würzte. Sie ergänzten sich besser, als er anfangs gedacht hatte.

Sie setzte sofort nach:

»Wenn es wirklich so war, hatte er keine Chance, seinem ›Angreifer‹ zu entkommen. Selbst mit einem hervorragenden Steuermann ist ein Segelboot immer langsamer zu manövrieren als ein Zodiak.«

»Vor allem, wenn jemand das Zodiak auf das Segelboot angesetzt hat.«

Ganz allmählich gewann der Gedanke an eine vorsätzliche kriminelle Handlung an Glaubwürdigkeit.

An dieses Gerücht von einem Anschlag, das sie vor der Presse noch selbst zu zerstreuen versucht hatten.

»Aber das sollten wir lieber erst einmal für uns behalten«, meinte Guilloux ernst. »Kein Wort darüber zu irgendjemandem.«

»Hast du Angst, unsere Freunde von vorhin könnten überreagieren?«

»Ja, aber noch mehr davor, dass Staatsanwältin Le Cam es tut. Wenn sie das erfährt, haben wir innerhalb von vierundzwanzig Stunden die Antiterror-Experten am Hals.«

»Und müssen unseren Fall abgeben.«

Der Kommissar nickte und zerknüllte verärgert das Zellophan des *Far*. Unter keinen Umständen würde Christophe Guilloux akzeptieren, dass ihm das genommen wurde, was (endlich!) *sein* großer Fall von nationaler Bedeutung werden könnte.

Sie setzten die sorgfältige Durchsicht der Unterlagen aus dem Labor in Rennes fort.

»Ach, das ist ja interessant!«, rief Guilloux plötzlich. »Da haben die Jungs von der KTU sich mal richtig ins Zeug gelegt. Gar nicht so doof ...«

Sofort schien er die letzte Einschätzung zu bereuen.

»Worum geht es?«

»Ausgehend von der Reichweite des VHF-Empfängers haben sie einen Umkreis festgelegt, in dem sich die Fernsteuerung des Zodiaks hätte befinden können.«

»Zeig mal!«

Das fragliche Schema gab den Ort des Aufpralls auf hoher See als Epizentrum an. Konzentrische Kreise zeigten die absteigende Wahrscheinlichkeit der Senderposition. Der am weitesten von der Mitte entfernte Kreis umfasste ein Gebiet, zu dem die Insel Harbour, die Südseite von Cézembre und ein Teil der Küste gehörten ... Allerdings reichte er nicht bis Grand Bé, geschweige denn bis zu den verschiedenen Stränden von Saint-Malo.

»Der Kerl, der für die Havarie verantwortlich war, befand sich entweder auf dem Wasser oder auf einer der beiden Inseln«, mutmaßte Emma laut.

»Ich tippe eher auf die erste Option: Es scheint mir einfacher, die Bewegungen eines Ziels zu verfolgen und vor allem, nach der Tat zu fliehen, wenn man sich selbst auf einem Schiff befindet.«

Und mit einem Mal war die Chauvel-Spur wieder im Rennen.

»Du hast recht ... Aber haben unsere KTU-Leute auch versucht, die Ultrakurzwellen bis zu ihrer Quelle zurückzuverfolgen?«

»Das geht leider nicht. Das funktioniert ganz anders als

im Mobilfunknetz. Es gibt weder Antennen noch Funkzellen, die VHF-Wellen aufzeichnen, also kann man sie nicht im Nachhinein zurückverfolgen. Man kann sie höchstens zeitgleich mithilfe von Peilantennen erfassen.«

»Dann hätte man also, wenn ich dich richtig verstanden habe, wissen müssen, dass ein Anschlag bevorsteht, um die entsprechenden Signale und den Sendepunkt zu finden?«

»Genau«, bestätigte Guilloux amüsiert.

Schon wenige Absätze weiter runzelte Emma die Stirn. Sie war enttäuscht, dass sie trotz aller Bemühungen der Kriminaltechniker nicht schneller vorankamen:

»Steht bei dir etwas über den verwendeten Sprengstoff?«

»Nein, nichts ...« antwortete er und folgte den Zeilen des Berichts mit dem Finger, wie ein Schuljunge. »Aber hier steht, dass sie noch ein bisschen Zeit brauchen, um die verschiedenen Ablagerungen chemischer Substanzen auf dem Rumpf und an Lemoines Verletzungen zu analysieren.«

»Na dann ... Tut mir leid, wenn ich das frage, aber ginge nicht alles ein wenig schneller, wenn wir den Verfassungsschutz einschalten würden?«

Guilloux' Miene verfinsterte sich.

»Nein. Und selbst wenn, würden die wahrscheinlich das gleiche Labor beauftragen wie wir. Ich wüsste nicht, was das bringen sollte.«

Und so würde sich der erste Bürgermeister von Saint-Malo, auf den offenbar ein Terroranschlag verübt worden war, ebenfalls noch in Geduld üben müssen, ehe er erfuhr, was man mit einem großen Fisch wie ihm vorgehabt hatte.

10

Saint-Malo, Manoir des Corrigan, *Gemeinschaftsraum*

»Lizenz IV? *What the hell* ist mit Lizenz IV? Als ob wir die nötig hätten«, rief Maggie. Sie lehnte an der Theke und sprach laut, um sicherzugehen, dass man sie im ganzen Raum hörte. An diesem Samstagabend war die illegale Kneipe im *Manoir des Corrigan* so voll wie sonst nie. Außer den Stammgästen, allen voran Quartalssäufer Arnaud Prigent, hatten sich einige Neugierige eingefunden, die nach dem Auffinden des schwer verletzten Lemoine von den drei Frauen der Breizh Brigade auf der Mole angesprochen worden waren.

Mit einem kurzen Blick zur Seite vergewisserte sich Maggie, dass Jacques, *ihr* Jacques, ihre etwas großschnäuzige Ansage richtig verstanden hatte. Der verkniffenen Miene des Rentners nach zu urteilen, war das der Fall. Nicht nur, dass sie ihm eine Abfuhr erteilt und ihn betrogen hatte – jetzt demütigte sie ihn auch noch vor allen Anwesenden und demonstrierte ihre Ungebundenheit.

»Übertreib es nicht, Mama«, flüsterte Louise ihrer Mutter ins Ohr. »Ich glaube, er hat die Botschaft verstanden.«

Weil Énora wie fast jeden Samstag mit Fanny ins *Java Café* gegangen war, komplettierte die unverzichtbare Sophie Kervazo an diesem Abend das Servicetrio. Die Frauen hatten alle Hände voll zu tun, um die Gläser nachzufüllen, die in Windeseile geleert und zurück auf die Tische gestellt wurden.

James Hillbie saß am anderen Ende des Raumes an den Fenstern mit Blick auf den Park, kippte ein Bier nach dem anderen wie Wasser in sich hinein und passte sich damit den allgemeinen Gepflogenheiten an. Ein kleiner Kreis von Männern lauschte mit großem Interesse seinen historischen Anekdoten. Zu diesen Herren, die alle über sechzig waren, gehörte auch der Bildhauer Rolland, ein ehemaliger Angestellter des Musée Grévin, dem die Gastgeberin die Wachsfigur an der Bar zu verdanken hatte. Das Ebenbild von Constant Corrigan.

Auf die Entfernung konnten die Frauen hinter dem Tresen kaum verstehen, was der Historiker seinen neuen Fans erzählte.

»Wusstest du, dass es in der englisch-irischen Geschichte ein berühmtes Seeattentat gab?«, sagte Maggie zu Louise, ohne ihren Geliebten aus den blauen Augen zu lassen.

»Ach ja? Wann war das? Wer gegen wen?«

Ihre Tochter kannte sich in Geschichte zwar besser aus als sie, aber ihre Kenntnisse beschränkten sich im Wesentlichen auf das Gebiet von Saint-Malo. Bestenfalls noch auf die Bretagne, aber kaum darüber hinaus.

»Am 27. August 1979. Lord Mountbatten, ein Onkel mütterlicherseits von Prinz Philip, war mit einem Teil seiner Familie, darunter seiner Tochter Patricia und seinem Enkel Nicholas, vor der Küste von Mullaghmore zum Fischen hinausgefahren.«

»Und dann?«

»Nur wenige Minuten, nachdem sie abgelegt hatten, explodierte eine Bombe unter dem Rumpf ihres Bootes. Mountbatten war sofort tot, ebenso wie Nicholas und ein junger Fischer, der sie begleitete. Alle anderen Personen an Bord wurden *seriously wounded*. Der Knall war kilometerweit zu hören. Sogar bis Buckingham, wie die britische Presse damals berichtete.«

»Die IRA?«

»*Of course* die IRA. Es dauerte nicht sehr lange, bis sie sich zu dem Anschlag bekannte. Der galt eindeutig der Royal Family. Louis Mountbatten war nicht nur ein Verwandter des Prinzgemahls, sondern Oberbefehlshaber der Armee und Mentor von Prinz Charles.«

Maggie schwieg einen Augenblick nachdenklich, ehe sie sich wieder dem Thema zuwandte, das sie seit dem Morgen beschäftigte:

»Dir ist sicher aufgefallen, dass derjenige, der unseren lieben Bürgermeister in die Luft gesprengt hat, sich nicht öffentlich zu seiner Tat bekannt hat. Jedenfalls bisher nicht.«

»Das stimmt ...«

»*Maybe* war es doch kein Attentat.«

»*Maybe*«, erwiderte Louise. Ihre regelmäßigen Züge drückten Skepsis aus. »Aber die Polizei scheint das Gegenteil zu glauben. Laut Fanny hat Clara berichtet, dass auf der Intensivstation bewaffnete Beamte vor Lemoines Zimmer Stellung bezogen haben.«

»*Well*«, gab Maggie zu, »für einen Unfall oder eine banale Herzensangelegenheit wäre die Sache auch wirklich ein bisschen zu dick eingetragen.«

»Es heißt ›dick aufgetragen‹«, korrigierte ihre Tochter.

»*Feck it, you got the point*: Wer würde sich so viel Mühe mit einem so komplizierten und riskanten Vorgehen machen, wenn es lediglich um persönliche Rache oder eine schlichte Abrechnung gehen würde?«

Sie sprach von Saint-Malo, als hätte sich der friedliche Badeort plötzlich in das Chicago der 1930er-Jahre verwandelt.

»Wie meinst du das?«

»Ich glaube, dass derjenige, der Lemoine ins Visier genommen hat, dies *certainly* nicht zufällig auf See getan hat. *There is a symbol, here.* Es gibt wirklich einfachere Wege als eine Seeschlacht, um jemanden zu töten!«

Sie schwenkte ihren Gehstock und sprach laut genug, dass sich einige whiskey-vernebelte Blicke ihr zuwandten.

»Verstehe. Aber du vergisst eine Kleinigkeit. Lemoine ist zwar nicht Lord Mountbatten, aber wir reden hier von jemandem, der ständig von Leuten umgeben ist. Auf seinem Boot aber war er allein und hatte keine Zeugen um sich. Und das wusste unser Seeterrorist, sonst hätte er nicht so gehandelt.«

Lag dahinter die Absicht, die Gemüter zu beeindrucken ... oder war er um Diskretion bemüht? Vielleicht beides.

»Also ich weiß zumindest einen, der sich jetzt die Hände reibt!«

Der Mann, der sich in ihre Unterhaltung einmischte, war Arnaud Prigent höchstpersönlich, eine tragende Säule ihrer feuchtfröhlichen Abende. Wäre es ein anderer Gast gewesen, hätte Maggie ihn wahrscheinlich mit zwei Worten in die Schranken gewiesen. Weil Prigent jedoch den größten Teil seiner Rente bei ihr ausgab – Gott allein wusste, was für einen Beruf er bei diesem Dauerrausch ausgeübt hatte –, schluckte Maggie ihren Ärger hinunter und ließ ihn reden. Der Mann mit den blutunterlaufenen Augen und dem ebenso dunkelroten, haarlosen Schädel redete häufig lange auf die Wachsfigur von Constant ein. Ob er sich überhaupt bewusst war, dass er mit einer Puppe sprach? Die Corrigan-Frauen bezweifelten es. Vermutlich wusste er auch nicht, dass sich in einem der Glasaugen eine Webcam befand.

»Und wer soll das sein?«

»Na, der Guilloux!«

»Glaubst du ernsthaft, dass ein Attentat auf die wichtigste Person dieser Stadt unseren Kommissar erfreut?«, fragte Louise.

»Natürlich! Dank der Situation mit Lemoine hat er endlich den Fall, der ihn zum Star macht. Was glaubt ihr wohl, warum er darum gebeten hat, hierherversetzt zu werden? Ihm war klar, dass er in Saint-Malo viel bessere Chancen hat, einen richtig dicken Fall an Land zu ziehen als in Vannes. Jeder weiß doch, dass in Vannes nie etwas passiert.«

Christophe Guilloux, eitel und karrierebewusst? Eigentlich war dies nicht gerade das Bild, das der gut aussehende Vierzigjährige vermittelte. Und trotz ihrer eher turbulenten Kennenlernphase hatten die Corrigan-Frauen eine durchaus schmeichelhaftere Meinung über ihn.

»Hat dein Saufkumpan dir das erzählt?«, erkundigte sich Maggie ironisch.

»Nein, das war mein Jojo.«

Er sprach den Namen mit der Zärtlichkeit eines Kindes für sein Kuscheltier aus.

»Hast du einen neuen Hund?«

»Jojo heißt eigentlich Joseph Prigent und ist mein Cousin. Er ist gerade nach Saint-Malo versetzt worden und fängt morgen an.«

Mutter und Tochter tauschten einen einvernehmlichen Blick. Wer weiß, vielleicht konnten sie hier ja etwas herausfinden?

»Wo war er davor?«

»In Brest. Zuerst war er Stadionordner im Francis-Le Blé. Aber inzwischen arbeitet er schon seit zehn Jahren bei den Bullen.«

»Als Polizeihauptmeister?«

»Na ja, das nun nicht«, antwortete Arnaud mit fast empörtem Gesichtsausdruck. »Er ist ein schlauer Kerl, mein Jojo, aber man muss es schließlich nicht gleich übertreiben. Er ist einfach ein guter Streifenpolizist.«

Unaufgefordert füllte Maggie Prigents leeres Glas auf und sagte:

»Du hättest nicht zufällig Lust, deinem frisch eingetroffenen Cousin deinen Lieblingspub zu zeigen?«

»Den hier?«

Er prustete einen Tröpfchenregen voller winziger Regenbögen.

»Ja klar, *why not*?«

»Du willst, dass ich einen Polizisten in deine illegale Kneipe ohne Lizenz bringe?«

»Lizenz, Lizenz ... Wir kriegen sie schon, diese *bleedin'* Lizenz. Mit Jacques im Team ist es nur noch eine Frage von Tagen.«

Gehorsam nickte der Trunkenbold mit hängenden Augenlidern und einer Zunge, die so schwer war wie ein 38-Tonner. Er bemerkte weder die schamlose Lüge der Wirtin noch die missmutige Miene von Jacques Gaillard, der in einem Clubsessel am anderen Ende des Raumes saß.

Louise spitzte missbilligend die Lippen. Sie erkannte nur zu gut, worauf ihre Mutter hinauswollte: Jojo unter Constants elektronischem Auge zum Reden zu bringen und so einen neuen Weg zu den unendlichen Ressourcen des Kommissariats für sich zu eröffnen. Wenn dieser Jojo so gesprächig war wie sein Verwandter, konnte die Ernte durchaus ertragreich werden.

Auch wenn er rundherum illegal und verwerflich war, musste selbst sie musste zugeben, dass der Einfall ihrer Mutter in dieser Zeit der Informationsknappheit ziemlich genial war. Damit würde die Breizh Brigade ihre Aktivitäten wieder aufnehmen können.

»*Deal?*«, drängte Maggie. »Bringst du Jojo morgen Abend mit? Die erste Runde geht auf uns. Und vielleicht auch die zweite, wenn dein Cousin so cool ist, wie du behauptest.«

Gezeitentabelle
für Saint-Malo

24.September	
Flut	01:39 Uhr
Ebbe	07:13 Uhr
Flut	13:55 Uhr
Ebbe	19:25 Uhr

11

Sonntag, 24. September, Saint-Malo, Polizeiwache

»Komm schon, Jojo, nur Mut, du bist der Schönste und der Beste«, ermahnte sich der Mann, der wie versteinert vor dem Eingang des mit braunem Blech verkleideten Gebäudes stand. Er wiederholte die beruhigenden Worte seiner Mutter, die bewiesen, dass Mutterliebe wirklich blind war. Denn Joseph Prigent, genannt Jojo, war, mit seinem Greisenkopf auf dem Körper eines schlaksigen Teenagers, eine ziemlich gewöhnungsbedürftige Erscheinung. An seiner Gestalt passte nichts wirklich zusammen; sie war ein Sammelsurium von ohne Plan und Logik bunt zusammengewürfelten physischen Elementen.

Sein Kopf fühlte sich gerade an wie ein weich gekochtes Ei, mit einem Brett davor, und seine Gedanken kamen ihm irgendwie zerhackt vor – falls man nach einer durchzechten Nacht überhaupt noch von Gedanken sprechen konnte. Am Abend zuvor hatte er mit einigen seiner neuen Kollegen seinen Wechsel in die Polizeiwache von Saint-Malo gefeiert. Auch wenn diese bescheidene Befeuchtung seiner Kehle keinesfalls vergleichbar war mit den homerischen Saufgelagen, die er mit dem Cheftrinker seiner Familie, Arnaud, erlebt hatte.

Das Dröhnen in seinen Ohren klang, als käme es aus seinem schmerzenden Kopf, bis er den beweglichen Punkt über dem Intermarché nebenan entdeckte.

Was zum ...?!

Er mutmaßte noch über die Herkunft des UFOs, als die Drohne schon genau auf ihn zuflog und er sich in einer reflexartigen Bewegung platt wie ein Pfannkuchen auf den Asphalt warf. Er fürchtete einen Angriff, doch das Fluggerät landete mit der luftigen Anmut einer Libelle direkt vor seiner Nase. Dann wurde in der Drohne ein Mechanismus ausgelöst, und die Klammer unter ihrem Bauch gab eine flache, längliche Schachtel frei, die rundherum mit Klebeband verschlossen war. Sie ähnelte den Schachteln, in die teure Schals verpackt waren. Gleich darauf erhob sich die Drohne wieder in den Himmel.

Jojo brauchte einige Sekunden, um seine Benommenheit abzuschütteln, und noch einige mehr, um sich wieder aufzurichten. Da er der Verlockung nicht widerstehen konnte, löste er das Klebeband und betrachtete den Inhalt der Schachtel: einen unbeschrifteten Umschlag. In seinem Innern befand sich ein maschinengeschriebener Brief, der eindeutig an »Monsieur le Commissaire Christophe Guilloux« adressiert war. Ohne lange nachzudenken, las er die Zeilen.

»Grüß dich, Jojo! Na, brauchst du gleich an deinem ersten Tag eine größere Mütze?«, rief ihm der Beamte am Empfang spöttisch zu, als er in die Eingangshalle der Polizeiwache stürmte. Joseph Prigent jedoch bedeutete ihm mit einer Geste, dass er keine Zeit hatte, und stürmte die Treppe hinauf. Im ersten Stock klopfte er flüchtig an die Tür des obersten Chefs und platzte unaufgefordert in das Büro seines neuen Dienststellenleiters:

»Geht's noch? Lassen Sie sich bloß nicht stören!«, schnauzte Guilloux. »Wer sind Sie überhaupt?«

»Joseph Prigent, der neue Beamte der Schutzpolizei.«

»Ach so ... Das gibt Ihnen aber noch lange nicht das Recht, uns hier einfach so zu überfallen.«

»Ich ...«, stammelte Jojo, immer noch außer Atem. »Das Attentat auf den Bürgermeister.«

»Was ist damit?«

»Ich glaube, da wurde gerade ein Bekennerschreiben abgeworfen«, sagte er und reichte den Umschlag an Guilloux weiter.

Der Chef der Polizei von Saint-Malo hatte sich nicht getäuscht: Der Eindringling mit dem Kopf einer Chimäre hatte tatsächlich »abgeworfen« gesagt. Diese Tatsache war so überraschend, dass er vollkommen vergaß, den Neuankömmling wegen der Nichteinhaltung der Regeln für das Einsammeln und Behandeln von Asservaten abzukanzeln. Der Mann hatte den Brief mit beiden Händen angefasst und vermutlich mit Fingerabdrücken und Fremd-DNA übersät.

Mit wenigen Worten fasste Jojo die fast surrealen Umstände zusammen, die ihn in den Besitz des Schreibens gebracht hatten. Nachdem Guilloux die ersten Zeilen gelesen hatte, stürzte er zum einzigen Fenster des Büros und ließ seinen Blick über die Straße schweifen. Aber natürlich war das Flugobjekt in der Zwischenzeit längst verschwunden. Es dürfte inzwischen Hunderte von Metern, wenn nicht sogar noch wesentlich weiter entfernt sein. Und bis die KTU oder ein angeforderter Hubschrauber aus Rennes kommen konnte, war es auf jeden Fall zu spät, so viel war sicher.

»Diese Drohne, haben Sie gesehen, wie sie aussah?«

»Na ja, eben wie eine Drohne«, antwortete der andere dümmlich.

Bei Gelegenheit, dachte Guilloux, würde er sich mit der Personalabteilung über diese »großartige« Stellenbesetzung unterhalten müssen. In der Zwischenzeit wurde ihm mehr und mehr der Berg von Schwierigkeiten bewusst, die diese atypische Art der Zustellung mit sich brachte. Damals in Vannes war es ihm nur mit großer Mühe gelungen, einen Studenten dingfest zu machen, der seine Drohne ohne Genehmigung über die Altstadt hatte fliegen lassen. Die Drohne galt dem Kommissar als eine der unzähligen Plagen, die der fruchtbare Schoß der Moderne seiner Meinung nach geboren hatte.

Er drückte auf eine der Kurzruftasten seines Festnetzanschlusses und sagte:

»Kannst du bitte sofort kommen?«

Emma Lobo brauchte nicht mehr als einen Augenblick.

»Wir haben ein Bekennerschreiben für den Angriff auf Lemoine«, sagte Guilloux, als sie auf der Türschwelle erschien.

Und wer ist der hier?, erkundigte sie sich stumm angesichts der seltsamen Gestalt mit einer Schachtel in der Hand. Zu ihrer Verteidigung musste gesagt werden, dass Jojo Prigent noch in Zivil war – zum Umziehen hatte er bisher keine Zeit gehabt. Für sie sah er einfach nur aus wie ein komischer Kerl mit einem verdatterten Gesichtsausdruck.

»Zeig mal ...«

»Nimm ihn ruhig, er ist ohnehin schon verseucht.« Guilloux verzog das Gesicht und reichte ihr das zweiseitige Schreiben.

Sie stellte fest, dass jede Seite in einer anderen Sprache verfasst war – eine in Französisch, die andere in einer Sprache, die für sie als Laie wie Bretonisch aussah. Der Inhalt war klassisch – eine Aneinanderreihung vorgefertigter Sätze, als hätte der Verfasser ein Handbuch für den perfekten Kleinterroristen genau befolgt: »Hiermit bekennen wir uns zu dem Attentat, das am Samstag, dem 23. September, auf Francis Lemoine, den Bürgermeister von Saint-Malo, verübt wurde ...« Die Reihenfolge der erkennbaren Wörter, beispielsweise zur Identität des Opfers, ließ vermuten, dass der bretonische Text in jeder Hinsicht mit der französischen Formulierung übereinstimmte.

Was ihr jedoch viel merkwürdiger erschien, war die handgeschriebene Unterschrift am Ende jeder der beiden Versionen: N.A.P.A.L.M. Wie das Napalm, das von der US-Armee in Vietnam eingesetzt worden war. Das konnte kein Zufall sein ... und ganz sicher war es auch kein Versehen.

»Hast du die Punkte zwischen den einzelnen Buchstaben bemerkt? Das deutet auf ein Akronym hin.«

»Genau ...«, stimmte Guilloux zu, ehe er Prigent entließ. »Ihnen ist hoffentlich klar, dass Sie niemandem auch nur ein Wort von dem, was Sie gerade gesehen und gehört haben, erzählen dürfen.«

»Auch nicht den Kollegen?«, fragte der Einfaltspinsel.

»Vor allem nicht den Kollegen! Und seien Sie bitte so nett, uns die Schachtel hierzulassen.«

Nachdem sie den lästigen Boten losgeworden waren, setzten sie ihr Gespräch an der Stelle fort, wo sie aufgehört hatten: bei den Punkten von N.A.P.A.L.M.

»Also: Napalm. Sagt dir der Absender was?«, fragte Emma.

»Leider nicht ... Ich kenne das Kollektiv Dispac'h, das aus den bretonischen Unabhängigkeitsbewegungen hervorgegangen ist. Aber erstens haben sie meines Wissens keine Niederlassung in Saint-Malo, und zweitens sind die Mitglieder bekennende Pazifisten. Sie setzen eher auf Jahrmärkte, wilde

Graffiti und Transparente als auf selbst gebastelte Bomben. Zumindest gab es seit Ende der 1990er-Jahre keine gewalttätigen Aktionen mehr in der Region.«

Emma war zu jung, um sich daran zu erinnern. Aber ihre Eltern hatten ihr erzählt, dass einer der letzten Anschläge in der Bretagne im Frühjahr 2000 verübt worden war. Die Explosion einer Bombe bei McDonald's in Quévert in der Nähe von Dinan hatte einen Mitarbeiter des Schnellrestaurants das Leben gekostet. Seither war nichts passiert.

Waren die Zeiten des bretonischen Terrorismus zurückgekehrt?

»Irgendetwas stört mich an diesem Wisch ...« sagte Guilloux nachdenklich.

»Was denn? Die schulmäßige Zweisprachigkeit?«

Hätten wahre bretonische Unabhängigkeitskämpfer ihre Botschaft nicht eher in der in ihren Augen einzig gültigen Sprache formuliert?

»Stimmt. Also ... Um ehrlich zu sein, finde ich es seltsam, dass eine der beiden Versionen ausgerechnet auf Bretonisch ist.«

»Das musst du mir erklären ...«

»Nun, ich will nicht behaupten, dass ich diese Stadt schon komplett verstanden habe. Aber eines habe ich ganz bestimmt begriffen: diese leidenschaftliche Unabhängigkeit der Einwohner. Ihr unbedingter Wille, sich keiner anderen Bevölkerung oder Kultur anzupassen.«

Emma bestätigte seine Aussage mit einem Lächeln. Ziemlich scharfsinnig für einen Mann aus Vannes.

»Du weißt gar nicht, wie recht du hast. Kennst du das inoffizielle Motto von Saint-Malo?«

»Nicht Franzose ...«, begann er zögernd.

»Nicht Franzose, nicht Bretone, ich bin aus Saint-Malo.«

»Siehst du! Wenn es also jemand hier aus der Gegend war, warum verfasst er dann sein Bekennerschreiben ausgerechnet in den beiden Sprachen, die er am meisten ablehnt?«

»Vielleicht, weil Saint-Malo keine eigene Sprache hat?«, meinte sie ironisch.

»Vielleicht ...«, sagte Guilloux ohne Überzeugung. »Vielleicht.«

12

Sonntag, 24. September, Saint-Malo, Manoir
des Corrigan, *Spielzimmer*

Feckin' bollix!, fluchte Maggie innerlich, als sie feststellte, dass
James Hillbies Schlüssel die ganze Nacht über an der Rezeption des *Manoir* geblieben war. Mit anderen Worten: Ihr aktueller Liebhaber hatte sie nicht nur am Abend zuvor in der Bar
völlig übersehen, sondern auch noch woanders übernachtet,
ohne ihr Bescheid zu sagen. Gott allein (vielleicht auch nur
der Teufel) wusste, wo und vor allem mit wem er die Nacht
verbracht hatte. Er, der noch vor ein paar Stunden so eifrig
um sie bemüht gewesen war, hatte jetzt keinen Bock mehr auf
sie, wie Énoras Generation es formuliert hätte. Zwar hatten
sie nicht ausdrücklich vereinbart, sich wieder zu treffen. Aber
eigentlich wäre das doch normal gewesen, oder?

»Geht es dir nicht gut, Granny?«, erkundigte sich ihre Enkelin, die gerade vorbeikam.

»Spielzimmer!«

Mit diesem Wort, begleitet von herrischem Gehstock-
wirbeln, zitierte die älteste der Corrigan-Frauen Énora in

den Nebenraum. Im Spielzimmer des Herrenhauses kamen die drei Frauen gern zusammen und unterhielten sich, betrachteten den Raum aber auch als ihre Zuflucht. Als einen Ort, wo vor Holzvertäfelung und Bücherregalen Notfälle besprochen und unsichtbare Wunden verbunden werden konnten.

»*I can't believe it!*«, rief Maggie und ließ sich in einen der kreisförmig angeordneten Clubsessel fallen. »Mach mir bitte einen Whiskey, meine Nono.«

»Um diese Uhrzeit?«

Gibt es dafür etwa eine Uhrzeit?, erwiderte der düstere Blick ihrer Großmutter. Der Rotschopf tat wie geheißen und ließ sich dann ebenfalls auf einen der rissigen Ledersitze sinken. Schon von klein auf hatte sie in diesem Raum, häufig zusammengerollt, ganze Tage mit Lesen und Träumen verbracht.

Nach ein paar Schlucken fasste Maggie ihre Enttäuschung zusammen, ohne zu sehr in intime Details zu gehen (das entsprach nicht der Art des Hauses).

»Was ist?« Louises Radar hatte offenbar den Alarm wahrgenommen. Sie steckte den Kopf durch die Tür.

»Granny hat einen Korb bekommen.«

»Von dem Engländer?«

»*Bleedin' shitty Brit*«, bestätigte Maggie in ihrem irisch eingefärbten Englisch.

»Und wenn das etwas mit dem Fall Lemoine zu tun hätte?«, überlegte Énora. »Hat er dir nicht gesagt, dass er einen Termin im Rathaus hat?«

»Doch, aber erst *next Tuesday*. Nicht in der Nacht von Samstag auf Sonntag. Wieso also hätte ihn die Sache mit dem Attentat davon abhalten sollen, zu mir zu kommen ...«

Die Worte »in mein Bett« ließ sie schamhaft aus.

»Sophie sagt«, riskierte Louise anzumerken, »dass er zum Zeitpunkt der Explosion nicht hier im Haus war.«

»Und was beweist das? Wir waren schließlich auch nicht hier. Aber das macht uns noch lange nicht verdächtig.«

Am liebsten wäre Maggie auf ihre Tochter losgegangen. Ihre persönlichen Ressentiments gegen den britischen Historiker ließen noch lange keine x-beliebigen Vermutungen zu.

»Schon gut, ich meine ja nur ...«

»Wie auch immer«, mischte Énora sich ein, um die aufkommende Spannung zu entschärfen, »wir stehen bei den Ermittlungen auf verlorenem Posten. Ehrlich gesagt sind wir im Moment eher die Breizh Panade als die Breizh Brigade.«

Der Kalauer entlockte den beiden anderen nur ein bitteres Lächeln.

»Sei nicht so hart, immerhin wissen wir trotzdem zwei bis drei Dinge«, widersprach ihre Mutter. »Erstens: Wenn man die Fotos von Alain und die Meinung von Lorie bedenkt, muss es sich um einen Sprengstoffanschlag gehandelt haben. Zweitens: Bernard Chauvels Katamaran *Sisyphos* war das einzige Boot, das zum Zeitpunkt der Tat in der Nähe von Lemoines Katamaran gesehen wurde. Drittens: Die Frau und den Sohn des Opfers scheint sein Zustand nicht zu kümmern.«

»Viertens«, fügte Maggie hinzu, »Lemoines Stellvertreterin scheint *very happy* zu sein, seinen Posten kommissarisch übernehmen zu dürfen. Es scheint ihr nicht viel auszumachen, dass ihr Chef im Krankenhaus liegt.«

»Logisch!«

Ehrlich gesagt schien das schlimme Schicksal des Bürgermeisters von Saint-Malo niemanden auf der Pressekonferenz ernsthaft erschüttert zu haben. War Francis Lemoine ein unbeliebter Politiker? Nicht mehr als jeder andere, hätten die drei Corrigans geantwortet, wenn man sie danach gefragt hätte. Aber er war mit Sicherheit auch kein Mensch, der bei den Massen Begeisterung oder Mitgefühl hervorrief. Für die meisten Einheimischen war die Tatsache, dass ein Anschlag auf ihn verübt worden war, vor allem eine schlechte Nachricht für ihre Stadt. Ein Blutfleck auf ihrem Wappen.

Maggie leerte ihr Glas, und auch der – sonst so produktive – Austausch der drei Frauen begann schon ins Leere zu laufen, als Énora sich wieder zu Wort meldete:

»Entschuldige, dass ich darauf herumreite, Granny, aber hat dein James dir eigentlich gesagt, was er von Lemoine wollte? Man kommt doch nicht einfach so aus England, um sich ein paar Archive anzusehen, die samt und sonders im Internet verfügbar sind?«

»*Well*, nein, nicht wirklich. Und er ist nicht *mein* James, nur dass du es weißt!«

»Aber worüber habt ihr dann geredet?«

»Sagen wir mal so, mein Schatz, ich bediene mich seines Mundes und seiner Zunge auf andere Weise«, erwiderte Maggie voller Ernst.

Louise wurde rot, und Énora lachte, aber diese erste Reaktion auf die schlüpfrige Äußerung wich schnell einer gewissen Verwirrung. Im Ernst: Was hatte James Hillbie in Saint-Malo gewollt, außer der Chefin des *Manoir des Corrigan* ein paar heiße Nächte zu bescheren?

Maggie legte eine Hand auf die Tasche ihrer Bundfaltenhose und stellte (nicht ohne Überraschung) fest, dass sie den Zimmerschlüssel ihres Liebhabers an sich genommen hatte. Sie zog ihn heraus, ließ ihn am Finger baumeln und bemerkte schelmisch:

»Vielleicht gibt es eine Möglichkeit, deine Frage zu beantworten.«

»Ist das dein Ernst?«

»*So what?* Er war schließlich auch in meinem Zimmer!«

Ihre schlagfertige Antwort wischte alle Skrupel beiseite, und weniger als eine Minute und ein paar Stufen später betraten sie zu dritt das Zimmer, das der Historiker gemietet hatte. Es war eines der komfortabelsten im ganzen Haus, mit idyllischem Blick auf den Park und den Rosengarten. Der Geruch von Pfeifentabak kratzte sie bereits bei den ersten Schritten im Hals.

»Wie gut, dass es unseren Gästen verboten ist, in den Zimmern zu rauchen«, meckerte Louise, ohne jedoch bei den beiden anderen die gleiche empörte Reaktion hervorzurufen.

Abgesehen davon herrschte eine britische, fast schon militärische Ordnung beim persönlichen Eigentum des Bewohners. Der Koffer war geschlossen, die Toilettenartikel standen auf der Ablage im Badezimmer, und auf Bett und Boden lagen keine schmutzigen Kleidungsstücke herum. Die einzigen auffälligen Dinge waren eine große, alte Ledertasche und ein seltsames elektronisches Gerät von der Größe einer großen Videokamera, allerdings etwas eckiger.

Ob es sich dabei um ein Steuerungssystem handelte?, überlegten die drei Frauen neugierig.

Aus der glücklicherweise unverschlossenen Aktentasche ihres Liebhabers fischte Maggie eine Mappe, auf der auf Französisch »*Machine infernale*« (Höllenmaschine) vermerkt war. Mit zitternden Händen zog sie eine Reihe von Dokumenten und technischen Zeichnungen heraus, die anscheinend alle dasselbe darstellten: ein führerloses Schlauchboot mit Außenbordmotor, das mit dunklen Paketen beladen war – Sprengstoff? – und einem Kurs von Cézembre zu den Stadtmauern von Saint-Malo folgte, wobei es Le Grand Bé auf seiner nordwestlichen Seite umrundete. War es möglich, dass die Korsarenstadt selbst das Ziel des mit einer Bombe versehenen Zodiak hätte sein sollen? Hatte Francis Lemoine, ihr Bürgermeister, nur durch Zufall seinen Weg gekreuzt?

»*Holy feckin' shit!*«, flüsterte Maggie und präsentierte ihren entsetzten Mitstreiterinnen ihren Fund.

Es war kaum zu glauben. Diese Fakten waren erdrückend. Und obwohl Louise noch blasser war als ihre Mutter und ihre Tochter, war sie die Erste, die sich fing:

»Die Höllenmaschine‹«, sagte sie fast tonlos, »das bezieht sich auf eine bekannte Episode der Geschichte von Saint-Malo.«

»Stimmt, es kommt mir irgendwie bekannt vor. Erzähl mal.«

»Im November 1693, am 29., wenn ich mich recht erinnere, gab es einen Überfall der englischen Marine auf Saint-Malo. Es war nicht der erste, aber bis dahin hatten sich alle an den uneinnehmbaren Stadtmauern die Zähne ausgebissen. Also kamen die Engländer auf die Idee, ein mit Schießpulver, Pech und Stroh beladenes Schiff unter vollen Segeln gegen die Stadtmauern prallen zu lassen. Der Angriff konnte logischerweise nur bei Flut stattfinden.«

»Schlau, aber irgendwie zwecklos, oder?«, kommentierte Énora. »Sie hätten auch mit gut gezielten Kanonenschüssen Breschen schlagen können.«

»Nein, denn das Ziel ihrer ›Höllenmaschine‹ war kein beliebiger Mauerabschnitt. Sie hatten es auf nichts Geringeres als die Pulvervorräte von Saint-Malo abgesehen.«

»Wo befanden sich die?«

»Im Bidouane-Turm.«

Ein Wachturm an der Nordseite der Stadtbefestigung, den so gut wie alle Touristen bei ihrem traditionellen Rundgang um die Stadtmauer besuchten.

»Und wie ist es ausgegangen?«

»Die Explosion muss schrecklich gewesen sein. Augenzeugen berichteten von Erschütterungen wie bei einem Erdbeben.«

»War der Schaden groß?«

»Ja und nein. Der Bidouane-Turm wurde stark beschädigt, und in der gesamten Innenstadt zersplitterten Fenster, aber die übrigen Mauern hielten dem Druck stand. Abgesehen von den englischen Begleitern des Schiffes gab es keine menschlichen Opfer. An Land lediglich eine Katze und zwei Hunde.«

Die berühmte Rue du Chat-qui-Danse (Straße der tanzenden Katze) verdankte ihren Namen dieser dramatischen Episode; doch auch wenn es so schien, war der Hintergrund durchaus nicht komisch.

»Dann haben die Engländer die Stadt also nicht eingenommen?«

»Nein, Saint-Malo blieb standhaft und hörte nicht auf, den Eindringlingen Widerstand zu leisten«, sagte Louise. Es klang wie ein Zitat der ersten Worte aus einem Asterix-Heft.

Hatte James Hillbie etwas korrigieren wollen, was er – als Untertan Seiner Majestät – als Anomalie der Geschichte betrachten musste? Waren bei ihm Rachegefühle und Nostalgie zu der Wahnsinnstat verschmolzen, eine Nachbildung der »Höllenmaschine« zu planen? Oder war von Anfang an Lemoine sein Ziel gewesen, sozusagen als Symbol für etwas, wogegen seine Vorfahren mehr als drei Jahrhunderte zuvor gekämpft hatten?

Maggie war mit ihren Überlegungen noch nicht weitergekommen, als Louise ihr mit ungewohnter Kühnheit die Akte aus der Hand riss und ein weiteres Dokument herauszog. Ihre Lehrerinnenaugen, die es gewohnt waren, ihre Schüler beim

Schummeln zu erwischen, hatten zwischen den Pappklappen etwas bemerkt, das ihrer Mutter entgangen war.

»Es sieht auf jeden Fall ganz so aus, als hätte er nicht nur ein einziges Ziel im Visier gehabt ...«, sagte sie tonlos.

Zu diesen Worten hielt sie eine alte Gravur hoch. Das abgebildete Gebäude war kein Geringeres als ... das, in dem sie sich gerade befanden. Das alte Herrenhaus Puits-Sauvage.

Die beiden anderen starrten mit offenen Mündern auf das Papier. Selbst Maggie, die sonst nie mit kreativen Flüchen geizte, fehlten ausnahmsweise die blumigen Worte, um ihre Verblüffung auszudrücken.

»*Wait*«, versuchte sie, ihren Lover zu verteidigen, als sie wieder sprechen konnte. »Vielleicht wollte er nur wissen, wie sein gebuchtes *Bed and Breakfast* aussieht.«

»Mit einem historischen Stich?«, schnappte Énora. »Es gibt für Touristen wirklich bessere Ansichten davon.«

»Aber er ist Historiker und kein Reiseveranstalter«, argumentierte Louise.

»Tja, ich weiß auf jeden Fall, was wir jetzt zu tun haben.«

Die betretenen Gesichter der beiden anderen Frauen zeigten Énora, dass sie nicht teilten, was sie selbst für selbstverständlich hielt. Vor allem beim Blick in Maggies blaue Augen fragte sie sich, ob ihre Großmutter nicht vorhatte, den Mann, der ihr Vertrauen missbraucht hatte und der sie vielleicht alle drei in Gefahr brachte, auf die schlimmste Weise zu malträtieren.

Wenn sie also noch ein Motiv für ihre Ermittlungen gebraucht hatten, dann lag es jetzt klar zutage. Es ging nicht mehr nur um den Bürgermeister, sondern auch darum, die eigene Haut zu retten!

Aber war ihre bescheidene kleine Truppe einer solchen Bedrohung gewachsen?

»Ich denke an Guilloux und Emma Lobo«, erklärte Énora. »Ich weiß, dass du von den anonymen Nachrichten, die wir ihnen schicken, nicht gerade begeistert bist, Granny. Aber ich glaube, wir haben keine andere Wahl. Wenn James Hillbie tatsächlich etwas mit diesem ganzen Schlamassel zu tun hat, werden wir andere Mittel brauchen, um das zu beweisen.«

Angesichts der zögernden Blicke von Mutter und Großmutter, wurde sie deutlicher:

»Verflixt! Stellt euch doch mal vor, er plant so etwas noch einmal! Und noch dazu hier bei uns! Glaubt ihr ernsthaft, wir könnten mit unseren bescheidenen Mitteln hier zwischen zwei Reihen Rosensträuchern einen Anschlag vereiteln?«

13

Sonntag, 24. September, Saint-Malo, Kommissariat

»Ihnen ist hoffentlich klar, dass Sie niemandem auch nur ein Wort von dem, was Sie gerade gesehen und gehört haben, erzählen dürfen.«

»Auch nicht den Kollegen?«

Die Worte des Kommissars, eine grausame Erinnerung an seinen bescheidenen Dienstgrad, hallten noch immer in Jojos zerknautschtem Schädel nach. Prigent fand die Art und Weise, wie der oberste Chef ihn entlassen hatte, nur mäßig prickelnd. Er war zwar nur ein kleines Licht, aber immerhin hatte die Vorsehung ihn ausgewählt, das Bekennerschreiben entgegenzunehmen und weiterzuleiten. Das musste doch etwas bedeuten, oder? Wer weiß, vielleicht war die Zeit für seine Beteiligung an einem großen Fall endlich gekommen? Tschüs, Jojo Pechvogel. Hallo, Jojo im Glück.

Als Joseph das Büro von Kommissar Guilloux verließ, traf er auf seinen neuen Kollegen Marco. Dieser gehörte zu den Uniformierten auf der Wache, die direkt mit dem großen Manitu in Verbindung standen:

»Sag mal, könntest du mir Bescheid geben, wenn der Chef Neuigkeiten zum Fall Lemoine erhält?«

»Warum?«, lachte der andere. »Hast du vor, dich bei der Stadtverwaltung zu bewerben? Du hast doch gesehen, was mit Nicht-Malouins passiert, die das versuchen!«

Die Anspielung machte deutlich, dass nach der Veröffentlichung der ersten Bilder des verletzten Francis Lemoine die Aufregung in den sozialen Netzwerken nicht nachgelassen hatte.

»Nein, im Ernst ... Ich möchte das wirklich sehen.«

»Was interessiert dich denn?«

»Alles. Aber vor allem die Berichte der KTU.«

»Das lässt sich machen. Aber natürlich nicht für lau«, erwiderte Marco schalkhaft.

Jojo verzog zunächst sein Gesicht, das aus der Muppet Show entliehen schien, doch dann sagte er zu dem Kollegen, von dem er wusste, dass er Fußballfan war:

»Wie wäre es mit Logenplätzen im Francis-Le Blé auf der Tribüne Foucauld?«

»In Brest? Glaubst du, ich fahre den ganzen Weg nach Brest, um mir irgendein blödes Gekicke anzutun?«

»Mal sehen ... immerhin steht noch Brest gegen PSG und Brest gegen Marseille auf dem Spielplan.«

»Einverstanden«, stimmte Marco mit einem Mal begeistert zu. »Aber mindestens vier Karten. Und in der Loge, nicht in der Kurve für Landeier!«

Jojo hatte das Versprechen gehalten, das er Christophe Guilloux gegeben hatte: Er hatte das Geheimnis nicht ausgeplaudert, dessen Zeuge er unfreiwillig geworden war.

Schon kurz darauf erfüllte Marco seinen Teil der Abmachung. Als wenige Stunden später der zweite Bericht aus Rennes an der Rezeption eintraf, überließ er die erste flüchtige Lektüre seinem Freund Jojo aus Brest. Jojo schloss sich in eine Toilettenkabine ein und hatte alle Mühe, seine Aufregung zu unterdrücken. So sehr, dass sich von den Waschbecken her eine besorgte Stimme erkundigte:

»Alles in Ordnung da drinnen?«

»Geht schon, hab am Wochenende nur zu viel Reis gegessen.«

»Oh ja, das kenne ich!«, sagte der Unbekannte, ehe er den Raum verließ. »Schlag dir den Bauch mit Strandschnecken voll, dann rutscht es ganz von alleine.«

Der Inhalt des Berichts war tatsächlich so dicht und kompakt wie eine Sättigungsbeilage. Jojo verstand zwar nicht alle von den Technikern benutzten Begriffe, aber unten auf der Seite stand schwarz eingerahmt etwas sehr Wichtiges, das auch ein Laie wie er als solches erkennen und verarbeiten konnte: »Bei der Substanz, durch welche die Schäden verursacht wurden, handelt es sich um AMMONIUMNITRAT – der Dünger, der am 4. August 2020 die große Explosion im Hafen von Beirut im Libanon verursachte.«

Jojo Prigent interessierte sich nur am Rande für Nachrichten, aber von der Tragödie im Libanon hatte auch er gehört. Was ihn im vorliegenden Fall am meisten überraschte, war das geringe Ausmaß der Schäden – nur der Schwimmer an der Steuerbordseite war beschädigt. Er erinnerte sich noch an die Bilder aus Beirut, wo ein großer Teil der Stadt schlicht weggefegt worden war.

Die folgenden Zeilen jedoch erklärten diese Abweichung: »Es scheint, als wäre das Fernzündsystem nicht richtig zu den Behältern mit der fraglichen Substanz ausgerichtet gewesen, weswegen die Zündung nur einen Bruchteil des Sprengstoffs erreichte. Es kann davon ausgegangen werden, dass es sich

bei den Attentätern um Amateure handelt, die möglicherweise einem Online-Tutorial gefolgt sind.« Beunruhigender
waren andere verkohlte Spuren, die auf die Zugabe von sehr
ursprünglichen, fast schon altmodischen brennbaren Materialien hindeuteten: hauptsächlich Stroh und Pech.

»Auch das aufblasbare Boot gehört nicht zu einer professi-
onellen Ausrüstung, sondern ist ein gängiges Modell, das in
allen Sportgeschäften der Region verkauft wird, so z. B. bei
Decathlon. Allein von diesem Anbieter wurden im laufenden
Kalenderjahr in der näheren Umgebung mehr als vierhundert
Stück verkauft, in ganz Frankreich Tausende. Leider ist die
Seriennummer des verwendeten Exemplars bei der Explosion
geschmolzen. Es ist daher nicht möglich, das Gerät zu seinem
potenziellen Käufer zurückzuverfolgen.«

Den wenigen maschinengeschriebenen Seiten folgte
schließlich die Feststellung, dass auf den verschiedenen
Trümmerteilen und bei den analysierten Proben keine Fingerabdrücke oder DNA-Spuren gefunden worden waren, außer natürlich denen von Francis Lemoine selbst. Der Attentäter mochte ein Neuling in der Kunst des Attentats gewesen
sein, hatte aber auf jeden Fall sehr sorgfältig gearbeitet. Und
offenbar bestand kein Zweifel daran, dass der Bürgermeister
von Saint-Malo zum Zeitpunkt des Anschlags allein an Bord
seines Hobie 15 gewesen war. Diese beiden Tatsachen konnte
selbst der nicht besonders schlaue Jojo Prigent aus den ansonsten recht schwer verständlichen Zeilen herauslesen.

»Danke, Marco«, sagte Emma Lobo, als sie die Mappe entgegennahm. Zwar wunderte sie sich über einige feuchte Flecken
auf dem wieder verschlossenen Umschlag, doch ihre Ungeduld überwog und besiegte den leichten Zweifel. Sie öffnete
das Kuvert und zog eine Akte heraus. Ohne auf Guilloux zu

warten, der sich auf der soundsovielten Nachbesprechung beim Unterpräfekten Mazurel befand, begann sie zu lesen. Inzwischen hatte sie gelernt, wie man solche schwer verdaulichen Dokumente durchging. Ihr Blick fokussierte sich instinktiv auf das Wesentliche, und so ergab sich nach weniger als einer Minute Lesezeit ein halbwegs klares und zusammenhängendes Bild.

Ammoniumnitrat.

Die chemische Bezeichnung ließ in ihrem Kopf etwas klingeln. Sie sagte ihr etwas, aber was ...? Eine Suche in den digitalisierten Protokollen des letzten Jahres lichtete den kognitiven Nebel schnell.

Vier Monate zuvor hatte die Verwaltung des Handelshafens von Saint-Malo den Diebstahl eines Sacks mit Ammoniumnitrat von einem ihrer Kais gemeldet. Es war nicht das erste Mal, aber was diesen Vorfall so einzigartig machte, war, dass ausnahmsweise einmal kein Einbruch stattgefunden hatte.

Stammte die Substanz, die gegen Lemoine eingesetzt wurde, aus diesem Sack? Und, was noch wichtiger war, konnte man daraus schließen, dass der Anschlag vorsätzlich verübt worden war?

Die einzige Möglichkeit, eine solche Vermutung zu bestätigen, wäre die Wiederbeschaffung des gestohlenen Kontingents. Aber das war mehrere Monate nach der Tat nicht mehr möglich.

Emma las das Protokoll genauer. Die drei Sicherheitsleute, die in der Nacht vor Ort gewesen waren, hatten angegeben, dass sie sich nicht vorstellen konnten, wie es dem Dieb gelungen war, ohne den nur ihnen bekannten Zugangscode auf das Gelände zu gelangen und obendrein ihren Kontrollgängen auszuweichen. Natürlich bestand die Möglichkeit, dass sie

Komplizen des Diebes waren, aber auch diesbezüglich hatten die verschiedenen Untersuchungen keine eindeutigen Ergebnisse erbracht. Die Auswertung der Videoüberwachung zeigte auf dem betreffenden Kai eine schwarz gekleidete Gestalt mit Sturmhaube, die jedoch nicht zu identifizieren war. Beim Heranzoomen hatten die ermittelnden Beamten lediglich feststellen können, dass es sich um »eine große, schlanke Person mit eher athletischem Körperbau handelte, die auf den ersten Blick jung und sportlich wirkte«.

Mit anderen Worten: Es konnte so gut wie jeder gewesen sein.

Seufzend schloss Emma die Datei.

Sie überlegte noch, wie sie ihrem Chef diese enttäuschenden Neuigkeiten mitteilen sollte – wenn Mazurel ihn an einem Sonntag besuchte, musste der Druck auf die Ermittler noch weiter gestiegen sein –, als mit einem fröhlichen »Pling« eine E-Mail ohne Betreff in ihrem Posteingang landete. Die Noreply-Nachricht stammte von einer Adresse, die aus einer zusammenhanglosen Reihe aus Zahlen und Buchstaben bestand.

Ein eigens für diesen Zweck erstellter, nicht zurückverfolgbarer Account.

Der Text enthielt eine einzige, kryptische Zeile: »Kennen Sie James Hillbie?«.

Die E-Mail hatte zwei Anhänge: eine Art technische Zeichnung eines Zodiak mit der Aufschrift »Machine infernale« sowie eine Einladung an »Mister James Hillbie, Historiker«, zur Jahreshauptversammlung der Association historique de Saint-Malo, kurz AHSM, »am 23. September um 10:00 Uhr«. Mit anderen Worten, weniger als zwei Stunden vor dem großen Knall, der überall in Intra-Muros zu spüren gewesen war.

Was hatte ein (englischer, wie Emma annahm) Historiker

mit ihrem Fall zu tun? Und warum sollte dieser Mensch ein Interesse daran haben, den Bürgermeister von Saint-Malo anzugreifen? Wollte er die Jahrhunderte alte Fehde zwischen den Malouins und den Briten wieder aufleben lassen?

»Kann ich dich bitte kurz sprechen?« Diskret steckte sie den Kopf in Guilloux' Büro. »Es ist ziemlich dringend.«

Der Kommissar entschuldigte sich bei dem (höchst neugierigen) Unterpräfekten und folgte seiner Stellvertreterin in den Flur.

»Falls du mir ein Stück *Far* anbieten möchtest, ist das hier, wie du siehst, nicht gerade der beste Zeitpunkt.«

»Sehr witzig«, zischte sie, ohne zu lächeln. »Schau mal, was ich gerade bekommen habe.«

Sie reichte ihm die Ausdrucke der E-Mail und der Anhänge.

»Anonym, nehme ich an?«

»Was glaubst du wohl?«

Handelte es sich wieder um diese lächerliche Breizh Brigade, die ihnen bereits vor einigen Monaten wertvolle Informationen geliefert hatte? Schwer zu sagen. Die Übermittlung der Mitteilung war raffinierter als beim ersten Mal. Da Guilloux sich nicht äußerte, hakte Emma nach:

»Was machen wir mit diesem Hillbie? Sollen wir ihn vorladen?«

»Bloß nicht. Sonst haben wir auch noch diplomatischen Ärger am Hals. Mazurel hat gerade ordentlich den Druck erhöht. Wir sollen zwar schnell vorankommen, dabei aber auch möglichst diskret vorgehen. Die Beziehungen zwischen unserer Stadt und der britischen Regierung sind wegen der Fischfangquoten ohnehin schon angespannt.«

»Dann lassen wir diese Spur also in der Versenkung verschwinden?«, fragte Emma entrüstet.

»Das habe ich nicht gesagt. Erkundige dich über den Mann.

Was macht er in Saint-Malo? Wo wohnt er? Wie verbringt er seine Abende? Warum haben ihn die alten Knacker von der AHSM eingeladen? Damit könntest du übrigens anfangen.«

»Pff«, schnaufte sie, sichtlich verärgert über diese neue Aufgabe.

»Was ist denn? Hast du etwa Angst, dass ein paar Achtzigjährige dich anbaggern?«

»Du hast keine Ahnung, wie nah du an der Wahrheit bist. Den Vorsitzenden des Vereins, Yves-Malo Bazin, kenne ich ein bisschen. Ich hatte das zweifelhafte Vergnügen, an einem oder zwei seiner Vorträge in der Mediathek teilzunehmen. Sein Großvater war zwischen den beiden Kriegen Chef der wichtigsten Lokalzeitung, *Le Salut*.«

»Und was hat das mit uns zu tun?«

»Nichts, aber ... Du kannst dir das nicht vorstellen! Er ist der schlimmste Schwätzer auf der ganzen Welt. Wenn er dich in die Fänge kriegt, dauert es Stunden! Stunden!!!«

»Na und? Willst du dich etwa beschweren, wenn endlich mal jemand freiwillig mit uns redet?«

14

Sonntag, 24. September, Manoir des Corrigan *und Umgebung*

Sie hatten ihre Nachforschungen wieder aufgenommen, jede auf ihre Weise. Und wieder einmal war es der Mangel an verfügbaren Informationen, der ihre Neugier eher anstachelte als hemmte: »Es gibt zwei Möglichkeiten, mit dem Nebel auf See umzugehen«, pflegte Constant Corrigan seinerzeit zu sagen, »entweder man kehrt sofort in den Hafen zurück, oder man fährt mitten hinein.« Man hätte ihm vielleicht entgegenhalten können, dass ihm selber diese Binsenweisheit nicht wirklich gut bekommen war. Doch seine Witwe Maggie, seine Tochter und seine Enkelin ließen sich dadurch nicht abhalten. Die ererbte Hartnäckigkeit schweißte sie zusammen.

In dem virtuellen Netzwerk, das Énoras engagierter Freund Malo, der schon seit Kindertagen heimlich unsterblich in sie verliebt war, auf ihrem Laptop installiert hatte, recherchierte sie, wie man Sprengstoff am einfachsten selbst herstellte. Es hätte gerade noch gefehlt, dass sie bei dieser zwielichtigen Tätigkeit von der Polizei aufgespürt und verdächtigt worden wäre.

Im weltweiten Netz fand sie eine ganze Reihe von Spinnern, die deutlich weniger Skrupel hatten als sie und ihre Wissenschaft für die unglaublichsten Projekte zur Verfügung stellten. Auf diesen Seiten wurde deutlich, dass das einfachste und billigste Rezept nur gewöhnlichen chemischen Dünger aus Ammoniumnitrat beinhaltete, der mit Heizöl versetzt wurde. Beide Zutaten konnte man zu Hause haben. »90 Prozent der nicht konventionellen Bomben sind auf diese Weise zusammengesetzt«, schrieb einer der Online-Feuerwerkerlehrenden. Bei näherer Betrachtung musste Énora jedoch feststellen, dass der Verkauf des Grundprodukts in Gartencentern ziemlich restriktiv erfolgte: Es gab nur begrenzte Mengen, Behältnisse wurden unter Verschluss gehalten, und ab einer bestimmten Menge musste ein Ausweis vorgelegt werden.

Wenn der, der das getan hat, auch nur ein bisschen schlau war, dachte sie in ihrem Lieblingsrefugium, der alten Backstube, dann muss er das Nitrat unter dem Radar des legalen Handels beschafft haben ...

Das konnte eigentlich nur bedeuten, dass der Dünger für die Sprengung von Lemoines Katamaran – vermutlich eine größere Menge – mit hoher Wahrscheinlichkeit gestohlen worden war.

Mehr brauchte es nicht, um das bekannte Zucken in den Beinen zu verspüren, das sie zu einem Spaziergang durch die ländliche Umgebung animierte. Ein Spaziergang nicht ganz ohne Hintergedanken.

»Ein Düngerdiebstahl, sagst du?«

Énoras Freund Franck, ein Schafzüchter, robust und massiv wie ein Fass, kratzte sich unter seiner Mütze zwischen den wenigen verbliebenen Haaren.

»Tut mir leid, Prinzessin, aber mir sagt das gar nichts. Vielleicht solltest du mal Fred und die anderen Landwirte in der Gegend fragen. Solche Delikte betreffen eher sie als mich.«

»Stimmt, ich werde ihnen mal einen Besuch abstatten.«

»Aber wo du schon mal hier bist: Willst du dir nicht die Kleinen von Flora ansehen?«

Sein Lieblingsschaf hatte endlich gelammt. Außergewöhnlich war, dass es nicht nur ein oder zwei, sondern gleich drei Junge bekommen hatte.

»Zu schade, dass diese süßen Kerlchen als Kotelett oder Lammkeule enden müssen«, stellte Énora traurig fest, als sie die winzigen Wollknäuel in ihrem Gehege betrachtete, wo sie an den Zitzen der Mutter saugten.

»Nicht unbedingt. Ich habe vor, das Weibchen zur Zucht einzusetzen. Sie hat tolle Anlagen.«

»Welches ist es?«

»Die Kleine mit dem rötlichen Puschel auf dem Kopf. Genau wie du!«

Das dröhnende Lachen ihres Gastgebers wischte Énoras Einwände beiseite.

»Ach, noch was ... Hättest du Lust, ihre Patin zu werden?«

»Äh, ja sicher«, stotterte Énora überrumpelt.

Das Angebot rührte sie, und um nichts in der Welt hätte sie ihren Züchterfreund zurückweisen wollen. Aber die mit einer Patenschaft einhergehende Verpflichtung würde vermutlich schon bald nicht mehr möglich sein. Sie hatte weder Franck noch Fanny oder den beiden anderen Corrigans verraten, dass ihr Wunsch, Saint-Malo nach ihrem Praktikum zu verlassen und nach Irland zu gehen, von Tag zu Tag stärker wurde. Was für eine Patin wäre sie, wenn sie ihr Patenkind gleich nach der Taufe verlassen würde?

»Ich will dir nichts aufdrängen, du entscheidest ...«

»Aber sicher!«, rief sie ein wenig zu laut. »Natürlich würde es mir gefallen. Aber lass uns noch mal darüber reden, wenn ich in der Klinik angefangen habe, okay?«

Franck nahm die Ausflucht seiner Besucherin mit einem tapferen Lächeln zur Kenntnis. Aber in seinen bauernschlauen Augen erkannte sie, dass sie ihn nicht täuschen konnte. Ein alter Fuchs wie er ließ sich nicht so einfach ausräuchern.

Auf dem Hof des Getreidebauern Fred in der Gegend von Quatre Vents fiel die Reaktion auf einen möglichen Diebstahl von Dünger ähnlich aus wie beim Schafzüchter: »Nein, tut mir leid, ich habe nichts dergleichen gehört. Zumindest nicht in letzter Zeit.« Und so kehrte Énora unverrichteter Dinge ins *Manoir* zurück. Nicht nur ihr Misserfolg belastete sie, sondern auch gewisse Schuldgefühle. Wann würde sie endlich den Mut aufbringen, ihrer Familie und ihrem Freundeskreis von ihrer geplanten Reise zu erzählen?

Im Spielzimmer fand sie Louise bei ihrem Lieblingshobby vor: Archive durchforsten. Bestärkt von den Nachforschungen ihrer Tochter zum Thema Sprengstoff und dank der Zugangscodes, die sie von Alain erhalten hatte, durchsuchte sie seit über einer Stunde die Dokumentensammlungen von *Le Pays malouin*.

»Und? Schon was gefunden?«

»Stell dir vor, Ende Mai wurde ein Sack Ammoniumnitrat aus den Docks im Handelshafen entwendet, und zwar anscheinend ohne Einbruch.«

»Interessant«, stellte Énora fest und setzte sich neben ihre Mutter. »Gibt es weitere Details?«

»Nein, leider nicht. Es war nur eine kleine Notiz in den Kurznachrichten. Die Videoüberwachung hat nichts ergeben, und auch die Securityleute waren offenbar nicht beteiligt. Die Untersuchung wurde eingestellt. Ich nehme an, der leere Sack wird in ein paar Monaten auf irgendeinem Brachgrundstück gefunden.«

»*Fuck*«, fluchte Énora. »Also alles für die Katz.«

Doch ihre Mutter lächelte nur maliziös:

»Nicht ganz. Es ist erstaunlich, was man in der Lokalzeitung alles über unseren Bürgermeister lesen kann.«

»Na super«, meinte ihre Tochter ironisch, »zweitausend Artikel über Einweihungen von Chrysanthemengärten und irgendwelche Schiffstaufen.«

Für einen Moment sah sie sich selbst beim Köpfen einer Champagnerflasche neben dem Schaf Flora und ihrem Lämmchen.

»Klar, aber nicht nur. Vor einem Monat widmete *Le Pays malouin* unserem Monsieur Lemoine einen langen Artikel, aber ausnahmsweise nicht auf den Lokalseiten, sondern in der Rubrik Landespolitik.«

»Ach ja? Und worum ging es?«

»Es scheint, als hätte sich unser geliebter, eher links gerichteter Politiker in den letzten Monaten der Mitte-Rechts-Mehrheit des Präsidenten angenähert. Deshalb war er bei der letzten Kabinettsumbildung für das Meeres- und Fischereiressort vorgesehen.«

»Und? Hat er das Ministerium für Fischköpfe und Kitesurfen bekommen?«

»Nein, natürlich nicht, das hätten wir sofort erfahren. Aber ich denke, das könnte der Grund für seine Kandidatur für eine dritte Amtszeit als Bürgermeister von Saint-Malo sein. Sozusagen in Ermangelung von etwas Besserem.«

»Lemoines Kandidatur für eine dritte Amtszeit hat nicht nur für Freude gesorgt. Auch nicht in seinem eigenen Lager«, hatten sie in ihrem Versteck im Krankenhaus aus dem Mund von Guilloux gehört.

»Glaubst du, man wollte ihn wegen politischer Rivalität aus dem Weg räumen?«

»Ich weiß es nicht. Auf jeden Fall sollte man dem nachgehen, das steht fest.«

Auch ein anderer möglicher Protagonist des aktuellen Dramas verdiente es, über das Offensichtliche und Eindeutige hinaus näher durchleuchtet zu werden. Ein Protagonist, der als Gast im *Manoir des Corrigan* abgestiegen war.

»James, James, James … *Where the feck' are you?*«, flüsterte Maggie, als sie feststellen musste, dass der englische Historiker weder seinen Schlüssel abgeholt hatte noch in sein Zimmer zurückgekehrt war. Seit dem Abend zuvor war er nicht mehr aufgetaucht. Hatte er ihre Verdächtigungen bemerkt? Hatte er sich aus dem Staub gemacht? Oder hatten Guilloux' Leute die anonyme Anzeige ernst genommen, und Hillbie saß längst in einer Zelle auf der Polizeiwache?

Ohne ihre beiden Mitstreiterinnen zu informieren, beschloss Maggie, einen weiteren Ausflug in das Zimmer ihres Liebhabers zu unternehmen. Vielleicht waren ihnen bei der ersten Durchsuchung ja irgendwelche Details entgangen? Als sie vor der Tür im ersten Stock des *Manoir* ankam, klopfte sie vorsichtshalber an, ehe sie den Schlüssel ins Schloss steckte. Aber wider Erwarten war die Tür nicht abgeschlossen …

»James?«, keuchte sie. »James, *is that you my dear?*«

Als keine Antwort kam, drehte sie mit zitternder Hand den Knauf und betrat das Zimmer.

»*Bleedin' fecking hell!* Blödmann, du hast mich zu Tode erschreckt! Darf ich erfahren, was du hier zu suchen hast?«

Trotz des leichten Gegenlichts hatte sie besagten »Blöd-

mann« auf den ersten Blick identifiziert. Jacques Gaillard
aalte sich auf dem Bett und betrachtete sie mit einem Blick, in
dem Vorwurf und Zärtlichkeit miteinander wetteiferten. Wie
war er in dieses Zimmer gekommen? Er kannte sich im Haus
genau aus. Vermutlich hatte er Hillbies Schlüssel am Brett im
Empfang entdeckt und ihn sich ausgeliehen, um die Tür auf-
zuschließen.

»Oh nein«, sagte er entrüstet, »du kommst mir jetzt nicht
wieder mit Beweislastumkehr! Ich habe eher den Eindruck,
als müsste ich dich um ein paar Erklärungen bitten. Schleichst
du dich öfter heimlich in die Zimmer deiner Hausgäste?«

»Beweislast... *what?*«, wich sie aus. »Drück dich *better clear*
aus, bitte!«

»Ich wüsste nicht, warum ich mir diese Mühe machen
sollte. Es scheint mir offensichtlich, dass du die englische
Sprache ohnehin bevorzugst«, rief er.

Maggie legte ihren Gehstock auf das Bett, setzte sich auf
die Tagesdecke und ergriff die Hand ihres offiziellen Liebhabers mit allem Feingefühl, dessen sie fähig war.

»Hör mir gut zu, *big boy*, und unterbrich mich nicht: Ich
liebe dich.«

»Aber ich dich a...!«

Herrisch verschloss sie Jacques' Mund mit der Hand.

»Pst! Ich liebe dich, aber ich werde dich auf keinen Fall hei-
raten. Zumindest noch nicht. Außerdem möchte ich dich daran erinnern, dass du bis zum Beweis des Gegenteils bereits
eine Frau zu Hause hast.«

Er zuckte mit den Schultern, als wollte er sich von etwas
Unwichtigem befreien.

»Aber warum?«, jammerte er. »Wenn du mich liebst, wie du
behauptest ...«

»Ich liebe dich, aber meine Freiheit hat Vorrang vor allem

anderen«, unterbrach sie ihn. »Ich liebe dich, aber du kannst mich auf keinen Fall mit Rosen oder *God knows* was für einem anderen Geschenk kaufen. Ich liebe dich ... aber ich möchte meinen guten alten Lover gegen einen englischen Historiker eintauschen dürfen, wann immer es mir passt, ob nun für eine Nacht oder für zehn Nächte. *You get that?*«

Er antwortete nicht, sondern atmete nur tief ein.

»Nein ... Ich meine: Doch.«

»Ich liebe dich, aber ich weiß, dass du mich nicht länger als zwei Monate ertragen würdest, wenn wir unsere gesamte Zeit miteinander verbringen müssten.«

»Ich ertrage meine Frau seit vierzig Jahren!«

»Du bist lieb, aber miss mich nicht an dieser ...«

Sie suchte nach einem abfälligen Vergleich, fand aber keinen.

»Ich verlasse sie, das weißt du! Ich bin bereit. Noch heute Abend, wenn du willst.«

»Jacques, *darling* ...«, entgegnete sie und richtete sich kerzengerade auf. »Man kündigt nicht an, jemanden zu verlassen. Man verlässt ihn, Punkt. Und vor allem tut man es für sich selbst. Nicht für jemand anderen.«

15

Sonntag, 24. September, Harbour und Cézembre

Seit einem verhängnisvollen Septembertag vor zwanzig Jahren hegte Maggie eine ausgeprägte Abneigung gegen Bootsfahrten auf dem Meer. Im Übrigen stimmte, was ein junger, langhaariger Barde damals auf Französisch gesungen hatte: »Nicht der Mensch erobert das Meer, das Meer erobert den Menschen.« Die Erinnerung an ihren Constant, ihren CO_2, war der beste Beweis dafür. Nachdem ihr Spaziergang nach Le Grand Bé auf der Suche nach der verrückten alten Dame jedoch nichts erbracht hatte, entschlossen sich die drei Corrigans dann doch zu einer kleinen Bootstour. Laurent Moisson, einer von Maggies zahlreichen hilfsbereiten Ex-Liebhabern, hatte sich sofort bereit erklärt, sie zu fahren. Nur eines wollte er wissen:

»Wohin fahren wir, Maggs?«

»Zu den Inseln Harbour und Cézembre«, hatte sie geantwortet, wobei sie Harbour englisch aussprach, wie in Pearl Harbour.

Nun schipperten sie mit dem kleinen blauen Trawler durch

die Bucht von Saint-Malo. Für ihre ans Festland gewöhnten Mägen erwies sich die Dünung als etwas zu unsanft. Zum Glück zeigte sich der Himmel gnädig, und so konnten sie an Deck bleiben und frische Luft schnappen, um der Übelkeit vorzubeugen. Laurent hatte beide Hände am Ruder. Ihn beeindruckte das Schaukeln nicht.

Auf Harbour, einem nur wenige hundert Quadratmeter großen Felsblock mit einer kleinen Vauban-Festung, fanden sie nichts, was auch nur im Entferntesten mit dem Angriff auf Lemoine in Verbindung gebracht werden konnte. Weder ein Wrack, noch Überreste eines Biwaks oder gar Spuren von Sprengstoff.

»Wisst ihr, wem diese Insel einmal gehörte?«, fragte Louise besserwisserisch.

»Diesem Léo Dingsbums?«

Für Énoras Generation war der Sänger Léo Ferré schon ein echter Dinosaurier.

»Nein, Léo Ferré gehörte die Île du Guesclin.«

»*Bleedin' hell!* Findest du wirklich, dass dies der richtige Zeitpunkt für ein Kulturquiz ist?«, schimpfte Maggie.

»Alain Delon! Alain Delon hat sie 1967 gekauft. Aber er hat sie kaum genutzt. Wahrscheinlich war sie ihm nicht Schickimicki genug ... Jedenfalls hat er sie sehr bald wieder verkauft.«

Im Gegensatz zu Harbour mit dem ruppigen Äußeren und dem steilen Zugang konnte man auf Cézembre dank ihrer drei nach Süden ausgerichteten goldenen Sandstrände recht einfach anlanden. In der Bucht von Saint-Malo kam Cézembre dem Traumbild von einer Paradiesinsel am nächsten, auch wenn alte Legenden von der Anwesenheit eines schrecklichen Drachen berichteten. Die neun Hektar große Insel war zwar das ganze Jahr über unbewohnt, bot aber während der Sommersaison einige minimale Dienstleistungen für Urlauber an, angefangen bei einem Strandrestaurant, von dem aus eine Betonrampe bis ins smaragdgrüne Wasser reichte.

»Passt bloß auf!«, warnte Laurent, während er ihnen aus dem Boot half. »Der Pfad im Westen ist gesichert, aber ansonsten wird trotz der großen Minenräumung 2017 davon abgeraten, anderswo auf der Insel spazieren zu gehen.«

Nachdem er wieder abgelegt hatte, begleitet von dem Versprechen: »Ich hole euch in einer Stunde wieder ab«, machte sich Maggie jedoch sofort auf den Weg in Richtung der als gefährlich geltenden Gebiete im Nordosten, wo die Überreste zahlreicher Bunker standen. Sie vermutete, dass jemand, der nach einem unbemerkten Hauptquartier suchte, sich am ehesten dort aufhalten würde.

Aber außer ein wenig zurückgelassenem Abfall und den schwärzlichen Überresten von Lagerfeuern – wahrscheinlich von Wildcampern – fanden sie keinerlei Anzeichen für eine verdächtige Anwesenheit eines Menschen. Erneut erfolglos, gingen sie entlang der Küste zur östlichsten der drei Sandbuchten zurück. Als kleinste Bucht hatte sie die Ausmaße einer großen Wohnung. Im Hochsommer konnte sie höchstens zwei oder drei Dutzend Badegäste aufnehmen, die hier ein wenig Abenteuerluft schnuppern wollten.

»Hier war es ...«, flüsterte Maggie sichtlich gerührt.

»Was war hier, Granny?«

»Hier habe ich diesem *Eejit, your grandfather*, das Jawort gegeben.«

»Willst du etwa sagen, dass du und Constant ... also, dass ihr an einem Strand geheiratet habt?«

Louise war schamhaft und hatte mit Énora kaum je über ihren verstorbenen Großvater gesprochen.

»*Well*, warum denn nicht?«, antwortete Maggie. »Das war in den 1970er-Jahren! Da konnte man sich alles erlauben. Ich habe barfuß geheiratet, mit Blumen im Haar und in einer lila Tunika anstatt in einem weißen Kleid.«

Wenn man sie so in ihrem makellosen blau-weißen Matrosenpulli und den ewigen Bundfaltenhosen sah, konnte man sie sich kaum als zügellose Hippiebraut vorstellen. Und doch …

Was Maggie jedoch nicht erwähnte, war, dass sie Énoras Mutter wahrscheinlich auf ebendiesem goldenen Sandstrand gezeugt hatten. Für Maggie und Constant war Cézembre das Schönste und Tragischste in ihrem Leben. Der Anfang und das Ende.

»Wenn wir schon mal hier sind, können wir doch prima ein Picknick machen, ehe wir unsere Tour beenden«, erklärte Louise pragmatisch und öffnete den Korb, ohne eine Antwort abzuwarten.

Sie wollte gerade ein weißes Laken als Tischtuch ausbreiten, als ein Windstoß vom Meer es ihr aus der Hand riss. Die Bö spielte mit dem Tuch wie mit einem Drachen. Es flatterte eine Weile über das Wasser und sank schließlich hinab auf die Wellen, wo es sich in Sekundenschnelle vollsaugte und zu sinken begann.

Ohne zu zögern, stürzte sich Énora in die Fluten.

»Was machst du denn?«, schrie ihre Mutter. »Lass das! Hörst du? Lass es, das ist ein uraltes Laken!«

Doch Énora war offenbar entschlossen, das Tuch zurückzuholen. Sie bewegte sich schnell und entschlossen wie eine Profischwimmerin. Und je tiefer das Laken außer Reichweite sank, desto entschiedener schwamm sie in dieselbe Richtung.

»Das ist doch albern«, jammerte Louise vom Strand aus. »Wir haben jede Menge davon auf dem Dachboden.«

»*What?* Du wirst ihr doch wohl nicht vorwerfen, dass sie so spontan reagiert wie ihr Großvater?«

In diesem Moment tauchte Énora ab und verschwand unter der Wasseroberfläche. Wäre Maggie nicht so stur gewesen, hätte sie natürlich zugegeben, dass sich diese Aktion wirklich nicht lohnte. Sorge durchfuhr ihre Brust. Würde Cézembre ihr nach ihrem Mann auch noch die Enkelin nehmen?

Doch der Anblick der feuerfarbenen Mähne, die schon wieder aus den Fluten auftauchte, verdrängte den Gedanken sofort. Mit triumphierendem Blick hielt die junge Frau ein großes helles Rechteck in die Höhe.

»Schaut mal!«, rief sie laut. Ihre Stimme wurde teilweise vom Getöse der Wellen übertönt.

Ein Schwarm großer Möwen über ihr schien ebenfalls vor Aufregung zu schreien.

Erst als die beiden Frauen zusahen, wie Énora aus dem Wasser stieg und schwerfällig auf sie zu stapfte, wurde ihnen klar, dass es sich bei dem Objekt in ihren Händen nicht um das entflogene Tischtuch handelte, sondern um eine große Tasche aus weißem, mit Plastik überzogenem Stoff mit einem blau-grünen Logo samt einem ebenfalls zweifarbigen Markenzeichen, auf dem in Großbuchstaben stand: URALCHEM. Das Piktogramm einer gelben Raute wies unmissverständlich auf die Entflammbarkeit des ursprünglichen Inhalts des leeren Beutels hin.

»Was ist denn das?«, rief Louise.

»Tja, ich weiß nicht ... Kannst du Russisch?«

Tatsächlich stand auf einer Seite etwas in kyrillischer Schrift. Doch Énora drehte die Tasche um und zeigte ihrer Mutter und Großmutter die englische Version:

»*Ammonium Nitrate*«, las Maggie mit der richtigen Aussprache.

»Ammoniumnitrat!«

»Könnte es das Zeug sein, das am Hafen gestohlen wurde?«, fragte die vor Salzwasser triefende Najade.

»Keine Ahnung«, seufzte ihre Mutter. »Um diese Frage zu beantworten, müssten wir Zugriff auf die Aufzeichnungen aus den Docks haben, um die Seriennummern vergleichen zu können. Das hier ist zunächst einmal nur ein von den Gezeiten gebeutelter Sack. Er könnte auch von einem Frachter gefallen sein, der ihn nach Saint-Malo transportieren sollte, möglicherweise schon vor vielen Jahren. Und selbst wenn es tatsächlich der richtige Sack oder die richtige Ladung wäre ... nichts würde beweisen, dass es sich um den Sprengstoff handelt, der gegen Lemoine verwendet wurde.«

»Dafür«, mischte sich Maggie mit verärgertem Gesicht ein, »müssten wir Zugang zu Guilloux' *bleedin' forensic results* haben.«

Es war wieder dasselbe Hindernis: Ohne eine neue polizeiliche Quelle, aus der sie schöpfen konnten, würden ihre Ermittlungen dilettantisch bleiben.

»Auf jeden Fall«, fügte Louise hinzu, »würde es die Stärke der Explosion erklären, die wir von der Kathedrale aus gehört haben. Nach allem, was ich online gelesen habe, ist Ammoniumnitrat für die Heftigkeit von Explosionen berüchtigt.«

»Na super«, ärgerte sich Énora. »Und was machen wir jetzt mit unserem tollen Fang?«

Sie sahen sich bestürzt an. Wenn sie die Anonymität der Breizh Brigade wahren wollten, kam eine persönliche Übergabe an die Polizei nicht infrage. Aber auf mögliche Erkenntnisse, die sich aus dem blöden Sack ergaben, wollten sie auch nicht verzichten. Jede von ihnen erkannte die gleiche Entschlossenheit im Blick der beiden anderen.

Es blieb also nur eine Lösung: ein Vermittler, ein »Überbringer« musste her.

»Wir könnten Arnaud das Behältnis zur Weitergabe an seinen Cousin überlassen«, schlug Louise vor.

»*You're kidding or what?!* Willst du einem Typen, der den ganzen Tag nicht nüchtern wird, ein wichtiges Beweisstück übergeben?«

»Das ist gar nicht so blöd«, meinte Énora. »Mit etwas Glück erinnert er sich nicht einmal daran, dass wir es waren, die ihm den Sack gegeben haben. Und jede Wette, dass dieser Angeber die Lorbeeren für seine Entdeckung selbst einheimsen möchte.«

Sie lächelten, und die Sache schien schon fast beschlossen, als das Summen eines riesigen Insekts über ihren Köpfen ertönte. Es entpuppte sich als Drohne mit vier Rotoren, die etwa zehn Meter über ihnen hing, und deren Lärm den Möwenschwarm vertrieben hatte. Das schwarze Gerät schwebte gleichbleibend über ihnen, bebend in der Sonne, interessant und beunruhigend zugleich. Die immer noch triefende Énora schnauzte den Apparat an:

»Was zum Teufel hast du hier zu suchen? Du willst ein Foto von uns, oder?«

Statt einer Antwort hielt die Drohne genau auf sie zu. Sie kamen sich vor wie in einer dieser Trash-Serien, in denen Killerhornissen auf ihre Opfer losgingen. Louise und Énora flüchteten. Nur Maggie blieb stehen. Sie wich einer ersten Attacke aus, dann einer zweiten. Für ihr Alter wirkte sie erstaunlich beweglich – für irgendetwas mussten die Übungen in der Horizontale ja gut sein.

Beim dritten Angriff zischte ihr Gehstock wie eine silberne Arabeske durch die blaue Luft und traf die Drohne mit einem kräftigen Schlag. Das Gerät geriet ins Trudeln, stürzte, schlug schließlich mit seinem ganzen Gewicht auf dem Boden auf und zerschellte an einem Granitblock.

»*Eh, who's flying now?*«, stieß Maggie schadenfroh hervor.

16

Saint-Malo, Grand' Porte, Archiv der AHSM

Der »schlimmste Schwätzer auf der ganzen Welt«, als den Emma Lobo ihn bezeichnet hatte, öffnete ihnen die holzvertäfelte Tür, die wie in einem Horrorfilm knarrte. Der Mann hinter dem dicken Türblatt war zwar schon in fortgeschrittenem Alter, aber seine Miene war so freundlich wie die Umgebung düster. Hinter seiner Brille blickten fröhliche Augen auf die beiden Besucher, die vor ihm auf der Stadtmauer standen.

»Guten Tag, Monsieur le commissaire«, grüßte er und streckte eine knorrige Hand aus. »Mademoiselle ...«

»Madame«, korrigierte Emma.

Irgendwann würde sie sich sicher daran gewöhnen können, dass man sie auf diese Weise jünger machte. Mit einer theatralischen Geste trat ihr hochgewachsener, leicht gebeugter Gastgeber beiseite und bat sie herein.

»Willkommen in unserem Archiv.«

Dank eines Erlasses der Stadtverwaltung durfte die AHSM einen der Räume in den ehemaligen Verliesen des Großen Tores nutzen. Allerdings sickerte Feuchtigkeit durch das wurmstichige Dach, was alles andere als ideal für die Aufbewahrung historischer Dokumente war. Man fühlte sich wie in einer verschimmelten Version des Schlupfwinkels von Père Fouras aus der Serie *Fort Bovard*. Trotzdem lagerten die an der örtlichen Geschichte interessierten Damen und Herren ihre wertvollsten Dokumente genau hier.

Nach einem schier endlosen Rundgang durch das Haus mit Tausenden höchst gelehrter Abschweifungen, ließ sich Yves-Malo Bazin endlich herab, über das Treffen mit James Hillbie zu sprechen.

»Es fand gestern Morgen um Punkt 10 Uhr statt«, sagte er. »Wenigstens war er pünktlich.«

»Haben Sie ihn hier empfangen?«

»Nein, wir sind schließlich keine Wilden. Wir haben ihn auf einen Drink in eine Brasserie unten eingeladen.«

»Unten«, das beinhaltete die Rue Jacques-Cartier, die man innerhalb der Stadtmauern gern auch als Rue de la soif (Durst-Straße) bezeichnete. Als Guilloux ihm jedoch die Skizze vor die Nase hielt, die ihm ihr anonymer Informant geschickt hatte, musste Bazin lachen:

»Oh je! Glauben Sie ernsthaft, dass unser englischer Freund eine funktionierende Nachbildung der Höllenmaschine bauen wollte?«

»Aber nein ... Wir zeigen Ihnen nur, was bei ihm gefunden wurde.«

Es war sicher besser, die Quelle des Dokuments geheim zu halten.

»Hillbie hat zwar tatsächlich vor, die beim Angriff von 1693 verwendete Maschine nachzubauen, aber nicht, um uns alle in die Luft zu sprengen.«

»Wozu dann?«

»Er plant eine Ton- und Lichtshow der damaligen Ereignisse. Aus diesem Grund wollte er mich und meine Mitstreiter treffen. Er braucht unsere Zustimmung und unsere Unterstützung bei der Stadtverwaltung.«

»Eine Ton- und Lichtshow ... Wie im Themenpark Puy du Fou?«

»Etwa in der Art, ja. Allerdings gab es auch Mitglieder, die dagegen waren. Von außen betrachtet wirken wir vielleicht wie ein Haufen fröhlicher Harlekine ...«

Emma lächelte, als sie den altmodischen Vergleich hörte.

»Aber ich kann Ihnen versichern, dass die meisten von uns hervorragende Historiker sind. Wir möchten nicht, dass Saint-Malo in eine Art Disneyland verwandelt wird, das ist nichts für uns. Schlimm genug, dass man uns einen Harry-Potter-Laden in die Innenstadt gesetzt hat!«

Die Eröffnung eines dem jungen englischen Zauberer gewidmeten Shops vor einigen Monaten hatte bei den meisten der weißhaarigen Herren offenbar für Zähneknirschen gesorgt.

»Wenn ich Sie richtig verstanden habe, haben Sie selbst auch dagegengestimmt ...«

»Wir hatten nicht genügend Zeit, uns zu beraten.«

»Ach so. Und warum?«

»Sagen wir mal so: Die Diskussion wurde etwas zu erregt. Sie wissen sicher, wie das ist: Ein Thema wird kontrovers diskutiert, Protest wird laut, und am Ende würde man sich am liebsten an die Gurgel gehen.«

»Wie meinen Sie das?«

Der fast Siebzigjährige schob die Brille hoch, die über seine vorstehende Nase gerutscht war. Er seufzte tief, ehe er fortfuhr:

»Ich nehme an, Sie haben von Bernard Chauvels Projekt gehört?«

»Der Öko-Park von Rochebonne?«, rief Emma.

»Genau der. L'Eaudyssée. Ein schlechtes Wortspiel und ein ziemlich hochtrabender Name, wenn Sie mich fragen.«

Der Geschäftsmann wollte am nordöstlichen Ende des Damms von Sillon ein als umweltfreundlich und nachhaltig zertifiziertes Kultur- und Freizeitzentrum errichten, das rundum dem Thema Meer gewidmet sein sollte. Um sein neues Tourismuszentrum zu verwirklichen, hatte Chauvel mit Millionen Kosten einen als unrentabel geltenden alten Campingplatz am Meer abreißen lassen. Schlimmer noch, zusammen mit seinem Verbündeten Francis Lemoine wollte er einen eigentlich durch das Küstengesetz geschützten Bereich am Fuße der Strände zubetonieren. Diese Pläne erregten die Gemüter der Öffentlichkeit und wurden in der lokalen Presse ausführlich kommentiert.

»Was hat das mit Hillbie und seinem schwimmenden Feuerwerk zu tun?«, fragte Guilloux.

»Nichts. Außer vielleicht, dass beide Fälle bei der letzten Stadtratssitzung für Aufsehen gesorgt haben. Sehen Sie, wir sind nicht die Einzigen in der Stadt, die Saint-Malo vor der ›Saintropezisierung‹ bewahren wollen. Es gibt hier nicht nur schöne Strände, sondern auch eine Geschichte«, räsonierte Bazin emotional. »Und sie verdient, dass man für sie kämpft.«

Die beiden Beamten tauschten einen einvernehmlichen Blick. Das war schon das zweite Mal, dass die hitzige Stadtratssitzung vom 20. September zur Sprache kam. Dort musste es wirklich ziemlich heftig zugegangen sein.

Aus Angst, dass ihr Gastgeber sie in eine seiner langatmigen Betrachtungen verwickeln könnte, lenkte Emma das Gespräch sofort wieder auf das Thema, das sie und ihren Chef interessierte.

»Sie kennen James Hillbie ein wenig. Glauben Sie, er hätte sein Ton- und Lichtprojekt als Tarnung nutzen können?«

»Sie meinen, um aus seinem mit Feuerwerkskörpern vollgestopften Kanu eine echte Höllenmaschine zu machen?«

Seinem Gesichtsausdruck nach zu urteilen, erschien ihm diese Idee ebenso unpassend wie schockierend. War das überhaupt plausibel?

»Sagen wir mal so ... ich dachte eher, dass er sich vielleicht als vertrauenswürdig erweisen, seine Spuren verwischen und sich so dem Bürgermeister annähern wollte. Sie haben doch gesagt, dass er die Unterstützung der Stadtverwaltung braucht?«

»Ja, er hätte am kommenden Dienstag einen Termin mit Lemoine gehabt. Aber da muss ich gleich widersprechen. James Hillbie mag vielleicht ein Opportunist à la Chauvel sein, aber er ist kein Terrorist.«

»Wie kommen Sie zu dieser Aussage?«

»Wir stehen seit vielen Jahren via E-Mail und Telefon in Kontakt. Und zu keinem Zeitpunkt, ich betone: zu keinem Zeitpunkt hat er sich feindselig gegenüber Saint-Malo geäußert, nicht im Geringsten. Ich würde sogar sagen, dass das Gegenteil der Fall ist.«

Hier war jedoch von einem Engländer die Rede, der vorschlug, den Angriff seiner eigenen Leute auf die befestigte Stadt feierlich zu begehen.

»Nach seinen Plänen«, fuhr der alte Mann fort, »und so wie er sie uns präsentiert hat, soll sein historisches Schauspiel eine Art Entschuldigung an die Malouins sein, ein Mittel, um die Eintracht zwischen unseren beiden Völkern wiederherzustellen. Keine Kriegserklärung.«

Die beiden Polizeibeamten nahmen diese Unschuldsvermutung eher zweifelnd zur Kenntnis, als Guilloux' Telefon vibrierend den Eingang einer SMS meldete.

Der Kommissar zog das Smartphone aus der Tasche und sah sofort, dass der Absender der Nachricht unterdrückt war. Mit dem Daumen über dem Display zögerte er eine Sekunde, ehe er den Anhang öffnete. Das Setting des Fotos war ihm bekannt: die nordöstliche Ecke der Stadtmauer mit Blick auf Grand Bé, einschließlich des berühmten Bidouane-Turms, der früher als Pulvermagazin gedient hatte. Im Vordergrund beugte sich eine bärtige Gestalt über ein seltsames Gerät, ähnlich denen, die Vermessungsingenieure an Autobahnkreuzen verwendeten.

Am interessantesten jedoch war der Zeitstempel in der unteren rechten Ecke des Bildes: 23/09 – 11:33 Uhr, also nur wenige Augenblicke vor der Explosion von Francis Lemoines Hobie 15.

Bazin begann schon wieder, Emma mit einem seiner endlosen Monologe zu belagern – es ging um einen geplanten dreißigstöckigen Wolkenkratzer am Bahnhof von Saint-Malo, den er und seine Freunde vereitelt hatten –, aber Guilloux schnitt ihm kurz entschlossen das Wort ab:

»Kennen Sie diesen Mann?«

»Machen Sie Witze? Das ist der Mann, über den wir seit einer Stunde reden!«

Der hat vielleicht Nerven, dachten die beiden Kriminalbeamten.

»Dann war er also doch zu dieser Zeit nicht mit Ihnen und Ihren Kollegen im Café?«

»Nein. Wie schon gesagt, bei diesem Treffen ist einiges ein wenig schiefgelaufen. Hillbie hat beschlossen, sich zurückzuziehen, um Druck herauszunehmen. Das ist ihm übrigens hoch anzurechnen. *Pax melior est quam iustissimum bellum.* Frieden ist besser als der gerechteste Kr...«

»Um wie viel Uhr ist er gegangen?«

»Das weiß ich nicht mehr ... Vielleicht so gegen 11:15 Uhr, 11:20 Uhr ...«

»Wissen Sie, was er anschließend gemacht hat?«

»Vermutlich hat er seine Unterkunft aufgesucht. Er wohnt im *Manoir des Corrigan*.«

Allerdings ließ das soeben erhaltene Foto etwas ganz anderes vermuten.

Bei Guilloux und Lobo rief die Erwähnung von Maggie Corrigans Gästehaus ziemlich unangenehme Erinnerungen hervor. Drei Monate zuvor hatte dort das Rätsel um den Mord an dem Dudelsackpfeifer Paul Le Tohic seinen Anfang genommen.

Christophe Guilloux hätte es vorgezogen, nicht wieder mit der alten Harpyie zusammenzutreffen.

Nachdem sich die beiden Beamten endlich aus Yves-Malo Bazins Klauen hatten losreißen können, gingen sie über die Stadtmauer in Richtung Mole. Dieser Abschnitt der Festungsmauer war breit, sodass sie den entgegenkommenden Touristengruppen nicht ausweichen mussten. Jetzt, am späten Nachmittag, stiegen bereits Essensdüfte aus den Restaurants unterhalb der Mole auf. Der Sommer war zwar vorbei, dennoch lag die Leichtigkeit dieser Jahreszeit noch in der lauen Luft. Emma lächelte bei dem Gedanken, dass die Passanten sie für ein Paar halten könnten. Seit sie den Turm verlassen hatten, hatten beide nachdenklich geschwiegen.

»Wir sind uns einig, dass das Zodiaklaut dem von der KTU eingegrenzten Funkbereich nicht von der Stadtmauer aus ferngesteuert worden sein kann?«

»Da sind wir uns einig«, nickte Emma.

Und doch lag auf der Hand, dass ihr Chef diese Schlussfolgerung nicht als endgültig akzeptierte. In seiner Karriere hatte er erheblich mehr sofort verworfene Analysen erlebt als Verdächtige, die sich auf wundersame Weise als unschuldig erwiesen.

War Hillbie vielleicht doch in der Lage gewesen, *seine* Höllenmaschine bis zu Lemoines Katamaran zu lenken?

»Bloß nicht! Das kann doch nicht wahr sein …«, schimpfte Guilloux plötzlich. »Nicht schon wieder die!«

»Was ist denn?«

»Da vorn, auf zwölf Uhr.«

Eine Gestalt in einem grünen Kostüm kam in Stöckelschuhen auf sie zu und winkte hoheitsvoll mit einer Hand, als wäre sie die Königin von England.

»Cool«, spöttelte Emma, »deine liebe Freundin Fabienne Leroy.«

Die Klette aus dem Tourismusbüro schoss so schnell auf sie zu, dass dem Kommissar keine Zeit blieb, über eine Antwort nachzudenken.

»Hallöchen!«, säuselte die junge Frau mit dem blonden Bob in einem fast schon zu vertrauensvollen Tonfall. »Lassen wir uns bei einem kleinen Rundgang über die Mauern inspirieren?«

Die Mauern, so nannten die Einheimischen die Befestigungsanlage rings um die Altstadt.

»Kann man so sagen …«

»Auf jeden Fall passt es super, dass wir uns gerade über den Weg laufen.«

»Ah …«, quäkte Guilloux unter dem spöttischen Blick seiner Stellvertreterin.

»Also, ich muss dir unbedingt ein paar total wichtige Dinge über Lemoine erzählen«, behauptete sie plötzlich deutlich ernster.

»Kann das nicht bis morgen warten?«

Nicht, dass ihm ein frühabendlicher Besuch bei den drei Corrigans mehr Spaß machte ...

»Nein, auf gar keinen Fall. Was ich erfahren habe, könnte deine gesamte Ermittlung beeinflussen ... Ihre Ermittlung«, korrigierte sie sich, als spräche sie ausschließlich mit Emma.

»Okay. Lass uns irgendwo etwas trinken gehen, wenn du magst.«

Emma neben ihm unterdrückte ein nervöses Lachen.

»Einverstanden. Oder wir essen eine *Crêpe im Corps* de Garde. Das ist nur eine Minute von hier. Falls du es eilig hast, sparen wir damit Zeit.«

Als einziges Restaurant auf der Stadtmauer, mit Blick auf den Strand von Bon-Secours, war das *Corps de Garde* eine Touristenfalle, aber auch Treffpunkt für Verliebte. Wegen des atemberaubenden Blicks auf das Meer und die beiden Bé-Inseln kostete eine Galette hier etwas mehr als anderswo. Fabienne Leroys Restaurantwahl zeigte sehr deutlich, welche Absichten sie mit dem schönen Kommissar hatte.

Aber Emma, arglistig und barmherzig zugleich, konnte einen begeisterten Ausruf nicht zurückhalten, der sie de facto in das Tête-à-Tête der beiden einbezog:

»Gute Idee! Ich bin am Verhungern. Gehen wir?«

17

»*Koc'h!* Wo wart ihr denn?! Ich habe die Bar schon vor einer halben Ewigkeit geöffnet und muss alles allein machen!«, rief die dralle Blondine hinter dem Tresen, als sie die drei Frauen erblickte.

Sophie Kervazo war nicht der Typ, der sich wegen jeder Kleinigkeit beschwerte. Wenn sie ihre Chefinnen also so unfreundlich begrüßte, fühlte sie sich wirklich überfordert. Tatsächlich wimmelte es im Gemeinschaftsraum des Gästehauses bereits von angeheiterten Gästen, die meisten von ihnen Männer. Zwar wusste die Gelegenheits-Barkeeperin genau, wie sie mit diesen Schnapsdrosseln umzugehen hatte, aber ganz allein zuständig zu sein, machte ihr keinen Spaß.

»*Oh come on*«, seufzte Maggie. »Wir wurden von einer Drohne gejagt. Hättest du vielleicht tauschen wollen?«

Tatsächlich hatten sie eine Weile gebraucht, um sich wieder zu beruhigen, selbst nachdem Maggie den fliegenden Angreifer außer Gefecht gesetzt hatte. Dann hatte auch noch Lau-

141

rent Moisson sie fast eine Stunde warten lassen – angeblich irgendein Notfall beim Fischen –, und die Rückfahrt an Bord des Westentaschen-Trawlers war ziemlich düster gewesen. Sie hatten zwar auf Cézembre einen möglichen Hinweis gefunden, waren aber offensichtlich auch zur Zielscheibe geworden.

Wer mochte sie angegriffen haben? Attacken von Möwen gab es in dieser Gegend recht häufig. Aber eine schwarze Möwe mit Rotoren war etwas völlig Neues.

»Was ist das?«, fragte Sophie mit Blick auf die Tasche in Énoras Hand.

»Eine neue Methode beim Muschelfang.«

Die Antwort der tätowierten Rothaarigen kam wie aus der Pistole geschossen. Nicht, dass sie sich über ihre Jugendfreundin lustig machen wollte, aber die drei Corrigans waren stillschweigend übereingekommen, dass sie nicht über die laufende Ermittlung sprechen wollten, auch nicht mit ihnen nahestehenden Personen wie Jacques, Fanny oder Sophie. Ein paar Details mit ihnen zu teilen war kein Problem, aber ihnen alles zu erzählen, kam nicht infrage.

»Wie bitte?«

»Möglicherweise eine Spur«, wich Louise aus. »Sind die beiden schon lange hier?«, lenkte sie die Aufmerksamkeit auf Arnaud Prigent und die seltsame Person, die mit ihm am Tisch saß, eine Art Mischung aus Wasserspeier und Peter Pan.

»Seit einer guten Stunde …«

»Splendid!«, freute sich Maggie. »Die kochen wir weich. Kannst du sie bitte einladen, sich an die Theke zu setzen?«

»Und wenn sie das ablehnen?«

»Hast du schon mal erlebt, dass ein Schluckspecht ein Gratisgetränk ablehnt?«

Die Strategie funktionierte genau so, wie die Hausherrin sich das vorgestellt hatte. Weniger als eine Minute später sa-

142

ßen die beiden Cousins auf den hohen Hockern an der Bar aus gewachstem Holz. Sophie hatte Arnaud sogar dazu überreden können, nach dem Trinkgelage seinem Cousin den seltsamen plastiküberzogenen Stofffetzen zu überreichen.

»Du liebe Zeit ...«, wunderte sich Jojo Prigent, schlürfte sein Bier und legte eine Hand auf die der Wachsfigur neben sich. »Bekommst du so etwas hier öfter angeboten?«

»Dann und wann durchaus. Immerhin bin ich ihr erster und gleichzeitig bester Kunde und derjenige, der die Kneipe in der Gegend bekannt gemacht hat ... Ohne mich wäre es an einem Sonntagabend nicht so voll, das kannst du mir glauben.«

Arnaud schwärmte weiter von seinem Status als wichtigster Trinker, während sich die Breizh Brigade in Maggies Büro im ersten Stock des Herrenhauses traf. Dank Malos Computerkünsten konnte die Webcam in Constants Figurenkopf inzwischen einen Videostream in Echtzeit auf Nonos Laptop übertragen, der auf dem Sekretär ihrer Großmutter stand.

Das Bild bestand aus verpixelten Grautönen in kläglicher Qualität, der Ton war noch schlechter. Zusammen mit dem Stimmengewirr der übrigen Säufer, deren Freude am Vergessen mit jedem Glas wuchs, war es nicht ganz einfach, der Unterhaltung der beiden Prigents zu folgen. Glücklicherweise sprach Jojo mit zunehmendem Alkoholpegel immer lauter. Und je mehr sich seine Stimmbänder entspannten, desto lockerer wurde seine Zunge. Arnaud brauchte ihn nicht einmal zu fragen, wie er sich in der Polizeiwache von Saint-Malo eingelebt hatte. Der Mann aus Brest war ungeheuer stolz darauf, dass er »sofort mit der Untersuchung des Angriffs auf Le Moal« zu tun gehabt hatte. Seine Logorrhoe sprudelte schneller als die Bierzapfanlage auf der anderen Seite des Tresens. Seine Sprache klang verwaschen, und er verstümmelte die meisten Namen – so wurde zum Beispiel aus Lemoine Le

Moal –, aber insgesamt erwies er sich durch das, was er seinem Cousin berichtete, als unschätzbare Informationsquelle.

»Wenn ich es dir doch sage!«, stieß er hervor. »Wir haben ein Bekennerschreiben bekommen! Meine Wenigkeit hat den Brief sogar höchstpersönlich an den Commissaire überreicht!«

»Versteh mich nicht falsch ... Aber wieso du?«

»Himmel, weil ich die Drohne, die ihn geliefert hat, volle Kanne in die Schnauze bekommen habe. Deshalb!«

Eine Drohne!, wunderten sich die drei Corrigans vor dem Bildschirm schweigend.

»War der Brief unterschrieben?«

»Ja, mit irgendwas Komischem. NALAP, NAPLAM ... du weißt schon, wie das Zeug, das die Amis in Vietnam abgeworfen haben ...«

»Napalm!«, hauchte Louise.

»Aber das war noch nicht das Merkwürdigste«, fuhr Jojo zwischen zwei vernehmlichen Rülpsern fort.

»Was dann?«

»Na, dieser Brief war auf Französisch verfasst und außerdem in einem Bretonisch, wie du es noch nie gehört hast. Ich habe Kollegen gefragt, die Bretonisch sprechen, aber niemand hat es kapiert.«

So zog sich der Quasi-Monolog eine ganze Weile hin. Arnaud mit seinen ausweichenden, schnapsgeschwängerten Wiederholungen erwies sich als ausgezeichneter Sparringspartner. Jeder Ball, den Jojo ihm zuspielte, prallte schnell genug von ihm ab, um den Cousin zu ermutigen, mit seinem Bericht fortzufahren.

Als er schließlich zum Kern der Sache kam, zu den vorläufigen Ergebnissen der kriminaltechnischen Untersuchung, drehte Énora die Lautstärke ihres Computers bis zum Anschlag auf. Sie durften nichts von dem wertvollen Kauderwelsch verpassen. Geradezu gierig lauschten sie den Ermitt-lungsergebnissen, die Jojo so gut wie möglich wiedergab. Als Höhepunkt berichtete er ihnen nicht nur unfreiwillig von dem über VHF ferngesteuerten Zodiak mit der Sprengladung, sondern auch, dass es nur einen bestimmten Bereich gab, in dem diese Steuerung möglich war. Leider war ihm die Größe dieses Bereichs nicht bekannt.

Gehörte Cézembre dazu? Hatte das explosive Boot von den Stadtmauern aus gesteuert werden können?

»Schon gut, schon gut«, meinte Arnaud Prigent ungeduldig. »Aber womit wurde der gute alte Lemoine denn in die Luft ge-jagt?«

»Na, mit irgendeinem bescheuerten chemischen Kram. Trinit- Armoglum oder so ... glaube ich.«

Der andere nickte bestätigend mit seinem großen, alkoholisierten Kopf, als würde er das Periodensystem von Mendelejew auswendig kennen und als wäre ihm der Stoff so vertraut wie Rum.

Er dachte nicht einmal daran, die Bezeichnung mit derjenigen zu vergleichen, die auf dem plastifizierten Stoff in seinen Händen aufgedruckt war.

»Ammoniumnitrat!«, triumphierte Énora und zeigte auf den Sack von URALCHEM, den sie Arnaud gegeben hatte. »Du hattest recht, Mama.«

Selbst Maggie, die sonst mit Komplimenten eher geizte, stimmte ihr zu.

Damit war zwar noch nicht bewiesen, ob der gegen den Hobie 15 eingesetzte Sprengstoff in dem vor Cézembre aus dem Meer gefischten Behälter transportiert worden war, aber immerhin waren sie nicht komplett auf dem Holzweg. Das bestätigte sich auch bei den folgenden Aussagen, die durch den steigenden Alkoholpegel immer weniger verständlich wurden:

»Aber weißt du, was das Beste war?«

»Nur zu, Cousin, spuck es aus.«

»Du wirst nie erraten, wer zum Zeitpunkt des Knalls da herumgeschippert ist ...«

»Chauvel?«, schlug Arnaud vor.

»Äh ... Woher weißt du das?«

»Ganz einfach: Alle, die gestern Morgen an der Spitze der Mole waren, haben ihn dort gesehen. Hier drin sind mindestens drei oder vier Leute, die dir das Gleiche erzählen werden.«

Jojo Prigent schien fast enttäuscht, dass ihm seine kleine Überraschung nicht gelungen war. Sein merkwürdiges Gesicht zog sich zusammen wie ein ausgetrockneter Schwamm – obwohl er sich eher im entgegengesetzten Zustand befand.

In Maggies Büro jedoch stieg die Laune, denn die Unterhaltung der beiden Betrunkenen bestätigte ihre Vermutungen. Und auch wenn die Informationen James Hillbie auf den ersten Blick belasteten – vor allem die Sache mit der Fernsteuerung –, vermittelten sie darüber hinaus eine noch wichtigere Botschaft: Die Breizh Brigade war noch lange nicht am Ende!

Auf dem PC-Monitor beobachteten sie, wie die beiden Cousins aufstanden. Als schwankender Zweierpack, mit einem Gleichgewicht, das ebenso wundersam war wie das eines gotischen Gewölbes, taumelten sie zur Eingangstür und von dort in den Hof, wo sie sich nicht mehr unter Constants Aufsicht befanden. Alle drei Corrigan-Frauen stürzten zum Fenster und sahen mit eigenen Augen, was dann folgte.

Mit verschwörerischer Miene drückte Arnaud seinem Cousin Jojo den Sack, der das Ammoniumnitrat enthalten hatte, in die zittrigen Hände. Dieser verstand offenbar nicht, worum es ging. Sein Verwandter flüsterte ihm ein paar Worte ins Ohr, die vom oberen Stockwerk aus nicht zu hören waren, dann legte er einen Zeigefinger auf seinen Mund und sagte so laut »Pssst!«, dass es klang wie ein Trompetenstoß. Die Anweisung war deutlich und absolut grotesk.

Joseph Prigents Trollgesicht leuchtete auf, als hätte man ihm soeben einen kostbaren Schatz überreicht. Das Gratisbier, auf das man ihn eingeladen hatte, kam ihm nun nicht mehr wie ein lapidarer Trostpreis vor.

18

Saint-Malo, Crêperie Le Corps de Garde, *zur gleichen Zeit*

Wenn zwei Männer die gleiche Frau begehren, sind sie normalerweise so sehr auf ihr Ziel fixiert, dass sie sich gegenseitig nicht einmal wahrnehmen. Wenn aber zwei Frauen auf denselben Mann stehen, erkennen sie das auf den ersten Blick und schätzen sich gegenseitig ein. Jede bemisst sofort ihre Chancen. Fabienne Leroy wusste von Anfang an, dass ihre Chancen bei einer so hübschen jungen Brünetten wie Emma Lobo auf Dauer-Ebbe hinauslaufen würden.

Um nicht allzu dumm dazustehen, begann die Leiterin des Fremdenverkehrsamtes mit einem ihrer pausenfreien verbalen Ergüsse. Mit nur einer Pobacke auf einem der hohen Hocker der Crêperie, die im Kreis um große Fässer herum aufgestellt waren, sprach sie ein Thema an, das sofort das Interesse der beiden Polizisten weckte: die Stadtratssitzung vom 20. September. Die Materie erwies sich als so delikat, dass sie alle drei den prächtigen Sonnenuntergang übersahen, der sich links von ihnen in Richtung Dinard abspielte.

»Warst du dabei?«, erkundigte sich Christophe Guilloux.

»Ich bin immer dabei. Aber so wild ist es noch nie zugegangen, das kann ich dir sagen.«

»Wegen James Hillbies Projekt?«, wollte Emma wissen.

»Nein, nein. Das war nur eine Nebensache neben dem, was an diesem Tag die Debatte so anheizte. Der erste Hammer war die überraschende Ankündigung von Francis' Kandidatur bei den bevorstehenden Kommunalwahlen.«

Die beiden Beamten erinnerten sich, dass der Journalist von *Le Pays malouin* diesen Punkt am Vortag auf der Pressekonferenz angesprochen und seine Frage mit Anspielungen auf die erste stellvertretende Bürgermeisterin gewürzt hatte.

»Die Kandidatur war also überraschend ... Du meinst sicher für Claire Lebreton?«

»Eigentlich für alle. Aber Claire ist tatsächlich fast vom Stuhl gefallen. Als sie realisierte, was das für sie bedeutete, wurde sie ziemlich wütend. Ganz offensichtlich hatte er sie im Vorfeld seines kurzfristigen Sinneswandels nicht gewarnt.«

»Du willst doch nicht etwa behaupten, dass sie Lemoine aus dem Weg räumen wollte, um selbst Bürgermeisterin zu werden?«

Genau das hatte der Journalist in seinem kaum verhüllten verbalen Angriff angedeutet.

Fabienne Leroy zuckte mit den Schultern, als wollte sie sagen: »Das hast du gesagt, nicht ich, aber wenn du meine Meinung hören willst ...«

Da offenbar jedoch keiner der beiden Kriminalpolizisten bereit war, ihr auf spekulatives Gebiet zu folgen, versuchte sie, deren Neugier mit einer weiteren Stichelei zu wecken.

»Stimmt es, was man sich in der Stadt über die Verwendung von Dünger als Sprengstoff erzählt?«

Die Kellnerin kam, um die Bestellungen entgegenzunehmen und ersparte ihnen damit eine sofortige Antwort. Nachdem Guilloux drei *Galettes* mit Würstchen und drei Schalen herben Cidre geordert hatte, antwortete er leise und hörbar genervt:

»Keine Ahnung, wo du das herhast ... Aber du weißt sicher, dass die Ermittlungen streng geheim sind?«

»Schon in Ordnung, Monsieur le Commissaire«, lachte Leroy, als spräche sie mit einem alten Freund. »Ich weiß nur, dass es jemanden in Lemoines Umfeld gibt, der sich mit Düngemitteln hervorragend auskennt.«

»Wie bitte? Von wem redest du?«

»Von Claire!«, erwiderte sie triumphierend. »Vor ihrer Zeit bei der Gemeinde hat sie fast zehn Jahre lang als Leiterin des Forschungs- und Entwicklungslabors bei Timac gearbeitet. Sie ist eine erstklassige Chemikerin.«

Timac, wie das Unternehmen von den Einheimischen genannt wurde, genauer gesagt Timac-Agro, gehörte zum Industriekonzern Roulier, einem der größten Arbeitgeber der Region. Selbst ein Zugezogener wie Christophe Guilloux hatte schon davon gehört, weil sich die Einwohner von Saint-Malo immer wieder darüber beschwerten. Das grüne Moos, das auf den Schieferdächern wucherte, stammte angeblich von den Abgasen der Timac-Fabrik, die mitten in der Stadt am Handelshafen angesiedelt war. Alle waren sich einig, dass sie eine echte Plage darstellte.

Beleuchtet von den Strahlen der untergehenden Sonne, die ihre Gesichter in orangefarbenes Licht tauchten, tauschten Guilloux und Lobo einen vielsagenden Blick. Wenn die Blondine im Hosenanzug die Wahrheit sagte, dann hatte Claire Lebreton nicht nur ein Motiv, sondern auch das Wissen, Ammoniumnitrat richtig einzusetzen. Damit kam sie durchaus als Verdächtige infrage.

»Nun gut«, fuhr Fabienne Leroy fort, die nicht unglücklich über das Schweigen der beiden anderen war, »Claire war nicht die Einzige, die einen Grund hatte, sauer auf den Rat zu sein. Ich würde sogar behaupten, dass sie ihren Ärger im Vergleich zu Chauvel noch sehr zurückhaltend gezeigt hat.«

»Chauvel?«, keuchte Emma. »War der auch da?«

Wieder verzögerte sich die Antwort um einige Augenblicke, weil die Kellnerin mit dem Essen kam. Alle drei beugten sich über ihre Teller und machten sich über ihre köstlich duftenden *Galettes* her.

»Und wie er da war! Eigentlich wollte er die Baugenehmigung für sein Öko-Park-Projekt L'Eaudyssée einholen.«

»Daraus schließe ich, dass es nicht ganz so gelaufen ist, wie er das geplant hatte.«

»Das kann man so sagen ... Nicht allein, weil sein langjähriger Verbündeter Lemoine die städtischen Abgeordneten dazu aufgerufen hat, gegen das Projekt zu stimmen. Aber als der Öko-Park dann endgültig begraben war, kündigte Chauvel auch noch an, dass er im kommenden Jahr für das Bürgermeisteramt kandidieren würde. Und zwar gegen Lemoine!«

Der Schwätzer Bazin hatte also nicht gelogen. Die Gemeinderatssitzung war turbulenter verlaufen als der Showdown am Ende eines Westerns.

Besonders interessant aber war die Entdeckung eines Motivs bei Bernard Chauvel. Der Mann, dessen Boot laut ihren Quellen nur einen Steinwurf vom Ort des Geschehens entfernt gewesen war ...

»Wir sollten die Sache mit Chauvel langsam angehen«, hatte Guilloux vierundzwanzig Stunden zuvor noch gesagt. Doch jetzt konnte Emma Lobo in den dunklen Augen ihres Chefs deutlich ein Abweichen von dieser vorsichtigen Haltung erkennen.

Er sprang auf, ließ seine halb gegessene *Galette* stehen, zog sein Telefon aus der Tasche und trat ein paar Schritte auf die Stadtmauer hinaus, wo sich noch vereinzelt Spaziergänger tummelten. Trotz der Entfernung wussten die beiden Frauen sofort, mit wem er telefonierte:

»Frau Staatsanwältin? Commissaire Guilloux hier ...«

Der Rest verlor sich im Rauschen der ansteigenden Flut. Trotzdem war Emma klar, worum es ging: Er forderte von Staatsanwältin Corinne Le Cam einen Durchsuchungsbeschluss für die *Sisyphos*. Die Richterin war offenbar nicht sehr erfreut, denn schon kurz darauf beendete Guilloux das Gespräch mit enttäuschter Miene. Er führte noch einige weitere Telefonate, ehe er sich schließlich wieder zu ihnen an den Tisch setzte.

»Sie hat sich zuerst ziemlich gesträubt«, verkündete er, »aber ich habe eine Funkzellenabfrage für Chauvels Smartphone angefordert.«

»Und?«

»Nun, er hat sich gestern am späten Vormittag tatsächlich an Bord der *Sisyphos* aufgehalten. Und das Sahnehäubchen: Er befand sich weniger als eine Viertel Seemeile von Lemoines Hobie entfernt.«

Genau in der Mitte des VHF-Bereichs, der eine Fernsteuerung des explosiven Zodiaks ermöglichte.

»Bekommen wir jetzt den Durchsuchungsbeschluss, ja oder nein?«

»Es hat ihr zwar ordentlich gestunken, aber ja.«

Emma musste über den Spruch lächeln. Er, der sich unter seiner Streberfrisur immer um eine gepflegte Sprache bemühte, wurde nun endlich ein wenig lockerer. Im Anschluss winkte er der Kellnerin, bestellte drei Crêpes mit Salz-Karamell und gleichzeitig die Rechnung.

Chauvel, Lebreton, Hillbie ... Ihnen hätte schon ein einziger Verdächtiger genügt, und nun hatten sie gleich drei. Und bei jedem war die Tat anders motiviert: bei Chauvel wirtschaftlich, bei Lebreton politisch und bei Hillbie historisch. Das weitere Vorgehen würde bei jedem von ihnen heikel werden. Von derart einflussreichen Personen würden sie nicht einfach ein Geständnis bekommen, so viel war klar. War es möglich, dass alle drei unter einer Decke steckten, wie bei der guten alten Agatha Christie?

Am meisten zu denken gab ihnen jedoch die Diskrepanz zwischen diesen Personen des öffentlichen Lebens und dem fordernden Charakter des Briefes mit der Unterschrift N.A.P.A.L.M. Abgesehen vielleicht von der Art der Zustellung per Drohne schien der Brief eindeutig das Werk von Amateuren zu sein. War der Verfasser ein krimineller Trittbrettfahrer, einer dieser Verrückten, die aus reinem Opportunismus die Urheberschaft für eine Tat übernehmen, nur um Aufmerksamkeit zu bekommen?

Als hätte sie die Gedanken ihres Chefs gelesen, berichtete Emma, was sie seit dem Vortag über die bretonische Unabhängigkeitsbewegung und vergleichbare Gruppierungen zusammengetragen hatte:

»Bis Ende der 90er-Jahre war die am weitesten verbreitete und aktivste Bewegung die GAST ...«

»Lustiger Name!«, kommentierte Fabienne Leroy.

»... Aber bis heute gibt es kein Anzeichen für eine Wiederaufnahme der Aktivitäten. Offiziell haben sie weder Mitglieder noch einen Chef und auch keine Büros mehr. Inoffiziell ebenfalls nicht. Darüber hört man weder von den Klimaschützern noch von anderen Aktivisten irgendwas.«

»Hast du etwas über N.A.P.A.L.M. gefunden?«, wollte Guilloux wissen.

»Null. Also ist es entweder eine reine Erfindung, um uns an der Nase herumzuführen, oder ein spontaner Auswuchs, der noch auf keinem Radar aufgetaucht ist.«

»Hm«, brummte der Kommissar nachdenklich. »Es fällt mir wirklich schwer, zu akzeptieren, dass ausgerechnet die Befürworter der Unabhängigkeit einen ernsthaften Grund haben könnten, einen Typen wie Lemoine anzugreifen.«

»Warum?«

Er wandte sich an die Blondine zu seiner Linken:

»Entschuldige den Ausdruck, Fabienne … aber dein Bürgermeister ist ein ziemlicher Lahmarsch. Ein Typ, der um jeden Preis den Konsens sucht, aber gleichzeitig extrem polarisiert. Oder liege ich da etwa falsch?«

Fabienne Leroy wurde puterrot, antwortete aber nicht.

Was keiner von ihnen wahrnahm, weil sie zu sehr mit sich selbst beschäftigt waren, war das Lächeln der Kellnerin, die ihre Teller abräumte: eine junge Frau mit feuerrotem Haar und tätowierten Armen. Der Drache, der sich mit aufgerissenem Maul um ihren Bizeps wand, schien bereit, die Gäste samt ihren Gesprächen zu verschlingen.

19

Saint-Malo, Manoir des Corrigan *und später* Java Café

Jede der drei Corrigan-Frauen hatte eine ganz persönliche Art, die Sonntagabende zu verbringen. Während Maggie im Rosengarten ihre Rosa Baltimora beschnitt und über einen möglichen Besuch ihres »geheimnisvollen Informanten« spekulierte, der seit einigen Monaten nicht mehr aufgetaucht war, wälzte Louise im Spielzimmer des *Manoir* alle greifbare Literatur über Napalm und die bretonische Unabhängigkeitsbewegung.

Énora traf sich wie fast jedes Wochenende mit Fanny im *Java Café*, einer LGBTQ+-Bar in der Innenstadt. Ihre Freundin wartete bereits an ihrem Stammtisch, der sich in einer vor neugierigen Blicken geschützten Ecke befand, aber dennoch ungehinderte Aussicht auf die Tür zur Straße bot. Trotz des schummrigen Lichts fiel ihr wieder einmal Fannys umwerfende Schönheit auf, dieses Aussehen, vor dem man sich am liebsten verneigen würde ...

»Tut mir leid«, hauchte Énora, als sie sich setzte. Sie entschuldigte sich nicht oft.

»Schon okay, du bist nur 20 Minuten zu spät. Ich habe mit dir schon Schlimmeres erlebt.«

»Darum geht es nicht ... Ich meinte meine Eifersuchts-szene im Krankenhaus.«

»Ach das ...« Fanny errötete. »Weißt du, Schatz, wenn ich jedem Annäherungsversuch nachgäbe, würden deine Hörner durch keine Tür mehr passen. Nicht einmal durch die Doppel-flügeltüren des Krankenhauses!«

Mit diesen Worten beugte sie sich vor und küsste ihre rot-haarige Freundin im Tanktop, die von der Liebesbekundung in diesem Moment etwas überrascht schien. Normalerweise zögerte Fanny, ihre Beziehung in der Öffentlichkeit zu prä-sentieren.

Vollkommen mit sich selbst beschäftigt, bemerkten sie das Mädchen mit den roten Haaren erst, als es nur noch zwei Me-ter von ihnen entfernt war.

»Soizic!«, keuchte Énora.

»Hallo, Rotschopf.«

»Stellst du mich vor?«, bat Fanny leicht verstimmt.

Die Besucherin war nicht so zeitlos schön wie Fanny und besaß auch nicht Nonos herben Charme. Ihr flammrotes Haar und die unzähligen Tattoos und Piercings verliehen ihr eine leicht gewöhnliche Aura, aber es war auf den ersten Blick zu erkennen, dass dieses Mädchen auf ihre Verführungskünste vertraute.

»Das ist Soizic. Wir ...« Énora suchte nach Worten.

»Wir haben mal ein Jahr lang super miteinander gevögelt. Das darfst du ruhig laut sagen, ich schäme mich nicht.«

Beim Gedanken an ihre ineinander verschlungenen Kör-per und die flüchtige Vorstellung, wie die beiden roten Mäh-nen zu einer Einheit wurden, verspürte Fanny einen eisigen

Schwall Eifersucht im Bauch. Ohne es sich einzugestehen, hatte sie Énora immer für eine Selbstverständlichkeit gehalten, aber jetzt wurde ihr klar, dass es auch der Jüngsten der Corrigan-Frauen nicht an anderen Bewerberinnen fehlte. Der herausfordernde Blick, mit dem Soizic sie jetzt betrachtete, schien zu sagen: Wir können das jederzeit wiederholen ... Wir könnten sogar deine Freundin dazu einladen, sie ist gar nicht so übel.

»Was willst du?«, fragte Énora in einem wenig einladenden Ton.

»Nichts im Zusammenhang mit deinem süßen kleinen Arsch, da kannst du ganz beruhigt sein. James Hillbie, der Inselaffe, der sich zurzeit in der Stadt herumtreibt ... der wohnt doch bei euch, oder?«

»Ja ... Warum?«

Énora hütete sich, zu erwähnen, dass er sogar mehr als nur ein Bett belegte, nämlich sowohl im Gästehaus als auch in der Privatwohnung. Sie erwähnte auch nicht, dass sie und ihre Familie ihn verdächtigten, das *Manoir* in die Luft sprengen zu wollen.

»Weil ich vermute, dass er wegen der Sache mit Lemoine ins Visier der Polizei geraten ist ... Übrigens offenbar nicht als Einziger. Und alles nur echt große Fische.«

»Na los, setz dich«, forderte Énora sie ein wenig widerwillig auf.

Ein triumphierendes Lächeln huschte über das Gesicht des Drachenmädchens, machte aber sofort einer ernsten Miene Platz. Ihr kleiner Verführungsversuch schien bereits wieder vergessen.

»Lolo«, rief Fanny über ihre Schulter, »machst du uns bitte zwei rote Sant Erwann?«

Der Mann mit dem kahl geschorenen Kopf hinter der

Theke nickte grunzend und betätigte den mit dem entsprechenden Logo gekennzeichneten Hebel seiner Bierzapfanlage.

»Wir hören dir zu«, ermutigte Énora ihre Ex betont freundlich.

»Was deinen Tommy angeht, waren ihre Aussagen ziemlich vage. Das bedeutet aber nicht, dass sie ihn nicht auch auf der Liste hätten.«

»Wen genau meinst du mit ›sie‹?«

»Zunächst einmal den neuen Kommissar, der wie der ideale Schwiegersohn aussieht. Außerdem diese Tusse, seine Assistentin. Ihr sieht man an, dass sie kurz vor dem Verhungern steht. Jede Wette, dass die beiden irgendwann zusammen in der Poofe landen. Und dann war da noch die Tucke von der Touristeninformation.«

Soizic hatte Talent zur Komikerin. Schweigend tranken sie einen Schluck bretonisches Bier mit roten Fruchtaromen.

»Und das war es?«

»Nein, nein, wie schon gesagt: Einer der dicken Fische ist die stellvertretende Bürgermeisterin, Dingsbums Lebreton.«

»Claire Lebreton.«

»Kann sein. Für sie könnte es auf jeden Fall heiß werden. Nicht nur, dass sie Lemoines Posten wollte, sie war auch mal Chemikerin bei Timac. Für sie wäre es also ein Leichtes, aus Dünger Sprengstoff oder so was herzustellen. Verstehst du, was da los ist?«

»Oh ja ...«

Vor allem aber verstand Énora, was ihre Mutter und ihre Großmutter mit diesen wertvollen Informationen machen würden. Seit der Pressekonferenz und ihrer offiziellen Stellungnahme hatte es keine belastenden Hinweise auf die vorläufig amtierende Bürgermeisterin mehr gegeben. Nun war sie wieder im Spiel, und zwar offenbar nicht nur als Statistin.

»Aber die absolute Krönung ist nicht sie, sondern der gute alte Chauvel. Wusstest du, dass er gedroht hat, selbst für das Amt des Bürgermeisters zu kandidieren?«

»*Gedroht?*«

»Ja, und zwar seinem Kumpel Lemoine. Offenbar hatte unser demolierter Bürgermeister gerade Chauvels Öko-Park-Projekt abgelehnt. L'Eaudyssée.«

Das Liebespaar verarbeitete die Nachricht schweigend. Zwar wäre es Énora lieber gewesen, wenn Fanny etwas weniger erfahren hätte als die Breizh Brigade, aber für sie stand außer Frage, von ihrer Freundin zu verlangen, sie mit Soizic allein zu lassen.

Dass Bernard Chauvel zu den Verdächtigen gehörte, war zwar keine große Überraschung – immerhin hatten sie in ihrem Unterschlupf im Krankenhaus gehört, dass die *Sisyphos* in der Nähe des Anschlagsortes gesichtet worden war –, aber Nono konnte nicht fassen, dass Guilloux tatsächlich vorhatte, das schwimmende Anwesen einer so einflussreichen Persönlichkeit durchsuchen zu lassen. Wenn er dieses Risiko einging, dann hatte der gut aussehende Kommissar mehr als nur einen Verdacht in Bezug auf den Großindustriellen. Wahrscheinlich etwas wirklich Ernstzunehmendes.

Etwas Entscheidendes?

»Sonst noch was?«, wollte Énora wissen und stand hastig auf.

»Eigentlich nicht, außer es interessiert dich, dass sie alle eine *Galette saucisse* und zum Nachtisch eine *Crêpe caramel beurre salé* hatten, und dass Guilloux für alle drei bezahlt hat. Ein echter Gentleman.«

Énora grinste, küsste Fanny auf ihren biegsamen Tänzerinnennacken und stürmte zum Ausgang. Ihre Liebste und ihre Ex ließ sie zurück. Ein plötzlich aufgetauchter, zwingender Grund trieb sie nach draußen in die Dunkelheit.

Den beiden Rivalinnen war die Situation ziemlich peinlich. Sie steckten ihre Nasen in ihr himbeerfarbenes Bier. Keine von ihnen bemerkte den jungen Mann, der allein an der Theke des nicht besonders vollen Lokals stand. Braune Locken fielen ihm in die Stirn. Er war schlank, mit langen Gliedern, wie eine Skulptur von Giacometti. Lolo, der Barkeeper, kannte ihn offenbar, er sprach ihn an wie einen Stammgast.

»Bist du ganz allein heute Abend? Ist dein Freund nicht da?«

»Nein ...«, antwortete der Junge traurig.

Mit diesen Worten zog er einen Plan der Innenstadt aus seiner Tasche und breitete einen Teil davon auf dem Tresen aus. Der Rest hing wie ein Geschirrtuch über die Theke hinunter.

»Sehr merkwürdiger Plan«, kommentierte der Wirt.

»Logisch, das ist nicht die heutige Stadt, sondern Saint-Malo am Ende des 16. Jahrhunderts.«

»Das macht uns nicht jünger.«

»Mag sein, aber es war die beste Zeit der Stadt.«

»Wegen der Korsaren?«

»Nein, nicht wegen der Korsaren«, erwiderte der junge Mann, und ein rätselhaftes Lächeln umspielte seine schmalen Lippen. »Wegen Malouins wie dir und mir.«

Gezeitentabelle
für Saint-Malo

25.September	
Ebbe	02:19 Uhr
Flut	07:48 Uhr
Ebbe	14:34 Uhr
Flut	20:01 Uhr

20

Montag, 25. September, Saint-Servan, Jachthafen Bas-Sablons, in der Nacht

»*Brimful of shite!*«, fluchte Maggie zwischen zusammengebissenen Zähnen. Ihre über den Kopf gezogene Kapuze bedeckte das halbe Gesicht und dämpfte ihre Stimme. Insgeheim hatte sie auf einen Besuch des geheimnisvollen Mannes gehofft, fand sich jedoch jetzt selbst in einer ähnlichen Rolle wieder. Flankiert von Tochter und Enkelin lauerte sie im Schatten der auf dem Trockenen liegenden Boote. Ihre blauen Augen durchforsteten die Dunkelheit. Alle drei waren von Kopf bis Fuß in Schwarz gekleidet, von den Turnschuhen über die Leggings bis hin zu den Pullovern.

»*Well*, was machen wir jetzt?«, wollte sie wissen und deutete ungeduldig auf die Überwachungskameras, die auf den Jachthafen Les Sablons gerichtet waren und die sie erst jetzt wahrnahm.

In der Frage schwang ein gewisser Vorwurf mit. Aber Énora, die den nächtlichen Ausflug initiiert hatte, ließ sich nicht aus der Ruhe bringen. Sie flüsterte:

»Was glaubst du wohl, warum wir uns so verkleidet haben? Um auf einem Kostümfest Fantomas zu spielen?«

»Gehen wir jetzt oder gehen wir nicht?«, drängte Louise ungeduldig.

»Wir gehen!!!«

Als Nono zwei Stunden zuvor atemlos ins *Manoir* gestürmt war, den Kopf voll mit den von Soizic gelieferten Enthüllungen, hatten sie nicht lange überlegt.

»Ein Durchsuchungsbeschluss? Bist du ganz sicher?«, wollte Maggie wissen.

»Sie hat es von Guilloux selbst gehört.«

»Aus verfahrenstechnischen Gründen finden Durchsuchungen meist im Morgengrauen statt, wegen des Überraschungseffekts«, hatte Louise eingeworfen. »Allerdings laut Gesetz nicht vor sechs Uhr morgens.«

»Glaubst du, die Polizei könnte schon morgen früh zuschlagen?«

»An deren Stelle würde ich nicht zu lange warten. Je früher sie handeln, desto weniger Zeit hat der Verdächtige, belastendes Material beiseitezuschaffen.«

Louises anschließende Recherchen in den Archiven von *Le Pays malouin* ließen darauf schließen, dass der Druck auf Chauvel und damit auch auf die Breizh Brigade durchaus hoch war.

Ein neuerer Artikel trug die Überschrift: »Muss Chauvels GmbH demnächst saniert werden?«. Der Industrielle gab privat zwar weiterhin eine Menge Geld aus und unterstützte zahlreiche Wohltätigkeitsorganisationen, doch sein Unternehmen hatte offenbar massive Schulden und stand dem Vernehmen nach am Rand des Bankrotts. Der Artikel, der knapp zwei Wochen vor der für L'Eaudyssée fatalen Stadtratssitzung erschienen war, betonte abschließend, dass der unternehmerische Kraftakt, den Öko-Park in die Tat umzusetzen, lebenswichtig für die Firma sei. Ohne eine Genehmigung der Pläne drohe ein baldiges Ende für Chauvels Firma und seine mehreren Hundert Angestellten.

Wenn solche Informationen in der Presse von Saint-Malo erschienen, hatte Francis Lemoine sie mit Sicherheit nicht ignoriert. Seine unerwartete Kehrtwende zu Ungunsten seines Freundes Chauvel warf natürlich die Frage auf, warum er seinen treuesten und wertvollsten Unterstützer im Stich gelassen hatte. Welche Gründe mochten sich als zwingender erwiesen haben als das Interessenbündnis der beiden Männer? Der negative Beschluss war umso absurder, als der amtierende Bürgermeister sich vorgenommen hatte, eine dritte Amtszeit anzustreben. Warum entschied er ausgerechnet zu diesem Zeitpunkt, Bernard Chauvel gegen sich aufzubringen? Hätte er nicht eine Verzögerungstaktik wählen können, zum Beispiel durch die Forderung nach einer Machbarkeitsstudie für das Projekt L'Eaudyssée? Wenn es darum ging, Zeit zu schinden – oder zu verschwenden –, waren Politiker doch im Allgemeinen sehr erfinderisch.

Erst Lebreton, dann Chauvel … Lemoine hatte sich entschieden, sich mit seinen beiden engsten Verbündeten anzulegen.

Warum?

Die Antworten auf diese unzähligen Fragen befanden sich nicht an Bord der *Sisyphos*, das war ihnen klar. Je weiter sie auf dem schwimmenden Ponton jedoch vorwärtsstrebten, an dem der elegante Fünfzehn-Meter-Katamaran vor Anker lag, desto geheimnisvoller wurde er für sie. Das lag vor allem an dem blauen Hermelin, das beide Schwimmkörper zierte. Dank dieses Details, das die Fischer auf der Mole erwähnt hatten, war es nicht schwierig gewesen, das richtige Boot unter den mehr als tausend Nussschalen zu finden, die sich schier endlos aneinanderreihten.

Normalerweise schliefen nur wenige Skipper an Bord, aber für den Fall, dass doch jemand an Bord eines dieser Schiffe war, verhielten sich die drei Frauen so leise und unauffällig, wie es ihnen nur möglich war.

»Handschuhe!«, forderte Louise flüsternd, als sie nur noch wenige Schritte vom Schiff entfernt waren.

Sie gehorchten und kletterten mühelos wie Ninjas im Cartoon über die niedrige Reling. Maggie hatte sich ausnahmsweise bereit erklärt, ihren Gehstock zu Hause zu lassen, weil sie beide Hände brauchte.

Wie Louise im Internet erfahren hatte, handelte es sich bei Chauvels Fünfzehn-Meter-Boot um eine recht neue Excess 15, die 2019 von der Excess Catamaran Werft gebaut worden war und einen Wert von rund sechshunderttausend Euro hatte. Edle Materialien, schlichtes Design, Sitzecke unter dem Vordach ... Das Ganze strahlte einen unaufdringlichen Luxus aus, den Gipfel des guten Geschmacks.

»*Feckin' hell* ... Ich bin sicher, dass man mit dem Verkauf dieses Bootes mindestens zwanzig Flüchtlingsfamilien für zehn Jahre unterbringen könnte.«

Weder Louise noch Énora, die bereits damit beschäftigt waren, das Deck zu erkunden, gingen auf Maggies Bemerkung ein. Vor allem Nono hatte sich schon mehrmals mit ihrer Großmutter über dieses Thema gestritten. In den leer stehenden Zimmern des Gästehauses und auf dem Dachboden der Nebengebäude hätten sie durchaus ein paar Bedürftige unterbringen können. Aber Maggie hatte unter fadenscheinigen Vorwänden, die meist mit der Kundschaft zu tun hatten, jeden Vorstoß dieser Art abgelehnt. Mit anderen Worten: Sie war in Sachen christlicher Nächstenliebe nicht unbedingt der richtige Ansprechpartner.

»Es ist offen!«, rief Louise leise.

Tatsächlich war die kleine Tür, die zur Hauptkabine führte, nicht verschlossen. Eine erstaunliche Nachlässigkeit bei einem so wertvollen Schiff. Wenn die Gegenstände im Inneren dem Äußeren entsprachen, dann mussten auch sie ein Vermögen gekostet haben.

Der erste Eindruck von der dunklen Kabine erwies sich jedoch eher als schlicht. Der Raum war zwar mit den üblichen lackierten Holzverkleidungen und dunklen Samtstoffen ausgestattet, aber sie fanden so gut wie nichts, was auf das Leben reicher Leute an Bord hindeutete. Weder Designerklamotten auf den Sitzbänken noch teure Flaschen in den Regalen. Alles war so aufgeräumt, als befände sich das Schiff schon im Winterlager. Nach allem, was sie gehört hatten, nutzte Chauvel die *Sisyphos* wie einen gewöhnlichen Optimisten, um in der Bucht von Saint-Malo herumzukreuzen, anstatt damit Ozeane zu überqueren. Ob er auf der Jacht seine wichtigsten Kunden und Partner empfing? Eher unwahrscheinlich. Die Kabine erinnerte eher an die Höhle eines einsamen Bären als an einen Showroom, mit dem man Leute beeindruckte.

Kühn wie immer stieg Énora als Erste die Innentreppe zu den beiden Kabinen auf der Backbordseite hinauf.

»Das müsst ihr euch ansehen!«, zischte sie bereits nach wenigen Sekunden.

Die beiden anderen eilten ihr nach. Maggie stellte voller Bewunderung fest, dass jede Kabine über eine eigene Nasszelle verfügte.

»Erinnert euch das an etwas?«

Die Rothaarige, deren Mähne unter ihrer Kapuze verborgen war, zeigte auf einen Apparat, der auf dem ungemachten

Bett lag: eine Drohne. Nachdem sie die Trümmer des Geräts, das sie auf Cézembre angegriffen hatte, eingesammelt und mitgenommen hatten, waren sie alle drei sicher, dass die beiden Flugobjekte einander sehr ähnelten. Nur dass die Drohne, die hier vor ihnen lag, offenbar voll funktionsfähig war.

»*Wait*«, sagte Maggie, nachdem sie einen Blick in den einzigen Spind geworfen hatte. »Es kommt noch besser.«

Mit diesen Worten förderte sie eine riesige Fernbedienung mit vielen Knöpfen und Reglern zutage. Offenbar handelte es sich dabei jedoch nicht um das Steuerungssystem der Drohne, denn neben dieser lag eine deutlich kleinere Fernsteuerung.

Was also wurde mit dem größeren der beiden Geräte gelenkt?

Die drei Corrigans hatten eine einhellige Meinung zu dieser Frage, wie sie sich schweigend mit Blicken bestätigten.

Hatte Bernard Chauvel das explosive Zodiak von seiner eigenen Jacht aus gesteuert? Sicher war nur, dass er dazu in der Lage gewesen wäre.

Nachdem sie alles wieder verstaut hatten, stellte jede von ihnen Nachforschungen an. Sie drehten jedes Kissen um und öffneten jede Truhe – zugegebenermaßen ohne irgendwelche spannenden Entdeckungen.

Als sie das Ruderhaus in der oberen Etage erreicht hatten, legte Louise plötzlich einen Finger auf die Lippen und flüsterte:

»Pst!«

Dabei hatte keine von ihnen auch nur ein Wort geäußert.

Sofort blieben sie stehen und lauschten. Nun vernahmen auch Maggie und Nono das, was Louise gehört hatte: einen Hund! Nein, nicht nur einen, sondern mehrere Hunde, die in der Ferne kläfften. Und der Klang ihres Gebells bewies, dass die Tiere mit jeder Sekunde näher kamen.

»Nicht zu fassen«, jammerte Énora. »Der Hafen wird von Kötern bewacht. Genau wie damals die Stadtmauern!«

Ihre Mutter und ihre Großmutter verstanden die Anspielung sofort. Fast sechshundert Jahre lang, vom 12. bis zum 18. Jahrhundert, wurden jede Nacht zu Beginn der Sperrstunde rings um die Stadtmauern wilde englische Mastiffs losgelassen, um die Stadt vor feindlichen Eindringlingen und Dieben zu schützen. Diese berühmten Wachhunde, die tagsüber in einem Zwinger an der Porte Saint-Pierre eingesperrt waren, trugen lange Zeit zum Ruf der Stadt bei, uneinnehmbar zu sein, worauf Saint-Malo sehr stolz war. Noch heute waren die Mastiffs auf dem Wappen auf den Gullydeckeln zu sehen.

In diesem Moment jedoch waren sie selbst die Verbrecher, denen die Tiere ans Leder wollten! Sie überlegten schon, aus dem Katamaran zu springen und über den Steg davonzurennen, doch Maggie hielt sie zurück:

»Wenn wir wie die *Eejits* über den Steg rennen, greifen die Tiere sofort an.«

»Was schlägst du also vor?«, keifte Louise, während das Bellen immer lauter wurde.

»Die Felsen vor der Cité d'Aleth. Wenn wir die erreichen, bevor die Monster ihre Runde über die Pontons beendet haben, sind wir in Sicherheit.«

Die kleine Insel gegenüber Intra-Muros überragte Bas-Sablons mit einem hohen Plateau. Oben befanden sich ein Zwei-Sterne-Campingplatz, die Überreste eines Vauban-Forts und mehrere deutsche Bunker, und aus dem zum Hafen gerichteten, unbefestigten Abhang ragten große Granitblöcke.

»Und was ist mit den Felsen?«

»Wenn wir es schaffen, dort hinaufzuklettern, können uns

die Hunde nicht folgen. Es gibt sogar Löcher, in denen wir uns verstecken können. Weder die Hunde noch ihre Besitzer würden uns dort finden. Und irgendwann geben sie sicher auf ...«

»Woher weißt du das?«, fragte Énora.

»Sagen wir mal so: Als dein Großvater und ich uns kennengelernt haben, gab es nicht so viele Möglichkeiten, sich ungestört zu küssen. Also haben wir diese Ecke hier ziemlich oft aufgesucht, *if you see what I mean.*«

21

Montag, 25. September, Saint-Malo, Kommissariat,
in den frühen Morgenstunden

Die Nacht war für Christophe Guilloux recht kurz gewesen. Seine Träume wurden heimgesucht von einer Fabienne Leroy, die sich in eine nicht zu bändigende *Galette saucisse* verwandelt hatte, ein Monster, das vor geschmolzener Butter triefte. Um 5:30 Uhr, immer noch zutiefst schockiert von seinem Albtraum, traf er sich, mit dem Durchsuchungsbefehl in der Hand, mit den drei für diesen Anlass mobilisierten Beamten vor der Hafenmeisterei in Bas-Sablons. Seine Leute waren begeistert von der Idee, die Jacht eines so einflussreichen Mannes wie Bernard Chauvel zu durchsuchen; endlich einmal eine willkommene Abwechslung zu den Razzien in den großen Wohnanlagen im Quartier de la Découverte.

Seiner Stellvertreterin hatte der Kommissar die Aufgabe übertragen, die beiden anderen Verdächtigen vorzuladen, die sie inzwischen im Visier hatten. Im Laufe der Monate war es Emma gelungen, Guilloux' Vertrauen zu gewinnen. Zwar behielt er sich immer noch die wichtigsten Entscheidungen und Aufgaben vor, aber er sträubte sich nicht mehr, in allen anderen Bereichen Verantwortung an sie abzugeben. Natürlich hätte er es in ihrer Anwesenheit niemals zugegeben, aber er hielt sie tatsächlich für mindestens so kompetent wie sich selbst. Sie hingegen, obwohl sie manchmal noch ein wenig verbittert war, dass er auf dem Stuhl saß, auf den sie sich beworben hatte, stellte die Entscheidungen oder Vorrechte ihres Chefs nie infrage. Daher beschloss sie an diesem frühen Morgen auch, sich in einem der beiden Vernehmungsräume im Erdgeschoss des Gebäudes niederzulassen und nicht im Büro des Chefs im Obergeschoss.

Als Erste war Claire Lebreton vorgeladen. Sie erschien bereits um Punkt sieben Uhr und gab sich ebenso trocken und steif wie bei ihren öffentlichen Auftritten.

»Mein Name ist Claire Lebreton. Man hat mich gebeten, um diese Uhrzeit zu erscheinen«, stellte sie sich überheblich am Empfang vor.

Ihr Anwalt, ein Typ mit Hundeblick, der in der Lobby auf sie wartete, hatte ihr zwar am Telefon gesagt, dass man sie nur als Zeugin vernehmen würde, aber sie machte keinen Hehl daraus, dass sie nur ungern hier war. Dank jahrelanger Erfahrung wusste sie sehr genau, dass es in der öffentlichen Meinung praktisch schon als Verurteilung galt, wenn eine gewählte Politikerin zur Polizei zitiert wurde. Darauf hätte sie nur wenige Monate vor der Wahl liebend gern verzichtet.

Emma Lobo begrüßte sie mit einem freundlichen Lächeln und dem Respekt, der ihrem Amt gebührte.

»Nehmen Sie bitte Platz«, sagte sie und wies auf einen der beiden Sitze ihr gegenüber. »Möchten Sie einen Kaffee oder ein Wasser?«

Diese kleine Aufmerksamkeit genügte, um ihr Gespräch von einem Verhör zu unterscheiden.

»Danke. Ich hätte gern einen Kaffee. Es ist noch sehr früh.«
Ihr Rechtsbeistand winkte mit einer Handbewegung ab, und nachdem eine uniformierte Hilfskraft den Kaffee serviert hatte, ging es los.

Lobo war eine Verfechterin des klassischen Beginns:

»Zunächst, Madame, möchte ich Sie bitten, mir zu erzählen, wo Sie vorgestern Morgen, am 23. September, gegen 11:30 Uhr waren und was Sie gemacht haben.«

»Ich war gerade zum Mittagessen nach Hause gekommen.«

»Woher kamen Sie?«

»Aus dem Rathaus. Ich war schon ziemlich früh dort gewesen, so gegen acht Uhr, um zwei, drei kleinere Angelegenheiten abzuschließen, die sich ein wenig in die Länge gezogen hatten. Danach bin ich wieder nach Hause gefahren.«

»Könnte jemand bei Ihnen zu Hause bezeugen, dass Sie um diese Zeit anwesend waren?«

»Nein, ich lebe allein. Ich bin Single.«

Darauf hätte Emma ihre Polizeimarke verwettet. Claire Lebreton war der Prototyp einer unabhängigen Frau, die keine Lust hatte, sich mit romantischen Beziehungen zu belasten.

»Auch kein Nachbar?«

»Möglicherweise, aber eher unwahrscheinlich. Ich wohne in einem kleinen Reihenhaus. Meine nächste Nachbarin, die einzige, die das ganze Jahr über dort lebt, ist eine sehr alte, halb taube und blinde Frau.«

Mit anderen Worten: Es gab kein hieb- und stichfestes Alibi.

»Und im Rathaus?«

»Im Rathaus schon: der Sicherheitsbeamte am Eingang, die Reinigungskräfte, meine und Francis' Sekretärin Édith ...«

»Ausgezeichnet. Die können uns dann sicher auch sagen, wann Sie nach Hause gegangen sind?«

»Sicher«, stöhnte die etwa Vierzigjährige in dem grauen Kleid genervt. »Ich weiß es nicht mehr auf die Minute genau, aber es dürfte so gegen 11:15 Uhr, 11:20 Uhr gewesen sein. Mein Haus liegt nicht weit von Intra-Muros entfernt.«

»Wo genau?«

»In Courtoisville.«

Das schickste Viertel von Saint-Malo, zwischen den Thermes marins und Paramé gelegen. Dort wohnten nur die wohlhabendsten Malouins und die reichen Eigentümer von Zweitwohnsitzen, meist aus Rennes oder Paris.

»Arbeiten Sie häufig am Wochenende?«

»Dann und wann, es kommt darauf an«, wich sie etwas verlegen aus.

»Ich erlaube mir, Ihnen diese Frage zu stellen, denn es ist allgemein bekannt, dass sich selbst Ihr Chef Francis Lemoine am Wochenende Auszeiten gönnt. Ich meine seine berühmten Ausfahrten mit dem Hobie 15 am Samstagmorgen.«

»Ich weiß nicht, was Sie damit andeuten wollen«, meldete sich endlich auch der Rechtsverdreher zu Wort, »aber ich wüsste nicht, warum die Gewissenhaftigkeit meiner Mandantin in Bezug auf ihre Arbeit für Ihren Fall relevant sein sollte.«

Die Polizistin nahm den Vorwurf zur Kenntnis und wendete sich sofort in ruhiger, fast schon sanfter Tonlage wieder dem Thema zu.

»Nun, ich wollte betonen, wie vorbildlich sich Madame Lebreton für den Bürgermeister von Saint-Malo einsetzt.«

»Das ist richtig«, stimmte die Betroffene zu.

»Das bezweifelt auch niemand. Aber ich nehme an, die Information über seine Kehrtwende und darüber, dass er sich von Ihrer gemeinsamen Vereinbarung in Bezug auf die Wahlen distanziert hat, war für sie schwierig – noch dazu in aller Öffentlichkeit. Ganz ehrlich, fühlten Sie sich nicht verraten?«

Emma wiederholte die Frage, die Eric Lathière, der freie Mitarbeiter von *Le Pays malouin*, während der Pressekonferenz gestellt hatte.

Claire Lebreton versteifte sich auf ihrem Stuhl so sehr, dass sie die Plastiklehne zurückschob.

»Ganz und gar nicht! Wie ich bereits Gelegenheit hatte zu erwähnen, ist Francis mein ›Ziehvater‹ in Sachen Politik. Ihm verdanke ich alles. Ich könnte ihm niemals wegen irgendetwas böse sein, selbst wenn das bedeutet, dass meine eigenen Ambitionen auf der Strecke bleiben.«

»Verstehe, aber trotzdem ... All diese Wendungen, die miesen Tricks und Enttäuschungen ... Sehnen Sie sich nie nach Ihrem früheren Berufsleben zurück?«

»Ich ...«, stammelte Lebreton. »Ich verstehe Ihre Frage nicht.«

»Ich nehme doch an, dass es im Labor bei Timac ruhiger zuging, oder?«

Das ohnehin schon fleckige Gesicht der Volksvertreterin verlor noch mehr an Farbe.

»Ja, doch, ich schätze schon ... Aber das ist sehr lange her. Mein richtiger Job, der Job, der für mich zählt, ist der, den ich jetzt ausübe, im Dienste von Saint-Malo.«

»Noch eine Frage«, fuhr Emma fort. »Den ganzen Tag mit so gefährlichen Produkten wie Ammoniumnitrat zu hantieren, ist doch sicher auch nicht gerade gesund, oder liege ich da falsch?«

Der Anwalt legte seine Hand auf die seiner Mandantin, um sie zum Schweigen zu ermahnen. Er hatte das Spielchen der Polizistin, die sich bis dahin eher zurückhaltend gegeben hatte, inzwischen durchschaut. Offensichtlich wollte sie die

»kriminelle Kompetenz« der Zeugin nachweisen und ihre Fähigkeit aufzeigen, die ihr vorgeworfenen Delikte durchzuführen, in diesem Fall einen Sprengstoffanschlag.

»Timac hat nie Ammoniumnitrat hergestellt und wird es auch nie tun«, antwortete die Befragte jedoch souverän. »Würden Sie Ihre Unterlagen besser durcharbeiten, Capitaine, dann wüssten Sie, dass die von dieser Firma entwickelten Düngemittel zu 100 Prozent pflanzlichen Ursprungs sind und hauptsächlich aus Algen bestehen, während Ammoniumnitrat ein anorganisches Salz ist, das sich durch eine Neutralisationsreaktion bildet. Außerdem habe ich persönlich noch nie mit solchen Stoffen gearbeitet. Ich wüsste nicht einmal, wo ich sie bekommen könnte.«

Ihr Anwalt schien mit dieser Klarstellung zufrieden zu sein und nickte.

»Umso besser, dann bin ich ja beruhigt. Zum Schluss möchte ich Sie bitten, mir etwas über die Stadtratssitzung vom 20. September zu erzählen. Sie haben daran teilgenommen, nicht wahr?«

»Das kann man wohl sagen.«

Lebreton hob den Kopf und reckte die Brust vor. Sie hatte ihr Selbstbewusstsein zurückgewonnen. Das politische Tier in ihr hatte wieder die Oberhand über die einfache Beschuldigte, die der polizeiliche Kontext noch im Augenblick zuvor verschreckt hatte.

»Bei dieser Gelegenheit haben Sie erfahren, dass Francis Lemoine für eine dritte Amtszeit kandidieren wollte?«

»Ja, aber ich sage es noch einmal: Es war eher eine Überraschung als eine wirkliche Enttäuschung. Außerdem, wenn Sie mich fragen, war das nicht das bemerkenswerteste Ereignis dieser Sitzung.«

»Sondern?«

Wie Emma erwartet hatte, rettete sich die stellvertretende Bürgermeisterin mit der Geschwindigkeit einer Krabbe, die sich zwischen zwei Felsen verkriecht, in die entstandene Bresche:

»Es war Francis' Ablehnung der versprochenen Baugenehmigung für Bernard Chauvels Öko-Park. Das hatte wirklich niemand erwartet. Nicht einmal ich. Von diesem Moment an geriet die Sitzung außer Kontrolle.«

»Sie haben keine Ahnung, was den Bürgermeister dazu gebracht haben könnte, seine Meinung zu ändern?«

Bei dieser Frage verzog Lebreton leicht das Gesicht. Immerhin war sie seit zwei Tagen die amtierende Bürgermeisterin – sie ganz allein.

»Nein, als wir das letzte Mal darüber sprachen, hat Francis noch ganz klar zu Chavels Gunsten gestimmt.«

»Hm ... Der erste Sinneswandel erfolgte in Bezug auf seine Kandidatur, und dann, am selben Tag in der Sache L'Eaudyssée ... Würden Sie sagen, dass Monsieur Lemoine häufiger ein derart ›wechselhaftes‹ Verhalten an den Tag legte?«

Die zu Unrecht beschönigenden Anführungszeichen waren deutlich zu hören.

»Ganz und gar nicht. Francis hatte keinen triftigen Grund, einen so treuen Unterstützer wie Chauvel gegen sich aufzubringen. Falls es überhaupt einen Grund gab, dann war der meiner Meinung nach eher persönlicher als politischer Natur ...«

»Persönlich?«

»Wissen Sie es denn nicht?«

»Was denn?«

»Seine Frau Françoise hat ihn vor weniger als einem Monat verlassen. Er hat sich bemüht, sich nichts anmerken zu lassen, aber es hat ihn ziemlich mitgenommen.«

Paare mit homofonischen Namen hatten Emma schon immer amüsiert: Francis und Françoise, Paul und Paule, Claude und Claudine ... Man muss schon ziemlich ich-bezogen sein, dachte sie, wenn man sich sozusagen einen Spiegel als Partner aussuchte.

»Kennen Sie den Grund für die Entzweiung?«

»Nein, und es geht mich auch nichts an. Francis und ich haben uns von Anfang an für eine strikte Trennung von Beruf und Privatleben entschieden ...«

»Aber es lag doch nicht etwa an dieser Öko-Park-Geschichte?«, hakte Emma Lobo nach.

»Jedenfalls nicht direkt, das glaube ich nicht. Aber vor ihrem militanten Hintergrund kann ich mir vorstellen, dass es ihr schwerfiel, Francis' rein ökologisch motivierten Deal zu schlucken. Klientelismus ist nicht so ihr Ding.«

»Françoise hat eine Vergangenheit als Aktivistin?«

»Ja, als sie sich vor zwanzig Jahren kennenlernten, hatte sie viel mit der bretonischen Unabhängigkeitsbewegung zu tun.«

»Mit der GAST?«

»Ja, mit der GAST, zumindest glaube ich das. Wissen Sie, ich war damals noch Teenager. Die alten Hippiezeiten in der Politik sind an mir vorbeigegangen. Was mich interessiert«, fügte sie hinzu, als wäre sie schon wieder auf Wahlkampftour, »ist das Saint-Malo von heute. Das von morgen. Nicht die Kämpfe einer Nachhut.«

In der benachbarten Hörkabine konnte Jojo Prigent ein zufriedenes Lächeln nicht unterdrücken. Er würde seinem Cousin Arnaud viel zu erzählen haben, wenn sie abends in ihrem neuen Hauptquartier saßen. Den Audio- und Videostream von Raum 1 in diesen Raum umzuleiten, hatte ihn zwar eine

Dauerkarte für Francis-Le Blé gekostet, aber er bereute die Investition nicht. Es war schon erstaunlich, wie sehr er sich seit dem Vortag und dem Drohnenangriff in dieses Spiel hineingefuchst hatte.

Wenn ihm jemand gesagt hätte, dass es ihm eines Tages wirklich Spaß machen würde, Polizist zu sein ...

22

Montag, 25. September, Saint-Malo, Polizeiwache

»An der Rezeption ist eine Dame, die den Chef sprechen möchte.«

Wenn Christophe Guilloux nicht anwesend war – seine Durchsuchung der *Sisyphos* schien sich endlos hinzuziehen –, kamen solche Anfragen immer bei seiner Stellvertreterin an. Emma war gerade aus dem Verhörraum in ihr Büro zurückgekehrt, das nur wenige Türen von dem des Chefs entfernt lag, als der Klingelton einer internen Leitung ertönte.

»Was denn jetzt noch?«

Nichts ärgerte sie mehr als der Dilettantismus, den manche untergeordneten Beamte bei bestimmten Aufgaben an den Tag legten. Sie war der Meinung, dass eine Arbeit nicht deshalb schlampig erledigt werden musste, weil sie auf den ersten Blick nicht wirklich aufregend erschien. Im Gegenteil. Je nichtssagender ein Job war, desto mehr musste man sich engagieren, um ihn erträglich zu machen.

»Sie sagt, dass ihre Mutter nach der Pressekonferenz mit ihm gesprochen hat.«

»Okay, schick sie zu mir nach oben. Ich kümmere mich darum.«

Obwohl Emma zu diesem Zeitpunkt selbst viel zu tun gehabt hatte, erinnerte sie sich an die alte Dame, die den Kommissar auf der Bühne im Auditorium Chateaubriand in ein Gespräch verwickelt hatte. Als Emma Christophe später dazu befragte, hatte er mit den Schultern gezuckt und die Aussagen der alten Frau so zusammengefasst: »Sie behauptet, es sei ein fliegender Junge gewesen ... Diese Art von Zeugin eben.«

Die Frau, die vor ihrer Tür stand, war eine etwas streng wirkende Mittfünfzigerin mit aristokratischer Kopfhaltung, dunklem Kleid und grau meliertem Dutt. Ein paar altmodische Schmuckstücke, unter anderem ein Kruzifix, vervollständigten das soziokulturelle Profil, das Emma als ziemlich hochgestellt einordnete. Die sehr gläubige und etwas unnachgiebige Oberschicht von Saint-Malo in ihrer ganzen Pracht.

»Guten Tag«, murmelte die Frau, die offensichtlich befürchtete, Emma zu stören.

»Bitte, treten Sie ein, Madame.«

Die Kriminalistin begleitete ihre Aufforderung mit einer weit ausholenden Armbewegung.

»Es tut mir leid«, begann die Dame kurzatmig, während sie sich setzte. »Ich kann mir vorstellen, dass Sie Besseres zu tun haben. Aber ich hätte mir nicht erlaubt, Sie zu belästigen, wenn es nicht um ein für Sie so wichtiges Thema ginge ...«

»Ich höre.«

»Es geht um den Unfall unseres Herrn Bürgermeisters ...«

Wollte sie die Polizei mit einer weiteren verworrenen Erklärung beglücken? Was kam nach dem Vogelkind? Außerirdische mit bretonischen Trachtenhauben? Die Menschen hatten keine Vorstellung davon, wie viele abenteuerliche Zeugenaussagen auftauchten, sobald in den Medien über Kriminalfälle berichtet wurde. Alle Verrückten auf freiem Fuß nutzten die Gelegenheit, um ihr Herz auszuschütten, und zwar bei der Polizei, weil die Beamten für Anhörungen bezahlt wurden.

»Ich möchte mich bei Ihnen entschuldigen«, fuhr die Besucherin fort.

»Entschuldigen?«

Diese Situation erlebte man auf einer Wache so selten, dass Emma erstaunt eine Augenbraue hob.

»Für meine Mutter, Renée Magon. Wissen Sie, sie ist nicht mehr ganz richtig im Kopf. Man darf ihr nicht böse sein.«

»Alzheimer?«, mutmaßte Emma Lobo mitleidig.

»Nein, das Schlimmste ist, dass sie für ihr Alter noch ein ziemlich gutes Gedächtnis hat. Die Ärzte sprechen von ›leichter seniler Demenz‹.«

Ihr Gesichtsausdruck verriet, dass sie etwas gegen diese Bezeichnung hatte, welche die Ärzte wahrscheinlich nur gewählt hatten, um die Tochter zu beruhigen.

»Ich verstehe immer noch nicht ... Warum entschuldigen Sie sich bei uns?«

»Meine Mutter verbringt ganze Tage damit, vom Gipfel von Grand Bé auf das Meer hinauszublicken, und zwar auf der Seite, wo Chateaubriand begraben liegt. Ich habe versucht, sie davon abzuhalten, aber sobald sie die Möglichkeit bekommt, kehrt sie dorthin zurück.«

»Wohnt sie bei Ihnen?«

»Noch nicht, sie lebt immer noch allein. Die Pflegekasse ist dem Rat ihres Arztes gefolgt und hat sie nicht in einen Pflegegrad eingestuft. Sie hat nicht einmal Anspruch auf eine bezahlte Haushaltshilfe.«

Emma war mit dem Prozedere der Kassen im Zusammenhang mit Senioren nicht sehr vertraut, aber sie schloss daraus, dass die alte Dame noch nicht in die Liste der Pflegebedürftigen aufgenommen worden war.

So traurig dieses Bild auch war, die Polizeibeamtin fürchtete sich vor dem endlosen Erguss, der sich hier vorbereitete. Hilfe für Opfer und gefährdete Personen, ja. Sich ausweinen oder psychologische Hilfe erwarten, nein. Das war ihr Credo, und daran hielt sie sich seit ihrem Eintritt in die Behörde.

»Entschuldigen Sie, aber wie kann ich Ihnen behilflich sein?«

»Oh, gar nicht. Wir sind es, die Ihnen helfen sollten. Und mir ist bewusst, dass Sie mit so launischen Zeugen wie meiner Mutter mehr Zeit verlieren als alles andere. Ich wollte Sie nur vor den ›Geschichten‹ warnen, die sie Ihnen erzählen könnte.«

»Sie glauben, dass Ihre Mutter das, was sie gesehen haben will, aus dem Nichts erfindet, nicht wahr?«

Das angebliche »Vogelkind« ebenso wie alles andere auch.

»Das glaube ich nicht nur, dessen bin ich mir sicher. Neulich hat sie mir erzählt, dass der Geist eines Mannes, der auf See verschwunden ist, zu ihr auf den Felsen kam, um mit ihr zu sprechen. Ein Mann, der vor etwa zwanzig Jahren gestorben ist. Es vergeht kaum eine Woche, in der sie nicht mit solchen Geschichten ankommt.«

»Verstehe ... Oft ist es mit älteren Menschen ein bisschen wie mit Kindern. Selbst wenn sie die Wahrheit sagen, nimmt diese nicht immer ganz glaubhafte Formen an. Sie ändern einen Namen, ein Aussehen oder ein Detail. Man muss zwischen den Zeilen lesen können.«

Emmas Gesprächspartnerin schien diese Behauptung ein wenig zu schockieren. Als wäre die Möglichkeit, dass ihre Mutter die Wahrheit sprach, für sie undenkbar. Als nähme der gesunde Menschenverstand der Beamtin ihr etwas von dem Drama, das der langsame Verfall der mütterlichen Neuronen darstellte. Angesichts eines sich anbahnenden Unglücks klammerten manche Menschen sich daran fest wie an einer Boje.

In der Eingangshalle, wohin sie die seltsame Denunziantin begleitete, begegnete Emma dem neuen Polizisten mit dem Wasserspeiergesicht, der das Bekennerschreiben mit seinen Fingerabdrücken und seiner DNA verunreinigt hatte. Der Uniformierte wackelte mit unsicheren Schritten auf sie zu. In einer Hand trug er eine der großen blauen Plastiktüten, in die auf dem Markt Artischocken gepackt wurden. Darin befand sich ein zusammengefaltetes Rechteck aus dickem weißem, mit Plastik überzogenem Stoff, dessen Ecken die Tüte fast durchdrangen.

Der Quasimodo vom Dienst reichte ihr mit einem selbstgefälligen Grinsen die Tüte:

»Schauen Sie, Capitaine, was ich am Strand gefunden habe. Ich wollte gerade ins Wasser gehen, zack, da war es. Ein Wahnsinns-Beweisstück! Ein Behältnis für Ammoniumnitrat. Noch dazu ganz in der Nähe der Stelle, wo der Bürgermeister in die Luft geflogen ist.«

Sein Grinsen erinnerte an den Joker und überzog sein ohnehin schon abstoßendes Gesicht mit einem geradezu furchterregenden Halbmond. Jojo Prigent überschlug sich fast mit dem Gefühl von Ruhm und Bedeutung.

Woher wusste dieser Dummkopf von dem explosiven Dünger? Den Bericht der KTU über die chemischen Spuren, die auf dem Hobie 15 und Lemoines Körper gefunden worden waren, hatten angeblich nur sie selbst und Guilloux zu Gesicht bekommen. Niemand im Kommissariat außer ihnen beiden dürfte die Einzelheiten kennen.

Sie zog es vor, den (im Moment eher anekdotischen) Aspekt zunächst zu übergehen und untersuchte stattdessen den Inhalt des Plastikbeutels. URALC... Sie konnte die Inschrift nur teilweise entziffern.

»Darf ich fragen, warum Sie das nicht bei den Asservaten abgegeben haben?«

»Also, na ja ...«, stotterte er. »Weil es so wichtig ist, dachte ich, es sei besser, es Ihnen direkt zu übergeben. Gleich in die Hand.«

Sie ging nicht darauf ein und entließ ihn mit einem Dankeschön, das sie – ohne wirklich daran zu glauben – mit einer Bitte um Vertraulichkeit seinerseits verband.

Vor dem Versand an das Labor in Rennes, und weil die DNA-Spuren ohnehin schon verunreinigt waren, nahm sie den Fund mit in ihr Büro, wo sie ihn zu seiner vollen Länge auseinanderfaltete.

URALCHEM verkündete das blau-grüne Logo auf der englisch beschriebenen Seite. Die Produktbeschreibung lautete »Ammoniumnitrat«. Ganz unten bemerkte sie eine lange Reihe von Zahlen und Buchstaben, hinter der sie die Seriennummer des Behältnisses vermutete. Mithilfe ihres Bürocomputers verglich sie diese mit der gespeicherten Seriennummer des Sacks, der vor dem Sommer von den Docks gestohlen worden war.

»Da bist du ja, du Schlingel«, murmelte sie vor sich hin.

Die beiden Nummern stimmten überein. In dem Sack, den ihr der Einfaltspinsel übergeben hatte, war also tatsächlich der Sprengstoff gewesen, der im Hafen von Saint-Malo gestohlen worden war. Als Nächstes würde das Labor feststellen müssen, ob die chemische Zusammensetzung des Sprengstoffs mit der Substanz übereinstimmte, mit der Francis Lemoine in die Luft gejagt worden war. Sollte dies der Fall sein, brauchten sie nur noch den Dieb des Nitrats zu finden, um den Terroristen, den berüchtigten N.A.P.A.L.M., oder zumindest einen seiner Komplizen dingfest zu machen.

Wie eine Matrjoschka eröffnete ihre Ermittlung eine zweite Untersuchung, oder besser: öffnete sie erneut.

23

25. September, Saint-Malo, Plage de Bon-Secours

»Fangen spielen mag ja cool sein ... aber nicht drei Stunden
am Stück und mit *feckin' dogs* am Arsch!«

So klang das Fazit, das Maggie Corrigan nach der Nacht
auf den Felsen der Cité d'Aleth zog, nachdem sie wieder sicher
auf dem Kai gelandet waren. Die Wachhunde hatten erst gegen vier oder fünf Uhr morgens von ihnen abgelassen, kurz
bevor die Polizei am Hafen von Bas-Sablons auftauchte. Als
jedoch Guilloux und seine Helfer im ersten Morgengrauen am
Ort des Geschehens eintrafen, war das Trio der Breizh Brigade
längst über alle Berge.

An einem anderen Strand, dem von Bon-Secours, gönnten sie
sich ein improvisiertes Frühstück. Ihre Ausbeute nach dem
Schlenker zu der Bäckerei neben der Kathedrale – dort gab
es die besten *Fars bretons* von ganz Saint-Malo, wie Louise
behauptete – lag auf einem improvisierten Tischtuch, einer
einfachen schwarzen Jacke, die sie zwischen sich ausgebreitet
hatten. Zu dieser noch sehr frühen Stunde machten ihnen nur

ein paar Möwen den Strand streitig, die nach Krümeln Ausschau hielten.

»Meine Schätzchen haben alles gesehen. Wissen Sie, von dort oben verpassen sie nichts«, hatte Janot ihnen über die lärmenden Vögel erzählt. Waren seine Tiere zum Zeitpunkt des Drohnenangriffs über Cézembre geflogen? Hatten sie den Piloten der Drohne gesehen? Hatte dieser etwas mit dem Anschlag auf Lemoine zu tun?

Schweigend, erschöpft vom Schlafmangel und entzückt von den kulinarischen Köstlichkeiten kauten sie ihre Fragen und die schmackhaften Bissen durch. Sobald sie Sand und Granit berührte, unterbrach sogar Maggie ihr ständiges Geplapper zumindest für einige Augenblicke. Der Kontakt mit den Mineralien verlieh ihr Kraft und, so meinte sie, brachte ihre Inspiration wieder in Gang, wenn diese nachließ, wie nach ihrer nächtlichen Suchaktion.

Was sie an Bord der *Sisyphos* gesehen hatten, schien Bernard Chauvel zu belasten. Keine der drei Frauen konnte sich jedoch vorstellen, dass ein Mann seines Formats eine so eigenartige Tat begehen konnte.

»Also ehrlich, wenn man so einflussreich ist wie er und einen Verbündeten bestrafen will, der einen betrogen hat, würde man dann den Piraten auf hoher See spielen?«

»*You've got a point* ... Und wenn Chauvel Lemoine wirklich hätte schaden wollen, hätte er ihm nur den Geldhahn zudrehen müssen. Ich gehe davon aus, dass der amtierende Bürgermeister ohne die finanziellen Mittel seines Freundes im Wahlkampf ziemlich verloren dastehen würde.«

»Ganz zu schweigen von dem Brimborium um das Bekennerschreiben«, sagte Louise. »Der Brief auf Bretonisch, die Drohne, der seltsame Name ... Das passt überhaupt nicht zu ihm.«

Zumindest nicht zur Zurückhaltung des Chefs der Chauvel-Gesellschaft.

Sie gingen noch einmal die verschiedenen Möglichkeiten durch, die ihre Gedanken wie zwei entgegengesetzte Strömungen bewegten, als das Handy der Jüngsten zweimal kurz pingte.

»Das ist von Sophie«, meldete der Rotschopf mit einem Blick auf die gerade erhaltene SMS. »Sie schreibt, dass Hillbie vorhin zwar in seinem Zimmer war, aber sofort wieder verschwunden ist. Er hat nicht einmal gefrühstückt.«

»Weiß sie, wo er hinwollte?«

»Ja, deshalb hat sie die Nachricht geschickt. Er wurde ins Kommissariat bestellt, zum Gespräch mit Guilloux' Stellvertreterin.«

»Nur eine Anhörung ... oder haben sie ihn festgenommen?«, fragte Maggie eifrig.

»Dazu schreibt sie nichts. Aber es hätte mich auch gewundert, wenn er so mitteilsam gewesen wäre.«

Nono und Loulou blickten Maggie halb fragend, halb tadelnd an. Wenn eine von ihnen die Fähigkeit besaß, James Hillbie zum Reden zu bringen, dann war sie es. Hatte Maggie Corrigan, die Königin des Bettgeflüsters, ihr legendäres Geschick verloren?

»*Hello, girls!* Seid ihr vom Pouillou gefallen, oder was?«

»Grüß dich, Yvon!«, antworteten sie im Chor.

Der gut aussehende Mann Ende vierzig, der mit einer widerspenstigen Haarsträhne im Gesicht barfuß auf sie zukam, war der Chef der Segelschule Les Corsaires Malouins gleich nebenan. Trotz der herzlichen Begrüßung machte er ein Gesicht wie drei Tage Regenwetter – die Züge unter seiner eigenwilligen Haartolle waren angespannt. Bei dem erwähnten

Pouillou handelte es sich um einen mächtigen Felshaufen am östlichen Strandende, in dessen Schutz die Damen ihren Bedürfnissen nachzugehen pflegten.

Ein Mann im Anzug und mit einer Ledermappe in der Hand lief leise vor sich hin schimpfend in die entgegengesetzte Richtung davon, war aber aus dieser Entfernung nicht zu verstehen. Zwischendurch drehte er sich immer wieder zu Yvon um und drohte ihm mit dem Zeigefinger.

»Sag mal, dein Freund sieht nicht gerade *easygoing* aus«, wandte sich Maggie an Yvon. »Wer ist das?«

»Das ist nicht mein Freund. Der Kerl ist ein verdammter Versicherungsvertreter. Ich hasse diese Halsabschneider. Angeblich hätte ich mich persönlich auf meinem sinkenden Schiff befinden müssen, damit meinem Antrag auf Entschädigung stattgegeben wird.«

»Haben Jugendliche einen deiner Hobie Cats versenkt?«, wollte Énora wissen.

»Nicht versenkt, sondern geklaut. Aber da die Schlösser an den Hütten aufgebrochen wurden, glaube ich nicht, dass es meine Schützlinge waren. Das sieht mir eher nach Profiarbeit aus.«

»*Holy feckin' fuck* ... Tut mir echt leid.«

»Bestimmt war das wieder mal Nessie«, witzelte Louise, um die Stimmung aufzulockern.

Nessie nannten die Einwohner von Saint-Malo den Sprungturm im Schwimmbad von Bon-Secours, in Anlehnung an das legendäre Monster von Loch Ness. Bei Flut tauchten der lange Hals und der Kopf aus Beton direkt über dem Wasser auf, als stiege eine geheimnisvolle Kreatur aus dem Abgrund.

Doch der Segellehrer Yvon quittierte den Einwurf mit einem verärgerten Blick. Der Scherz schien seine Stimmung nicht unbedingt zu heben.

»Weißt du denn, wann das passiert ist?«, fragte Nono.

»Vermutlich in der Nacht von Freitag auf Samstag. Ich habe die Tür zerstört vorgefunden, als ich morgens gegen acht Uhr am Club ankam.«

Er wies auf eine der beiden Holzhütten, die zu beiden Seiten des Strandzugangs standen.

»Der Hobie Cat ... Ich nehme an, er wurde nicht gefunden?«

»Leider nein, wie du dir sicher denken kannst, Kleines.«

Yvon hatte die Rothaarige praktisch aufwachsen sehen. Und obwohl sie nicht sehr segelbegeistert war, hatte sie, wie viele andere Kinder aus Saint-Malo, unzählige Mittwochnachmittage auf den Optimisten und Katas des Clubs verbracht.

Eine Jolle, die nur wenige Stunden vor dem Angriff auf Lemoine gestohlen worden war, deren Auslaufen keine Hafenmeisterei registriert hatte und die seitdem verschwunden war? Die drei Frauen tauschten einen vielsagenden Blick. Es gab kaum eine bessere Möglichkeit für die Durchführung eines heimlichen Angriffs.

Was, wenn das explosive Zodiak von diesem schnellen, leichten und unauffälligen Boot aus gesteuert worden war anstatt von Chauvels imposanter Fünfzehn-Meter-Jacht? Die Spur, die zu dem Geschäftsmann führte, wurde deutlich schwächer.

»Hast du wenigstens Anzeige erstattet?«

»Na logisch. Das verlangt schon die Versicherung. Trotzdem bleibt es schwierig, eine Entschädigung zu bekommen ...«

»Und was haben die Bullen dazu gesagt?«

»Die waren komisch. Der entstandene Schaden war ihnen anscheinend völlig egal. Stattdessen haben sie mich zwei Stunden lang darüber ausgequetscht, wer meine Segelschule besucht, wer an diesem Morgen hinausgefahren ist und Gott weiß was noch ... Wenn du mich fragst, glaube ich, dass sie nach dieser Lemoine-Geschichte ziemlich unter Stress stehen.«

Ob Guilloux und Lobo ihre Vermutung bezüglich Yvons gestohlenem Kat teilten? Hatte das »Ausleihen« des Hobie Cat etwas mit dem Anschlag zu tun?

»Aber das ist noch nicht das Schlimmste«, fuhr ihr Freund fort.

»Sondern was?«

»Nicht nur eine, sondern zwei Hütten wurden aufgebrochen. In der anderen hat offensichtlich jemand übernachtet.«

Es wurde immer seltsamer. War der Dieb ein Landstreicher auf der Durchreise? Das widersprach nicht nur der Chauvel-Hypothese, sondern auch der Idee eines im Voraus geplanten Anschlags. Es sei denn, die beiden Vorfälle waren lediglich durch ein bisschen Wasser und viele Zufälle miteinander verbunden.

»Glaubst du, dass der Hausbesetzer deinen Hobie Cat entwendet hat?«

»Na ja, wenn du ihn triffst, kannst du ihn ja mal fragen.«

Erneut meldete sich Énoras Telefon. Dieses Mal handelte es sich um einen Sprachanruf. »Fanny«, stand auf dem Display. Nono entfernte sich einige Schritte von den anderen, während sie das Gespräch entgegennahm.

»Tut mir leid, dass ich dich allein gel...«

»Schon vergessen«, unterbrach Fanny. »Clara hat mich gerade aus dem Broussais angerufen. Sie hat vor weniger als einer Stunde ihren Dienst angetreten und Lorie getroffen.«

»Okay ...«

»Das errätst du nie.«

»Lemoine ist abgekratzt?«, schrie Énora auf.

Maggie, die nichts mehr hasste, als ins Abseits gedrängt zu

werden, war ihrer Enkelin nachgelaufen, legte ihr Ohr an das Smartphone und riss die Augen auf.

»Nein, ganz im Gegenteil«, fuhr Fanny fort. »Seine Werte haben sich in den letzten Stunden so stabilisiert, dass die Ärzte beschlossen haben, ihn heute früh aus dem Koma zu holen. Laut Lorie soll er sogar schon einige Worte gesprochen haben.«

»*Bloody feckin' hell*«, fluchte Maggie ungläubig zwischen zusammengebissenen Zähnen.

Reflexartig schwang sie einen unsichtbaren Gehstock und peitschte damit die jodhaltige Luft, ehe sie merkte, dass sie ihren Lieblingsgegenstand gar nicht bei sich hatte.

Auch Louise hatte sich zu ihnen gesellt und den verdatterten Yvon ein paar Schritte zurückgelassen.

»Lemoine ist von den Toten auferstanden und bereit zu reden«, fasste Énora halblaut zusammen.

»Glaubst du, die Polizei weiß darüber schon Bescheid?«

»Das glaube ich nicht, denn dann hätte Clara uns das gesagt. Vielleicht sind wir ihnen ausnahmsweise mal einen kleinen Schritt voraus.«

»*Well*, ich denke, es ist besser, wenn nur eine von uns hingeht. Wir wären schon beim letzten Mal beinahe geschnappt worden …

»Ich kann leider nicht«, rechtfertigte sich Loulou. »Ich habe heute Morgen schon die erste Stunde geschwänzt. Ich kann nicht den ganzen Vormittag auf meine Kollegen abwälzen. Erst recht, weil heute die Klassenfotos gemacht werden.«

Wie ein Vierteljahrhundert zuvor, an jenem gesegneten Tag, an dem sie Alain kennengelernt hatte, wurde ihr Ex-Mann in der Schule Saint-Joseph erwartet, um die Blondschöpfe auf ihren Bänken und Sitzreihen zu verewigen.

»Dann gehe ich hin«, schlug ihre Tochter vor.

»*I'll come with you.*«

»O.k., aber ich kann, wenn ich erwischt werde, immer noch behaupten, dass ich mich in Clara verknallt habe und ihr an ihren Arbeitsplatz gefolgt bin. Stalkerin ist doch ein gutes Alibi, oder?«

»Du weißt schon, dass ich alles mithöre, oder?«, schimpfte Fanny am anderen Ende der Leitung.

Alle drei Corrigans brachen in schallendes Gelächter aus.

24

25. September, Saint-Malo, Polizeiwache, am Vormittag

Im Büro des Dienststellenleiters kabbelten sie sich wie zwei verliebte Teenager, die am Telefon debattierten, wer als Erster auflegen sollte. »Du. Nein, du!«

»Mach schon«, seufzte Guilloux schließlich müde. »Spuck deine Valda-Pastille aus, wenn es dir so wichtig ist.«

»Weißt du eigentlich, dass heutzutage kein Mensch mehr eine Ahnung hat, was eine Valda-Pastille ist? Nur alte Leute wie du!«

»Sehr witzig! Was ist bei der Vernehmung herausgekommen?«

Guilloux' Stellvertreterin fasste Claire Lebretons Aussagen in einfachen, klaren Worten zusammen. Sie erwähnte das Alibi der Volksvertreterin, das so zerbrechlich war wie Perlmutt, aber auch die erstaunliche Enthüllung über die militante Vergangenheit von Françoise Lemoine, der zukünftigen Ex-Frau des verletzten Bürgermeisters.

»Aber du hast doch selbst gesagt, dass die GAST seit mindestens zwanzig Jahren nicht mehr aktiv ist...«

»Das stimmt. Trotzdem musst du zugeben, dass es ein seltsamer Zufall ist: Die Frau des vielleicht von Separatisten angegriffenen Mannes war selbst einmal Unabhängigkeitskämpferin.«

Guilloux strich seine brave Schuljungenfrisur glatt und verzog das Gesicht. Um in dem Ergebnis den Ansatz zu einer Spur zu erkennen, brauchte es seiner Ansicht nach weitaus mehr.

»Was ist mit unserem Freund, dem Historiker? Willst du mir jetzt etwa erzählen, dass er nur rein zufällig Engländer ist und dass die Engländer nur rein zufällig die Erbfeinde von Saint-Malo sind, ja?«

»Oh je, Sie sind ziemlich sarkastisch, Monsieur Christophe!«

Sie hatte diesen Satz mit dem Akzent des wunderbaren Preskovitch, des nervigen Nachbarn aus *Da graust sich ja der Weihnachtsmann* ausgesprochen.

»Ich weiß nicht, ob es etwas mit seiner Herkunft oder seinem Beruf zu tun hat«, fuhr sie fort, »aber er ist auf jeden Fall ein ganz Sorgfältiger. Er tauchte hier mit allem auf, was zu seiner Entlastung beitragen könnte.«

»Nämlich?«

»Nun, er hatte unter anderem einen topografischen Apparat dabei, ein ziemliches Monstrum. Den hat er auf dem anonymen Foto benutzt, das du bekommen hast. Ich habe es von einem unserer Leute untersuchen lassen, das Teil ist in Ordnung. Unmöglich, damit irgendetwas fernzusteuern.«

»Wenn er sich also zum Zeitpunkt des Anschlags auf der Stadtmauer befand, dann nur, um Messungen für seine Licht- und Tonaufnahmen vorzunehmen?«

Yves-Malo Bazin hatte die Wahrheit gesagt.

»Sieht so aus, ja. Ich habe übrigens Lemoines Terminkalender überprüft. Bei Édith, seiner und Lebretons Sekretärin. Hillbie hatte tatsächlich für den morgigen Dienstag einen Termin mit dem Bürgermeister vereinbart, um über sein Projekt zu sprechen.«

»Was wollte er genau? Nur eine Genehmigung?«

»Ja, aber offenbar auch öffentliche Gelder. Diese Veranstaltungen kosten ein Vermögen und können kaum ohne lokale oder regionale Subventionen auf die Beine gestellt werden.«

Guilloux nickte zustimmend und stützte sein Kinn auf die rechte Hand. Lächelnd stellte Emma fest, dass die Tinte vom Vortag noch auf dem Handrücken zu sehen war. Er war also noch nicht einmal zum Duschen zu Hause gewesen, und doch ging von seinem athletischen Körper keinerlei Geruch aus. Es gab solche Menschen, die nie zu schwitzen schienen oder unangenehm rochen, egal wie sehr sie sich tagsüber anstrengten.

»Zugegeben, es wäre ein bisschen verrückt gewesen, einen Mann, den er umbringen wollte, um Geld zu bitten«, sagte er schließlich.

»Richtig, und außerdem kommen wir immer wieder zu demselben Punkt zurück: Zum Zeitpunkt der Explosion befand sich Hillbie außerhalb des VHF-Bereichs. Ich habe das Labor gebeten, das neu zu berechnen, und sie sind bis aufs i-Tüpfelchen genau auf die gleiche Entfernung vom Epizentrum des Zodiak gekommen.«

»Bis aufs i-Tüpfelchen?«, lachte er leise. »Im Ernst? Und ich soll alt sein?«

Sie lachte ebenfalls. So sehr sie sich auch gegen die Ansicht wehrte, musste sie dennoch zugeben, dass hinter ihrer Komplizenschaft mehr steckte als nur berufliches Einverständnis. Vielleicht Freundschaft, oder …

»Apropos Explosion …«, fuhr sie fort, um ihre Schuldgefühle zu zerstreuen.

Sie erzählte von dem Beutel, der Ammoniumnitrat enthalten hatte und in dessen Besitz dieser Dummkopf Jojo Prigent auf wundersame Weise gekommen war. Mit ihrem Vorgesetzten teilte sie die logische Folgerung aus diesem Fund: Wenn es sich bei der Tasche um den am Hafen gestohlenen Sack handelte und das Nitrat darin mit dem auf dem Zodiak gefundenen chemisch übereinstimmte, dann waren der Dieb der Tasche und der Steuermann des Zodiak wahrscheinlich ein und dieselbe Person. *Quod erat demonstrandum.*

»Okay. Wir müssen den Beutel sofort zur Analyse nach Rennes schicken.«

»Was glaubst du eigentlich, was ich hier mache, während du in Bas-Sablons spazieren gehst?«

Er nutzte die Gelegenheit sofort, um auf die Durchsuchung der *Sisyphos* zu sprechen zu kommen. Im Gegensatz zu Hillbies kleinen Aktionen belastete das auf dem Luxuskatamaran sichergestellte Material Bernard Chauvel. Nun galt es, Fingerabdrücke und eventuelle DNA von den verschiedenen Fernbedienungen zu nehmen und auch die technische Übereinstimmung zwischen diesen und den Trümmern des auf See gefundenen VHF-Empfängers zu überprüfen: die verwendete Frequenz, den Kanal etc. Der Karton mit dem Beweismaterial war gerade erst in die KTU gebracht worden.

Der Rest des Gesprächs drehte sich mehr um die Auswirkungen der beispiellosen Krise in Saint-Malo auf die Menschen – die gestörten Kommunalwahlen, das in letzter Minute abgesagte wichtige Projekt zur wirtschaftlichen Entwicklung, der zwischen Leben und Tod schwebende Bürgermeister und mögliche Anzeichen für das Wiederaufkeimen eines Terrors, den alle für begraben hielten. In diesen Tagen fühlte es sich nicht besonders gut an, aus Saint-Malo zu stammen. Die nationalen Medien überschlugen sich mit dramatischen Schlagzeilen: »Steht die Korsarenstadt vor dem Untergang?«, hatte die Tageszeitung *Aujourd'hui en France* am Vortag getitelt.

Auf lokaler Ebene vermischten sich Angst und Panik zu einem noch explosiveren Cocktail. Die Verbreitung von Fotos in den sozialen Netzwerken, die den reglosen Francis Lemoine zeigten, wie er gerade von seinem Hobie gezogen wurde, trug dazu viel bei. »So fängt das Chaos an«, kommentierte einer, »Nein, wir befinden uns längst mitten im Bürgerkrieg«, überbot ihn ein Verschwörungstheoretiker.

»Kann man nichts dagegen tun?«, wollte Emma wissen.

»Nein, solange es sich nicht um Verleumdung oder Störung der öffentlichen Ordnung handelt, kann man die Leute nicht daran hindern, Blödsinn zu reden. Ich weiß schon, was du jetzt sagen willst: Wie schade ...«

Aus der Eingangshalle eine Etage tiefer drang plötzlich wütendes Geschrei, das ihre Diskussion unterbrach. So etwas kam nicht selten vor, aber selten waren die Ausbrüche, in diesem Fall die Stimme eines Mannes, derart laut.

Drei Minuten nach einem Anruf vom Empfang betrat ein Mann in cremefarbenem Hemd, gleichfarbiger Hose und Bootsschuhen das Büro von Guilloux. Er wurde von zwei Beamten begleitet. Das Gesicht des kahlköpfigen, rundlichen Sechzigjährigen war scharlachrot angelaufen und spiegelte seinen ganzen Zorn. Der Kommissar entließ die uniformierten Polizisten, begleitet von einer beruhigenden Geste. Alles in Ordnung, ich kümmere mich darum, schien seine Handbewegung sagen zu wollen.

»Monsieur Chauvel«, begrüßte er den Mann ruhig. »Bitte, treten Sie ein.«

»Was sind das für Gestapo-Methoden? Ist Ihnen bewusst, dass wir die Krauts vor fast achtzig Jahren rausgeschmissen haben? Müssen wir Saint-Malo ein zweites Mal zerstören und wieder aufbauen, damit Sie die Botschaft verstehen?«

»Es gibt keinen Grund, sich aufzuregen, das versichere ich Ihnen. Die Durchsuchung, die wir auf Ihrem Boot durchgeführt haben, war ordnungsgemäß abgesegnet. Außerdem möchte ich Sie daran erinnern, dass beim Vorliegen eines Durchsuchungsbeschlusses Ihre Anwesenheit vor Ort nicht unbedingt erforderlich ist.«

Die sehr förmlich vorgetragene, rechtlich nicht zu beanstandende Aussage bewirkte, dass der reiche Unternehmer seine Wut umgehend zügelte. Christophe Guilloux hatte recht häufig mit derlei lokalen Größen zu tun und wusste, dass eine gut platzierte Ermahnung oftmals ausreichte, um ihnen den Wind aus den Segeln zu nehmen.

Immer noch verärgert, ging Chauvel ein wenig wackelig zu dem freien Stuhl und ließ sich mit seinem ganzen Gewicht daraufsinken.

»Sie müssen meine Verwunderung darüber verstehen, Commissaire ...«, plusterte er sich deutlich weniger heftig auf, »dass man mich hier wie einen gewöhnlichen Kriminellen behandelt.«

»Das ist ganz und gar nicht so. Genau das Gegenteil ist der Fall. Wir versuchen lediglich, falsche Spuren zu eliminieren, die uns von der Wahrheit im Fall Lemoine ablenken.«

»Aber damit habe ich nichts zu tun ...«

»Und die Anwesenheit der *Sisyphos* in der Nähe des Explosionsortes gehört ganz offensichtlich dazu«, unterbrach Guilloux sofort. »Oder irre ich mich?«

»Natürlich nicht! Ich bin Geschäftsmann, kein Terrorist.«

Emma genoss die methodische Kaltblütigkeit ihres Chefs. Anstatt den Verdächtigen mit Beweisen zu konfrontieren – angefangen bei seinem offensichtlichen Motiv oder den auf seiner Jacht gefundenen Sendern –, zog er es vor, sich zunächst bei Chauvel einzuschmeicheln. Ganz sanft, so wie man einen aufgeregten Hund vorsichtig streichelt.

»Außerdem war ich nicht der Einzige, der sich zu diesem Zeitpunkt in der Gegend aufhielt. Da war mindestens noch ein weiteres Boot.«

»Außer dem Hobie 15 von Francis Lemoine, meinen Sie?«

»Ja, ein anderer kleiner Kat. Aber er war zu weit weg, als dass ich das Modell oder den Steuermann hätte erkennen können. Ich kann lediglich sagen, dass er den Standardjollen der Segelschulen ähnelte.«

Die beiden Kriminalbeamten wechselten einen Blick. Ein Schulboot ohne Erkennungszeichen? Das erinnerte sie an die Anzeige von vor zwei Tagen, über den Diebstahl eines Hobie Cat 14 aus der Segelschule Les Corsaires Malouins.

»Wenn Sie dieses Boot gesehen haben, dann haben Sie doch auch das Zodiak gesehen, das auf Lemoine zufuhr?«, fragte Guilloux.

»Natürlich habe ich das. Ich habe sogar ein Signal abgesetzt, um ihn zu warnen. Aber der arme Francis konnte trotz aller Manöver nicht mehr ausweichen.«

»Es muss auch für Sie ein Schock gewesen sein.«

»Sagen wir mal so: In dem Moment habe ich nicht so recht begriffen, was sich da abspielte. Alles ging so schnell. Das Zodiak raste direkt auf ihn zu und *bumm*!«

»Sie haben mich falsch verstanden: Ich meinte die Ablehnung der Baugenehmigung für L'Eaudyssée durch den Rat der Stadt. Das muss ein Schock gewesen sein, oder?«

Der rotgesichtige Mann blinzelte mehrmals. Der plötzliche Themenwechsel verunsicherte ihn. Doch dann antwortete er mit neuem Selbstvertrauen und voller Stolz, bereit, die Anspielungen des Kommissars zu entkräften:

»Was wollen Sie von mir hören? Dass ich ein Motiv gehabt hätte, Francis anzugreifen? Ja, ich hatte guten Grund, sauer auf ihn zu sein. Aber sehen Sie, wenn man in meinen Kreisen eine Rechnung begleichen will, wirft man eher mit Übernahmeangeboten um sich als mit explodierenden Booten.«

»Dieses Übernahmeangebot ... Meinen Sie damit Ihre Kandidatur für das Bürgermeisteramt?«, intervenierte Emma.

Chauvel zuckte mit den Schultern.

»Ich habe das einfach so dahingesagt, aus einem Gefühl heraus. Ich hatte nie die Absicht, in die Politik zu gehen. Ich bin doch kein Masochist.«

»Ich würde gerne auf den Inhalt Ihres Bootes zurückkommen.«

»Den Inhalt?« Er schien überrascht zu sein.

»Bei der Durchsuchung heute Morgen haben wir eine Drohne gefunden, eine Fernbedienung und ein ziemlich ausgeklügeltes VHF-Steuergerät. Können Sie uns sagen, wozu es gebraucht wird?«

»Ich ... Nein«, stotterte Chavel. »Nicht genau.«

»Sie wissen nicht, wie man die Geräte auf Ihrem eigenen Schiff benutzt?«

Sein Gesicht war wieder rot und schweißnass und zeigte deutlich sein Unbehagen.

»Nicht diese Geräte.«

»Ach so, dann gehören sie nicht Ihnen?«

»Sie gehören meinem Sohn Élier.«

Merkwürdiger Name, dachten die beiden Kriminalisten.

»Nun gut. War Ihr Sohn an diesem Morgen mit Ihnen auf der *Sisyphos*?«

»Nein ... Nein.«

»Wo hielt er sich dann auf?«

»Soviel ich weiß, im Archiv der AHSM, wie häufig an den

Wochenenden. Aber wissen Sie, heutzutage überwacht man einen siebzehnjährigen Jungen nicht mehr wie ein Kind. Er lebt sein eigenes Leben.«

»Was ist mit der Fernsteuerung? Befand die sich zum Zeitpunkt des Auslaufens bei Ihnen auf dem Boot?«

»Gut möglich«, antwortete Chavel unsicher. »Ich pflege meinen Sohn auch nicht jedes Mal zu filzen, wenn er an Bord kommt oder geht.«

Das Gespräch ging in diesem Katz-und-Maus-Stil weiter. Emma nutzte die Auseinandersetzung zwischen den beiden Männern, um sich unauffällig aus dem Raum zu stehlen. Draußen auf dem Flur wählte sie die Nummer von Yves-Malo Bazin und hoffte, dass er dieses Mal nicht zu geschwätzig war.

Welchen ernsthaften Grund hätte ein siebzehnjähriger Junge haben können, den Bürgermeister anzugreifen? Ihr fiel keiner ein. Um seinen Vater zu rächen? Saint-Malo war zwar eine Stadt mit langer Geschichte, aber heutzutage wuschen die jungen Männer nicht mehr die Familienehre rein wie vor Jahrhunderten.

Egal. Im Zweifelsfall würde sie diese kleine Überprüfung eines Alibis nur ein wenig Geduld und leichte Kopfschmerzen kosten.

»Wie ich Ihnen bereits gesagt habe, waren wir am Samstag um diese Zeit mit James Hillbie etwas trinken«, sagte Bazin gleich zu Beginn.

»Dann war also niemand im Archiv des Vereins?«

Niemand, der die Anwesenheit von Élier Chauvel bestätigen konnte.

»Das habe ich nicht gesagt. Mein Bruder Erwan war dort. Das heißt, ich nehme es an, denn er verbringt sein Leben dort.

Er ist unser Chef-Archivar. Ein wahrer Quell des Wissens. Wussten Sie zum Beispiel, dass ...«

»Könnten Sie mir seine Nummer geben?«

Erwan Bazin antwortete erst beim fünften Versuch, und das in einem äußerst ablehnenden Ton. Der Mann am anderen Ende der Leitung erwies sich als das genaue Gegenteil seines Bruders und antwortete nur einsilbig auf Emmas Fragen.

»Ja.«

»Ja, Sie waren im Archiv? Oder ja, Élier Chauvel war mit Ihnen dort?«

»Beides. Wir haben den ganzen Vormittag zusammen dort verbracht.«

»Bis wie viel Uhr?«

»11:45 Uhr oder vielleicht 12:00 Uhr.«

»Bis der Alarm wegen der Explosion ausgelöst wurde?«

»Genau.«

»Den Samstagvormittag mit alten Akten zu verbringen, ist eine seltsame Beschäftigung für einen Jugendlichen in diesem Alter. Finden Sie nicht auch?«

»Nein.«

Emma sehnte sich fast nach dem unkontrollierbaren Geschwätz des anderen Bazin.

»Seit wann ist der Junge Mitglied des AHSM?«

»Seit ungefähr einem halben Jahr. Aber er ist eines unserer engagiertesten Mitglieder. Alter ist nicht alles, wissen Sie.«

Er wirkte fast atemlos nach der ungewöhnlichen Länge seines Satzes.

»Gut, vielen Dank. Ich werde Sie möglicherweise bitten, später auf dem Polizeirevier vorbeizukommen und Ihre Aussage ordnungsgemäß zu Protokoll zu geben, wenn es Ihnen nichts ausmacht. Aber das ist noch nicht sicher.«

»Okay.«

Sollten sie Élier Chauvel jetzt schon verhören? Oder sollten sie warten, bis die KTU eine zuverlässige technische Verbindung zwischen der Fernsteuerung und dem VHF-Empfänger fand?

Emma konnte sich den Skandal vorstellen, den Chauvel Senior vom Zaun brechen würde, wenn sie den Filius ohne stichhaltige Beweise vorluden. Die Informationen, die sie über den jungen Bücherwurm hatten, waren sehr dünn. Baute er Drohnen und bastelte seltsame Kästen? Na toll. Das taten viele Kinder. Seit es im Internet Verkaufsplattformen für Elektronik und unzählige Tutorials auf YouTube gab, hielten sich viele für Q, den genialen Bastler aus James Bond. Und doch wurden nicht alle zu Terroristen.

Aber es hatten auch nicht alle Bernard Chauvel zum Vater, den neuen Erzfeind von Francis Lemoine ...

25

Saint-Méloir-des-Ondes, Grundschule Saint-Joseph,
früher Nachmittag

»Los, Kin… Kinder! Bei drei sagt ihr alle *Cheese*.«

Die ansteckende Heiterkeit der auf den Bänken versammelten Kinder war eher dem Stottern des Fotografen als dessen Aufforderung zu verdanken. Diejenigen, die nicht lachten, balgten sich oder stießen sich mit den Ellenbogen an. Der Schulhof hallte von ihrem Quietschen wider, sehr zur Freude der anderen Schüler, die sich aus den Fenstern lehnten. Bald würden auch sie an die Reihe kommen. Die jährlichen Klassenfotos waren immer ein großes Ereignis.

Mit einem Mal ertönte eine Art gemeinschaftliches »*Cheeeeeeeese*«, ein erzwungenes Lächeln stahl sich auf die Gesichter, und Alain drückte den Auslöser seiner Kamera. Ein Bild war im Kasten. Eines.

Zwei Jahre zuvor hatte die neue Direktorin der Schule Saint-Joseph zwar vorgeschlagen, die Dienste eines moderneren Fotografen mit weniger altmodischen Methoden in Anspruch zu nehmen, aber Louise hatte ihr ganzes Gewicht als dienstälteste Lehrerin in die Waagschale geworfen, damit ihr Ex-Mann Alain Le Divellec sein Vorrecht behielt. Schließlich waren die Eltern mit dem Ergebnis mehr als zufrieden. War das nicht das Wichtigste?

Zwei Mütter, die freiwillig Aufsicht führten, standen zur Verhinderung von Stürzen zu beiden Seiten der Gruppe und wurden wohlwollend von der Frau überwacht, die alle hier »Madame Corrigan« nannten. Was die anwesenden Mütter nicht mitbekamen, war Louises zärtlicher Blick, der sowohl den Fotografen als auch die widerspenstigen Schülerinnen und Schüler umfing.

»In Ordnung, Kinder«, sagte die Direktorin, die in der Nähe stand, als der Auslöser zum letzten Mal gedrückt wurde. »Ihr könnt jetzt mit eurer Lehrerin in den Unterricht zurückkehren. Und zwar bitte leise! Leise, habe ich gesagt! Nächste Klasse, ihr seid jetzt dran! Etwas schneller, wenn ich bitten darf.«

Die nächste Kinderschar, die bereits wartete, gebärdete sich genauso aufgeregt wie die vorherige, während sie auf den Bänken Platz nahm. Die erste Reihe kniete vorne, die zweite Reihe saß, und die dritte Reihe stand. Ihre Lehrerin, eine kleine, pummelige Blondine, die an Sophie Kervazo erinnerte, rief dem Mann hinter dem Stativ zu:

»Warten Sie. Mir fehlt noch eine. Tinn?«

»Tinn! Tinn! Tinn!«, riefen die Kinder wie ein Echo.

»Ruhe! Tinn Chauvel? Weiß jemand, wo Tinn ist?«

»Sie ist noch nicht da«, meldete sich eine niedliche kleine Stimme.

Louise überließ ihre Klasse für einen Moment der Fürsorge der Aufsichtspersonen und trat zu ihrer Kollegin am Fuß der Menschenpyramide.

»Véro?«

»Grüß dich, Louise.«

»Hallo ... Ich wusste gar nicht, dass du eine kleine Chauvel in deiner Klasse hast ...«

»Das kann gut sein, sie ist erst seit Anfang des Jahres in Saint-Joseph. Wenn ich es richtig verstanden habe, wurde sie in ihrer alten Schule gemobbt. Aus diesem Grund haben ihre Eltern beschlossen, sie hier anzumelden. Andererseits ... Tinn eben. Es gibt wirklich Leute, die ihrem Kind von Geburt an eine Art Zielscheibe auf den Rücken heften. In der letzten Schule haben die anderen Kinder sie ›Itus‹ gerufen.«

Tinn-itus, überlegte Louise. Armes Kind.

»Auf jeden Fall ist Tinn ein ziemlich ungewöhnlicher Name«, fuhr sie fort. »Wie schreibt man das?«

»T, I, zwei N«, buchstabierte Véro. »Das ist Gallo.«

»Erstaunlich. Ich wusste gar nicht, dass diese Sprache noch benutzt wird.«

Wie im gesamten Osten der heutigen Bretagne hatte man auch auf Le Clos Poulet, einer Halbinsel in der Bucht von Saint-Malo, ursprünglich Gallo gesprochen, eine romanische Sprache. Im Laufe der Jahrhunderte geriet diese jedoch in den Einfluss des benachbarten keltischen Bretonisch, bis sie schließlich fast völlig verschwand. Heute wurde sie nur noch von wenigen Einheimischen gesprochen. Touristen und Menschen, die erst seit Kurzem in der Region lebten, wussten oft nicht einmal von ihrer Existenz. Für sie war Saint-Malo eine bretonische Stadt, und damit basta.

»Eher selten, aber es kommt wieder in Mode. Auch Tinns Mutter trägt einen solchen Namen: Sènnt.«

»Haben die beiden etwas mit Bernard Chauvel zu tun?«

»Sie sind seine Tochter und seine Frau. Das heißt, seine zweite Frau. Ich glaube, er hat einen Sohn aus erster Ehe. Tinn hat mir von einem älteren Bruder erzählt, der auf das Gymnasium geht. Élier.«

»O.k.«

»Gwenaëlle! Gwenaëlle, ich werde dir gleich helfen, das Mädchen vor dir an den Haaren zu ziehen! So etwas macht man nicht! Das weißt du doch«, rief Louises Kollegin plötzlich, schon wieder mit den Herausforderungen ihre Berufsalltags beschäftigt.

Alain, der wie ein alter, müder Hund durch den Sucher seiner Leica schaute, wartete ungerührt und geduldig darauf, dass in der kleinen Truppe wieder Ruhe einkehrte. Seit fast dreißig Jahren machte er Schulfotos. Ein wenig normale Hektik brachte ihn nicht aus der Ruhe.

Bei einem Blick zur Seite entdeckte er als Erster das blonde Mädchen und seine Mutter, die mit großen Schritten über den Hof in ihre Richtung liefen.

»Ist das ... vielleicht Ihre kleine Nach... Nachzüglerin?«, fragte er leise.

»Ja, das ist sie. Das war knapp.«

Mit angespannter Miene, die Haare zu einem Dutt zusammengerafft und mit einem großen cremefarbenen Tuch über den Schultern, entschuldigte sich Sènnt Chauvel nicht einmal bei der Lehrerin ihrer Tochter. Sie schob die Schülerin nur von hinten zu ihren Mitschülern, nickte den drei Erwachsenen zur Begrüßung flüchtig zu und verschwand dann genauso schnell, wie sie gekommen war.

Sie war eine sehr schöne Frau in den Vierzigern, blond und strahlend. Unter ihrem besorgten Gesichtsausdruck erriet man, dass es ihr nie an Mitteln gefehlt hatte, um ihr von Natur aus vorteilhaftes Äußeres zu pflegen und zu bewahren. Vielleicht war sie sogar einmal Model gewesen.

Und doch ging von ihrer schlanken Gestalt eine spürbare Ängstlichkeit aus.

Zumindest ein ungutes Gefühl. Als sie bereits über die Straße verschwunden war, fiel Louise ein Detail auf: Tinns Mutter hatte ihr Kind während der ganzen Zeit keines einzigen Blickes gewürdigt.

Welche Mutter verhielt sich so? Keine, lautete die Antwort.

»Charmant«, kommentierte sie.

»Und dabei hat sie heute noch einen guten Tag«, erwiderte Véro. »Meistens macht sie sich nicht einmal die Mühe, durch das Tor zu gehen oder uns zu grüßen. Du weißt schon, wie eine Art Star ...«

Oder eine depressive Frau. Sich nicht wohl in seiner Haut zu fühlen, damit kannte Louise sich aus.

26

Saint-Malo, Krankenhaus Broussais

Maggie Corrigan hatte von Natur aus selten Zweifel, und noch seltener zweifelte sie an sich selbst. Aber auch wenn das Hinterfragen in ihrer emotionalen Software kaum mehr als eine Codezeile einnahm, kam es dennoch vor, dass sie die Richtigkeit ihrer Beschlüsse und Entscheidungen überprüfte.

War es zum Beispiel richtig oder falsch gewesen, in der Kathedrale die Worte der verrückten alten Frau zu Constants Tod zu ignorieren? War es richtig oder falsch gewesen, Jacques' Heiratsantrag abzulehnen? War es eine so gute Idee, Énora zum Bett des wundersam erwachten Lemoine zu begleiten?

Als sie durch die doppelte Schiebetür des Krankenhauses traten, fragte Maggie sich immer noch, ob sie das wirklich tun sollte. Mit ihrem Gehstock wies sie ihre Enkelin auf die verschiedenen Überwachungskameras hin, die in der Halle montiert waren:

»*What if the* Polizei uns fragt, was wir hier gemacht haben?«

»Ich habe es dir schon gesagt, Granny. Ich bin offiziell auf Anbaggermission«, antwortete Nono todernst.

Als wollte sie dieser Aussage Nachdruck verleihen, wartete Clara vor den Aufzügen auf sie. Ein sorgenvoller Ausdruck lag auf ihrem Porzellangesicht.

»Eins kann ich dir gleich verklickern«, begann sie grußlos an Énora gewandt. »Wenn sie euch erwischen, kenne ich euch nicht und habe euch noch nie gesehen. Ich mache das wirklich nur für Fanny.«

»Verstanden.«

»*Feckin' hell*«, grummelte Maggie vor sich hin. »Ich wusste, dass das keine gute Idee war.«

Ohne auf ihre Nörgelei einzugehen, stieg Clara in den ersten verfügbaren Aufzug und bedeutete ihnen, ihr zu folgen. Es ging in ein Untergeschoss. Durch ein Labyrinth von Gängen erreichten sie einen Raum mit der Aufschrift »Wäscherei«. Mitten zwischen Bergen von blutigen Kitteln und Handtüchern stand ein riesiger Rollwagen, eine Art Drahtkäfig auf Rädern, der groß genug war, um ein Raubtier darin einzusperren. Clara deutete darauf:

»Das ist eure Eintrittskarte.«

»Das soll doch wohl ein Witz sein, oder?«

»Nein. Es ist die einzige Möglichkeit, an dem Polizisten vorbeizukommen, ohne sein Misstrauen zu wecken: Wir werden euch mit dem Wäscheservice reinbringen. Ich habe bereits eine unserer Hilfskräfte gebrieft. Für einen Fuffi macht sie mit.«

Das Versteckspiel in diesem Krankenhaus wurde allmählich zur lästigen Angewohnheit. Wenn das so weiterging, würde ihr nächster Besuch vielleicht in einem Sarg erfolgen.

Maggie grummelte zwar immer noch, zog das geforderte Geld aber aus ihrer Brieftasche. Langsam verstand sie, warum Énora nichts gegen ihre Anwesenheit einzuwenden gehabt hatte. Mit ihrer Vergütung als Praktikantin in der Tierklinik konnte sie sich solche Extras nicht leisten.

Drei Minuten später rangen Nono und sie unter einem Stapel Bettwäsche von zweifelhafter Sauberkeit nach Luft. Simone, die Empfängerin der fünfzig Euro, schob sie nach Gutdünken durch die Flure. Jede Unebenheit schüttelte sie durch. »Super Idee, den Stock mitzunehmen«, schimpfte Énora. Der silberne Knauf pikste ihr in die Rippen.

Als sie die Tür zu Lemoines Zimmer erreichten, vor der rund um die Uhr ein Beamter stationiert war, scherzte die Frau aus Martinique, die das Trojanische Pferd steuerte, ein wenig mit dem Wachhabenden, ehe sie sie wie versprochen in das Krankenzimmer brachte. Nachdem die Hilfskraft eine Weile so getan hatte, als wäre sie beschäftigt, um kein Misstrauen zu erregen, warteten die beiden Eindringlinge ein paar weitere Sekunden, ehe sie sich aus ihrem seltsamen Fahrzeug befreiten.

»Sie ... Wer sind Sie?«, stammelte Francis Lemoine mit großen Augen. Sein Kopf war bandagiert. »Was zum Teufel machen Sie hier?«

Seine Sprache klang verschwommen, und er sah krank aus.

Maggie trat näher an das mit allerlei Geräten bestückte Pflegebett heran. Sie lächelte so breit wie möglich und zückte den mitgebrachten Presseausweis. Zwar arbeitete sie seit über zehn Jahren nicht mehr als Lokaljournalistin, und der Ausweis war längst abgelaufen, doch die verdrehten Augen und die schweren Lider des Patienten verrieten ihr, dass diese Details keine Rolle spielten.

»Ich bin freie Mitarbeiterin beim *Le Pays malouin*«, flüsterte sie. »Und diese junge Frau ist meine Assistentin.«

Einige Schritte hinter ihrer Großmutter winkte Énora ihm kurz zu.

»Ich bin durchaus *aware*, dass meine Methode, zu Ihnen zu gelangen, ein wenig ... ungehörig erscheinen mag. Aber es ist von wesentlicher Bedeutung, dass die wichtigsten Medien der Region als Erste Ihre Version der Ereignisse hören. *Don't you think?*«

Lemoine betrachtete die seltsame Frau, die wie eine Lady aussah und sich wie Jean-Claude Van Damme ausdrückte. Nachdem er seine Verblüffung überwunden hatte, lächelte er schwach, aber erfreut:

»Warum eigentlich nicht?«, sagte er mit sehr schwacher Stimme. »Ich denke, das bin ich meinen Bürgern schuldig. Und in der Tat ist *Le Pays malouin* nicht das schlechteste Medium, um sich an sie zu wenden.«

Als Simone sah, dass sich die Dinge zum Guten wendeten, griff sie erneut nach dem Wäschewagen, verließ wortlos das Zimmer und schloss die Tür hinter sich. Der letzte Teil ihres Auftrags bestand darin, den Polizisten so lange wie möglich zu unterhalten, damit ihm die Stimmen aus dem Zimmer nicht zu sehr auffielen.

Die Besucherinnen beugten sich wie zwei Engel zu beiden Seiten über den Verletzten. Seine Augen glänzten. Er schien die Aufmerksamkeit zu genießen. Der bisher unbeliebte Bürgermeister war mit einem Mal zum Märtyrer geworden. Ein gewiefter Politiker wie er erkannte natürlich den medialen Nutzen, den er aus der Situation ziehen konnte. Selbst der lokale Oppositionsführer, Laurent Dugué von Les Républicains, hatte ihm in der Zeitung seine Hochachtung gezollt.

Sich vorzustellen, dass er diese gefährliche Inszenierung selbst arrangiert hatte, um sein Image aufzupolieren und ein drittes Mandat zu erlangen ...

»Was genau möchten Sie wissen?«

»*Well*, erzählen Sie uns zunächst einmal, woran genau Sie sich erinnern bei Ihrem ...«

»Unfall«, ergänzte Énora.

Der Mann schien in seinem Gedächtnis zu wühlen, als würde er eine unordentlich gepackte Tasche durchsuchen. Er schauspielert jedenfalls nicht, bestätigten sich die beiden vorgeblichen Reporterinnen übereinstimmend.

»Alles ging so schnell!«, stöhnte er leise.

»Was haben Sie vor der Explosion gesehen?«

»Zunächst ... Zunächst habe ich die *Sisyphos* gesehen, die Jacht von Chauvel.«

»War das Schiff in der Nähe Ihres Bootes?«

»Nein, ziemlich weit weg, Richtung Norden. Als er sein Signal absetzte, habe ich zunächst nicht verstanden, dass er mich damit meinte. Es dauerte bestimmt noch gut dreißig Sekunden, bis ich das Zodiak entdeckte, das genau auf mich zuhielt. Ein Zodiak ohne Besatzung.«

»Aus Richtung der *Sisyphos*?«

»Nein, aus Richtung eines anderen Katamarans, der aber viel kleiner und vor allem näher an mir war.«

»Dieses andere Boot, können Sie es beschreiben?«

»Ich würde sagen, das Modell war kleiner als meines, ungefähr wie ein Segelschulkatamaran, ein Hobie Cat 14 oder ein Topaz 12.«

Es ähnelte also dem, das der mysteriöse Hüttenbesetzer Yvon gestohlen hatte!

»Wenn ich Sie richtig verstanden habe, konnte das Zodiak, das Sie gerammt hat, also nicht von der *Sisyphos* stammen?«

»Wie gesagt, das alles geschah innerhalb weniger Sekunden ... Aber nein, ich glaube nicht.«

Seine Worte entlasteten Chauvel, und trotz seines Zustands schien er sich dessen durchaus bewusst zu sein. So sehr, dass er sich die Mühe machte, hinzuzufügen:

»Wissen Sie, Bernard und ich haben unsere Probleme, aber

er ist kein Verbrecher. Er ist ein anspruchsvoller Partner und ein zäher Gegner, das stimmt schon, und manchmal nimmt er kein Blatt vor den Mund. Aber Blut zu vergießen, nur weil eine Entscheidung nicht in seinem Sinne ausfällt? Das glaube ich nicht eine Sekunde.«

»Konnten Sie den Steuermann des kleinen Katamarans erkennen?«

»Das Gesicht nicht, dafür war er zu weit weg. Aber die Gestalt war ziemlich groß und schlank. Möglicherweise eine Frau ... Keine Ahnung.«

Claire Lebreton?

»Was L'Eaudyssée angeht, dieses Projekt von Monsieur Chauvel ... Dürfte ich wissen, warum Sie Ihre Meinung geändert haben?«

»Nun, wenn man wie ich einer Gemeinde mit fünfundvierzigtausend Einwohnern vorsteht ...«

Hatte ihm jemand gesagt, dass seine Stellvertreterin seine Amtsgeschäfte übernommen hatte? Dass er seit seinem »Unfall« offiziell nicht mehr Bürgermeister von Saint-Malo war?

»... Natürlich muss man die Vor- und Nachteile seiner Entscheidungen zuerst für sich selbst abwägen, und zwar immer im Interesse der Bürger. Manchmal muss man aber auch darauf hören, was die Menschen im eigenen Umfeld zu diesem Thema zu sagen haben. Das habe ich in diesem Fall getan. Unsere Angehörigen sind manchmal bessere Ratgeber als die Politprofis, wissen Sie. Zumindest laufen sie seltener Gefahr, sich der realen Welt zu entfremden.«

Francis Lemoine schien plötzlich kraftvoller und sprach lauter, sodass die beiden Corrigan-Frauen befürchteten, der Aufpasser hinter der Tür könnte etwas mitbekommen.

»Von wem reden wir hier?«, wollte Énora wissen. »Von Ihrer Frau?«

»Unter anderem, ja«, wich er aus. Die Frage war ihm sichtlich unangenehm.

»Was ist mit Ihrer Funktion im Rathaus? Sie hatten Madame Lebreton versprochen, ihr den Bürgermeisterposten zu überlassen, *am I right?*«

Maggies blaugraue Augen bohrten sich in den erschöpften Blick des Stadtvaters. Doch jenseits der Müdigkeit und der Belastung durch die jüngsten Ereignisse erkannte sie eine Schlauheit, die zu allen möglichen Tricks und Täuschungen fähig war. Die gleiche Art von List, die sie früher in den Augen ihres Constant erkannt hatte.

Hatte Francis Lemoine dieses zweischneidige Szenario von Anfang an geplant? War die offenbar nur kurzfristige Kandidatur von Claire Lebreton für ihn lediglich ein Ablenkungsmanöver gewesen, um seine eigenen Absichten zu vertuschen?

»Was wollen Sie«, erwiderte er, »ich hänge eben zu sehr an dieser Stadt. Ich kann nicht aus meiner Haut, und ich nehme an, das hat denjenigen, die mich angegriffen haben, nicht unbedingt gefallen.«

Bestraft für übermäßige Heimatliebe? Maggie verschluckte sich fast vor Empörung. Sie verkniff sich die Bemerkung, dass einige der Stammgäste des *Manoir* wahrscheinlich echtere Malouins waren als er, der gewöhnliche Überläufer aus der Hauptstadt. Weil aber ihre Zweifel und Skrupel inzwischen verflogen waren, zog sie es vor, den Punkt anzusprechen, auf den ihr Gesprächspartner offenbar am empfindlichsten reagierte:

»Was ist übrigens mit Ihrer Frau? Warum steht sie Ihnen in dieser schweren Zeit nicht zur Seite? Ebenso wie Ihr Sohn. Das ist doch irgendwie traurig, oder?«

Der Mann schluckte heftig und wurde plötzlich sehr rot im Gesicht.

»Mein Privatleben hat mit dieser Geschichte nichts zu tun!«, schnauzte er. »Ich ... Ich ... Wer sind Sie überhaupt? Sie haben mir nicht einmal Ihren Namen genannt! Na los, wer sind Sie?«

Die beiden Frauen wechselten einen kurzen Blick und waren sich einig, dass es höchste Zeit war, sich zurückzuziehen. Selbst der tapferste Korsar musste in den Hafen zurückkehren, wenn widrige Umstände es erforderten. Blieb nur die Frage, wie sie aus dieser Falle herauskamen, ohne dem Wachmann Auge in Auge gegenüberzustehen.

Zu schwach und durch seine Bandagen zu sehr behindert, um seinen Arm zum Rufknopf auszustrecken, begann Lemoine zu brüllen so laut er konnte:

»Schwester? Schwester! Hilfe!«

27

Saint-Malo, Handelshafen, Hafenmeisterei

Ein frischer, jodhaltiger Seewind fegte über die Chaussée Éric-Tabarly, dieser von zwei Schleusen unterbrochenen, zwischen dem Fischerei- und dem Handelshafen eingeklemmten Straße. Die Umgebung, hier eher industriell geprägt, bildete einen deutlichen Gegensatz zu der idyllischen Aussicht, die diese Straße, als eine der drei Zufahrten zur Innenstadt, auf die Altstadt bot.

Vom Parkplatz des Fährterminals aus, wo sie ihren Dienstwagen geparkt hatten, gingen die beiden Kriminalbeamten auf die Hafenmeisterei zu, die gerade um einige Nebengebäude erweitert wurde.

»Die Handelskammer scheint ja ganz schön was zu investieren«, kommentierte Guilloux unterwegs.

»Ja, es ist nur so, dass sie den Hafen seit mindestens zwei Jahren nicht mehr verwaltet. Die Region hat dieses Baby an einen privaten Investor weitergereicht. Das Unternehmen heißt Edeis.«

Der Name und ein blau-grünes, sternförmiges Logo prangten an der Fassade des Gebäudes. Nach wenigen Schritten erreichten sie die von einem Gerüst umgebene Eingangstür.

Die Empfangsdame bedachte Christophe Guilloux mit einem »Selbstverständlich, Monsieur le Commissaire«, begleitet von einem Lächeln, bevor sie die beiden Beamten mit einem Mann in Krawatte und ärmelloser Daunenjacke bekanntmachte.

»Foirien, Kapitän zur See«, stellte sich der Mann vor und streckte die Hand aus. »Ich habe Sie erwartet.«

»Guten Tag, Kapitän. Konnten Sie die Aufnahmen finden, die uns interessieren?«

»Normalerweise löschen wir den Verlauf alle drei Monate. Aber Sie haben Glück: Wegen der Bauarbeiten scheint unser Sicherheitsbeauftragter mit dieser Routine etwas ins Hintertreffen geraten zu sein.«

Mit diesen Worten führte er sie in einen kleinen, fensterlosen Raum, an dessen Wänden mehrere Schwarz-Weiß-Bildschirme befestigt waren. In der Luft hing ein abgestandener Geruch nach Bier und Sandwiches. Ein dicker, bärtiger Mann in der gleichen, für die Jahreszeit denkbar ungeeigneten Daunenjacke nickte ihnen zu und aktivierte die gewünschte Sequenz mit ein paar fachmännischen Befehlen an seiner Konsole.

Leider erwies sich die Aufnahme, die zeigte, wie der Sack mit Ammoniumnitrat mitten in der Nacht von einem offenen Bahnsteig gestohlen wurde, als wenig aufschlussreich in Bezug auf die Identität des Täters. Er war von Kopf bis Fuß schwarz gekleidet, hatte das Gesicht vermummt und bewegte sich mit der Geschmeidigkeit einer Katze. Doch weder seine Augen noch ein anderes charakteristisches Körpermerkmal waren von der Kamera eingefangen worden. Er war ein Gespenst, und er würde ein Gespenst bleiben.

»Hast du gesehen, wie zielsicher er auf das Kontingent von URALCHEM zugeht?«, meinte Guilloux halblaut.

»Na und, das ist doch normal, oder? Er ist schließlich kein Tourist …«

»Könnten Sie uns das bitte noch einmal abspielen, aber ein paar Sekunden früher beginnen?«

Noch einmal konnten sie die Bewegungen des flüchtigen Schattens beobachten, der nach seiner Größe und den breiten Schultern zu urteilen vermutlich zu einem Mann gehörte. »Eine Person, die auf den ersten Blick jung und sportlich wirkt«, hatte der Beamte im ursprünglichen Protokoll vermerkt. Die Wiederholung ermöglichte es ihnen, die Bewegungen der Gestalt noch besser zu erkennen. Dank des Blickwinkels der Kamera war deutlich zu sehen, wie der Dieb ein mechanisches Gitter am anderen Ende der Rampe passierte, ohne darüberklettern zu müssen, und dann direkt auf den Berg weißer Säcke zusteuerte.

»Scheiße, du hast recht«, flüsterte Emma. »Er zögert nicht eine Sekunde. Er wusste genau, wo das Nitrat war!«

»Das scheint mir auch so …«

»Da muss ich Sie sofort unterbrechen«, schnarrte Foirien in schärferem Ton, als sein Schmuddellook vermuten ließ. »Unsere Angestellten sind über jeden Verdacht erhaben.«

»Ach ja? Sind das etwa vereidigte Beamte?«

Nicht, dass Guilloux diesen eine höhere Tugend zusprach, aber er war sich sicher, dass Foirien nicht ganz frei von solchen Vorurteilen war. Anderenfalls hätte er sich nicht die Mühe gemacht, schon bei der Begrüßung seinen Dienstgrad zu nennen.

»Nein, Vertragsarbeiter. Trotzdem. Ich wähle sie persönlich aus. Und Sie sollten wissen, dass meine Kriterien sehr anspruchsvoll sind.«

»Ausgezeichnet! Dann können Sie uns ihre Liste ja ohne Probleme aushändigen.«

Angesichts der wenig begeisterten Miene ihres Gastgebers fügte er hinzu:

»Ganz unter uns Staatsdienern ... Sie wünschen doch wohl keine Hausdurchsuchung, oder?«

Ohne ein weiteres Wort verließ Foirien das Büro des Sicherheitsdienstes und führte die beiden etwas widerwillig in sein Büro, wo er mit wenigen Klicks die gewünschte Liste aufrief. Neugierig beugten sich die beiden Kriminalbeamten darüber. Die Überprüfung ging schnell, es gab kaum mehr als siebzig Arbeitnehmer, die in Voll- oder Teilzeit auf dem Gelände beschäftigt waren.

Keiner der Namen war ihnen bekannt, keiner stand mit einem Fall in Verbindung.

»Wie viele von diesen Leuten haben die Codes für den nächtlichen Zugang zu den Docks? Oder besser gesagt, wie viele hatten sie vor vier Monaten?«

»Kaum ein Dutzend, mich eingeschlossen.«

»Wie oft tauschen Sie diesen Zugangscode aus?«

»Alle sechs Monate, das letzte Mal vor drei Wochen.«

Also *nachdem* die URALCHEM-Tasche gestohlen worden war.

»Unter dem knappen Dutzend Arbeiter, die Sie erwähnten, gab es da Neuzugänge oder Abgänge von Mitarbeitern?«, fragte Emma. »Seit dem Diebstahl meine ich?«

»Äh ... Ja. Zwei.«

»Die sind also nicht auf der aktuellen Liste aufgeführt?«

»Nein, das stimmt«, stammelte der Kapitän.

Er begann in seinen Unterlagen zu wühlen und griff damit der nächsten Frage voraus.

»Hier sind die Namen: Gilles Simonot und Erwan Bazin.«

»Erwan Bazin ... Der Erwan Bazin aus dem Archiv der AHSM?«

»Ja klar, warum?«

Oh, wegen nichts und wieder nichts. Der schweigsame Erwan Bazin war immerhin der Mann, der das Alibi des jungen Élier Chauvel, dem Sohn von Bernard Chauvel, zum Zeitpunkt des Attentats auf Lemoine bestätigt hatte. »Wir haben den ganzen Vormittag zusammen verbracht, bis 11:45 Uhr oder vielleicht 12:00 Uhr«, hatte er behauptet.

»Hat er lange für Sie gearbeitet?«

»Ja und nein. Er wurde vor fast drei Jahren eingestellt, zum Zeitpunkt des Managementwechsels.«

»Und wann hat er Sie verlassen?«

»Hier steht es«, sagte er und deutete mit zitterndem Zeigefinger auf eine Zeile. »Am 15. März, also vor etwas mehr als einem halben Jahr.«

Auf die Frage, seit wann Élier Chauvel Mitglied der AHSM war, hatte Bazin früher am Nachmittag geantwortet: »Vor etwa sechs Monaten.«

Wenn der Archivar nicht schamlos gelogen hatte, war die Übereinstimmung der Daten nicht sonderlich beunruhigend.

»Hat er seine Kündigung begründet?«

»Ja, er sagte mir, dass sein Bruder ihm einen Job in dessen Organisation besorgt hatte. Etwas, das ihm mehr lag. Sicherlich befriedigender als nächtliche Patrouillen zwischen den Lagerhäusern.«

»Haben Sie zufällig ein Foto von ihm?«

Erneutes Wühlen. Schließlich förderte Foirien ein Personalblatt mit einem Foto zutage. Es zeigte einen rundlichen Mann in den Fünfzigern, der, wie aus den Angaben zu den körperlichen Maßen hervorging, nur 1,73 m groß war und

87 kg wog. Kein Vergleich zu dem schlanken Athleten auf dem Überwachungsvideo.

Guilloux bedankte sich bei Foirien und stürmte aus der Hafenmeisterei. Auf dem mit Stapeln von Zementsäcken überhäuften Vorplatz zückte er sein Telefon und bat einen im Kommissariat anwesenden Beamten um zwei Funkzellenabfragen für die Nummer von Erwan Bazin: für die Nacht vom 27. auf den 28. Mai – dem Abend des Ammoniumnitratdiebstahls –, sowie für den Morgen des 23. September, dem Zeitpunkt des Angriffs auf den Bürgermeister.

»Tut mir leid, Chef«, berichtete der Beamte am anderen Ende der Leitung nach einer Weile. »Aber vom 27. auf den 28. Mai war das Telefon die ganze Nacht in seinem Haus eingeloggt. Und am 23. September den gesamten Vormittag an der Grand' Porte im Archiv der AHSM.«

Das enttäuschende Gespräch endete durch einen eingehenden Anruf aus dem Labor in Rennes. Aber auch der Kriminaltechniker hatte keine besseren Nachrichten. Die Analyse der elektronischen Geräte an Bord der *Sisyphos* hatte keine Fingerabdrücke ergeben. Weder auf der Drohne noch auf der Fernbedienung oder dem VHF-Fernsteuerungsmodul.

»Abgewischt?«, erkundigte sich Guilloux kurz angebunden.

»Sieht ganz danach aus.«

Ein weiterer Anrufer klopfte an. Die Nummer, ein Festnetzanschluss aus der Region, sagte dem Kommissar nichts. Aber vielleicht konnte aus diesen »dreimaligen Nichts« doch noch etwas entstehen.

»Guilloux ...«

»Guten Tag, Monsieur le Commissaire. Hier ist Lorie Gazeau. Ich bin Krankenschwester auf der Intensivstation im Krankenhaus Broussais.«

Sie überbrachte ihre Nachricht mit lakonischer Effizienz.

Der Kommissar hatte gerade aufgelegt, als Emma neben ihm auftauchte.

»Du ziehst ja vielleicht ein Gesicht!«, wunderte sie sich ohne jeden Spott. »Haben wir schon wieder einen Toten?«

»Nein. Ganz im Gegenteil. Wir haben einen Lebenden! Francis Lemoine ist aufgewacht. Noch ein bisschen angeschlagen, aber er ist wieder bei uns.«

»Super! Dann haben wir jetzt zwei Bürgermeister zum Preis von einem.«

»Wenn du meinst ... Diese Aasgeier vom *Le Pays malouin* haben ihn schon zum Quatschen gebracht. Bald dürfte alle Welt Bescheid wissen.«

Er illustrierte diese Aussicht mit einer Geste in Richtung einiger Wracks, die im nahe gelegenen Fischerhafen wegen der Ebbe sichtbar geworden waren.

Wie der Geruch nach Schlick verbreitete sich auch übler Klatsch so schnell, so weit und so laut wie möglich.

28

Paris, Rue de Rennes Nummer 128, Pariser Wohnung der
Familie Lemoine

»Wie ich bereits allen Ihren Kollegen mitgeteilt habe, die sich hier gemeldet haben: Ich gebe keine Interviews. Habe ich mich deutlich ausgedrückt?«

Die strenge Stimme, die durch die Gegensprechanlage auf der Straße krächzte, konnte das störende Rauschen des Pariser Verkehrs kaum übertönen. Wenn Wohnungen in einem solchen Gebäude einigermaßen bewohnbar sein sollten, mussten die Fenster mindestens vierfach verglast sein, dachte Maggie, als sie erneut auf den Knopf drückte.

»Sie sind ganz schön stur, oder?«, fauchte Françoise Lemoine genervt. »Lernt man in der Journalistenschule nicht, wie man sich benimmt?«

»*Hell no*, aber das liegt vor allem daran, dass ich keine Journalistin bin. Ich bin nur die Freundin von jemandem, den die Polizei fälschlicherweise des Anschlags auf Ihren Mann beschuldigt.«

Die folgende knisternde Stille schien endlose Sekunden zu

225

dauern. Vielleicht war es doch keine so gute Idee gewesen, vor einer ehemaligen Aktivistin der extremen Linken die Karte des Justizirrtums auszuspielen. Würde die inzwischen zur Spießbürgerin mutierte Frau anbeißen?

Maggie überlegte noch, ob es richtig gewesen war, gleich nach einem späten Mittagessen den TGV um 15:30 Uhr von Saint-Malo aus zu nehmen, als der elektrische Türöffner summte und ihr Zugang zur Eingangshalle des Hauses mit der Nummer 128 in der Rue de Rennes gewährte. Die Adresse hatte sie Édith, Lemoines Sekretärin im Rathaus, mühelos abgetrotzt.

Such a shame, dachte sie, als sie über die Schwelle trat, eigens nach Paris zu kommen, um so wenig Abwechslung zu haben!

Die geräumige Wohnung der Lemoines nahm den gesamten dritten Stock ein. Von der Designereinrichtung bis hin zu den glänzenden Parkettböden strahlte alles Luxus und guten Geschmack aus. Die schwindende Spätnachmittagssonne ließ jede der kostbaren Nippsachen erstrahlen, die auf Konsolen oder kleinen Beistelltischen aus Sichtbeton standen. Einige dieser Sammlerstücke mussten ein Vermögen wert sein.

»Ich hasse diese Wohnung«, erklärte die grauhaarige Frau in den Fünfzigern, die ihr die Tür öffnete, gleich zu Beginn. »Aber ich konnte auf die Schnelle nichts Neues finden.«

Françoise führte die seltsame Besucherin mit dem Gehstock in ihr Wohnzimmer und lud sie mit einer Geste ein, auf einem Sessel gegenüber dem Ecksofa Platz zu nehmen. Mit einem leicht verschmitzten Lächeln auf dem strengen Gesicht nahm sie etwas Merkwürdiges im Haar der Dame wahr, wurde aber sofort wieder ernst:

»Sie sagten, dass einer Ihrer Freunde des Angriffs auf Francis verdächtigt wird?«, begann sie ohne Umschweife.

»Richtig. Er heißt James Hillbie. Ein *Feckin' Brit*, aber ein wunderbarer Liebhaber.«

Das gewagte Geständnis schien die Gastgeberin für einen Moment zu entspannen.

»Ich schließe daraus, dass Sie sich erst seit Kurzem kennen.«

»Ausgezeichnet kombiniert«, seufzte Maggie.

»Dann erzählen Sie mal, warum Ihr James ins Visier der Polizei geraten ist.«

Maggie ersann eine Geschichte, in der sich die Wahrheit – nämlich der Grund, warum sich Hillbie in St. Malo aufhielt – mit etwas Fantasie mischte.

»Wenn ich Sie richtig verstehe«, fasste Françoise Lemoine zusammen, »hatte Ihr Freund eher ein Interesse daran, meinen Mann zu umwerben, als ihn zu bombardieren.«

»*Precisely!* Ganz abgesehen davon, dass er sich zum Zeitpunkt des Attentats außerhalb des möglichen Bereichs für die Fernsteuerung des Sprengstoffbootes befand.«

Die Breizh Brigade wusste zwar noch nicht, ob das stimmte, aber wenn sie ihre Gesprächspartnerin zum Reden bringen wollte, war es im Zweifelsfall besser, gleich alle Karten auf den Tisch zu legen, die den englischen Historiker entlasteten.

»Ich übrigens auch, müssen Sie wissen«, sagte Madame Lemoine ernst.

»*Sorry?*«

»Falls Sie sich diese Frage gestellt haben sollten: Ich war ebenfalls sehr weit weg von Francis' Kat. Hier, um genau zu sein. Sie können die Concierge fragen, sie wird Ihnen das bestätigen.«

Françoise Lemoine war also nur zum Teil auf das kleine Manöver hereingefallen. Aber sie fand Maggie offenbar sympathisch genug, um sich einer Fremden anzuvertrauen.

»Wissen Sie«, fuhr sie übergangslos fort, »als ich ihn vor zwanzig Jahren in Bon-Secours kennengelernt habe, war er ganz anders als heute. Wie ich selbst auch.«

»Was meinen Sie ...?«

»Unsere Ideale. Ich war damals ziemlich links engagiert. Ich war sogar in der GAST aktiv, einer bretonischen Unabhängigkeitsbewegung.«

Sieh mal einer an ...

»Ihr Ehemann *as well?*«, wunderte sich Maggie.

»Nein, er nicht. Aber ich erzähle Ihnen sicher nichts Neues, wenn ich Ihnen sage, dass man am Anfang immer so tut, als würde man alles mitmachen, woran der andere glaubt. Francis war da etwas anders. Und als er sich in meiner Stadt schließlich politisch engagierte, tat er das angeblich, um Saint-Malo seine Identität zurückzugeben.«

»Haben Sie ihm das geglaubt?«

»Ich denke vor allem, dass ich ihm unbedingt glauben wollte ... Vor siebzehn Jahren wurde dann Théo hier in Paris geboren. Erst danach beging Francis seinen ersten Verrat.«

»Sie meinen ... *He cheated on you?*«

»Das sicherlich auch. Aber ich meinte eher einen ideologischen Verrat. Um wählbar zu sein, hat er zunächst den Zweitwohnsitz seiner Eltern in Courtoisville zu unserem Hauptwohnsitz erklärt. Offiziell wurde damit unsere Wohnung hier zum Nebenwohnsitz, auch wenn Francis in Wirklichkeit den Großteil seiner Zeit hier verbrachte. Aber dass er den gebürtigen Malouin spielte, ohne je einen Fuß auf die Stadtmauer gesetzt zu haben, war noch nicht das Schlimmste.«

»Sondern?«

»Seine politische Linie. Sein erstes Mandat gewann er dadurch, dass er sich von einer zwielichtigen Mitte-Links-Partei aufstellen ließ. Das zweite dann ohne Parteibuch. Aber sein Auftreten ist eindeutig das eines Bürgermeisters der rechten Mitte, bei Bedarf auch mit Vorteilsgewährung.«

Es war offenkundig, dass sie den Mann verabscheute, der er im Verlauf seines Aufstiegs geworden war. Sein Ehrgeiz hatte seine Überzeugungen erstickt – so er überhaupt je welche hatte – und dann nach und nach die Liebe zwischen ihnen getötet. Geradezu klassisch in Paarbeziehungen.

Maggie beglückwünschte sich, dass sie mit Constant nie ein solches Debakel erlebt hatte. Auch wenn ihre Gefühle manchmal chaotisch gewesen waren oder durch die Untreue ihres »alten Bocks« einen leichten Knacks bekamen, mussten sie sich nie dem Aufwärtsstreben des jeweils anderen unterordnen. Selbst die oft etwas problematische Verwaltung des *Manoir des Corrigan* und die damit verbundenen Schwierigkeiten am Ende eines Monats hatten es nicht geschafft, sie auseinanderzubringen.

Nur der Tod …

»Der Höhepunkt war dann seine Annäherung an den Präsidenten gleich nach seiner zweiten Wahl«, berichtete Françoise Lemoine. »Da habe ich verstanden, dass er wirklich alles opfern würde, um Erfolg zu haben.«

»*What do you mean?* Soll das heißen, dass er höhere Ziele verfolgte als das Bürgermeisteramt von Saint-Malo?«

»Selbstverständlich! Sein Traum war schon immer, Minister zu werden. Am liebsten wäre ihm das Ministerium für Umwelt gewesen, da hätte er mit dem Meer zu tun gehabt.«

Das deckte sich mit dem, was Louise bei ihrer Online-Recherche herausgefunden hatte.

»Das Problem war, dass er es bei der letzten Kabinettsumbildung nicht wie erhofft bekommen hat. Das hat ihn nicht nur unausstehlich, sondern auch sehr undankbar gemacht.«

»Ihnen gegenüber?«

»Das auch, aber vor allem gegenüber der armen Claire. Er hatte ihr mindestens drei Jahre lang seinen Chefsessel im Rathaus versprochen und sich dann im letzten Moment doch entschieden, wieder anzutreten. Für Claire war das wie ein Schlag ins Gesicht ...«

Siehe die stürmische Sitzung des Stadtrats vom 20. September.

Françoise hatte zwar »für Claire« gesagt, aber Maggie hätte schwören können, dass sie »für mich« gemeint hatte. Verließ man seinen Ehepartner, nur weil er sich gegenüber einer dritten Person schlecht verhielt? Sozusagen aus ethischen Gründen?

»Haben Sie Saint-Malo deshalb verlassen?«

»Nein. Da Sie gut informiert zu sein scheinen, sollten Sie auch wissen, dass ich nicht bis letzte Woche gewartet habe, um mich wieder hier niederzulassen. Ich bin am 30. August in Paris angekommen und habe gleich darauf, am 1. September, die Scheidung eingereicht.«

Das bestätigte, was Maggie im Waschraum des Krankenhauses von Françoises Telefonat mit Guilloux mitbekommen hatte.

»*Well*, ist es indiskret, Sie zu fragen, was Ihren Entschluss vorangetrieben hat?«

»Zwei Dinge ... Obwohl er schon seit einiger Zeit in mir gärte. Zunächst Francis' Zustimmung zu Chauvels Projekt. Für mich war das der Tropfen auf den heißen Stein. Ein Musterbeispiel für ein abgekartetes Spiel zwischen Geld und Politik. Eine echte Schande.«

»L'Eaudyssée? Aber er hat die Baugenehmigung doch widerrufen!«

»Ich weiß. Drei Wochen nachdem ich ausgezogen bin und offenbar in der Absicht, mich gnädig zu stimmen.«

Seltsam, von welchen Dingen Entscheidungen für die Gesellschaft manchmal abhingen ...

»Und der zweite Grund?«

»Das war Théo.«

»Die beiden sind auch nicht gerade gut aufeinander zu sprechen«, hatte die zukünftige Ex-Frau Lemoine dem Kommissar anvertraut.

»*What about him?*«

»Am Ende des letzten Schuljahres hat Francis unseren Sohn in einem Internat in einem Vorort von Paris angemeldet. Also so weit wie möglich von Saint-Malo entfernt. Und natürlich ohne mich zu fragen.«

»Warum?«

»Ganz einfach: Um ihn von Élier fernzuhalten.«

»Élier? Wer ist das?«

»Élier Chauvel, der Sohn von Bernard Chauvel. Théo und er sind gleich alt. Bis vergangenen Juni besuchten sie beide das Gymnasium in der Innenstadt.«

»Ich verstehe nicht ganz ... Befürchtete Ihr Mann, dass der kleine Chauvel ihn wegen des Ökoparks um den Finger wickeln könnte?«

»Nein, ganz im Gegenteil. Élier ist strikt gegen das Projekt seines Vaters. Das gilt übrigens auch für die meisten anderen Mitglieder des AHSM.«

Es brauchte eine Menge, um Maggie Corrigan zu überraschen. Doch diese letzte Information machte sie für einige Sekunden sprachlos.

»Er ist mit siebzehn Jahren Mitglied im Geschichtsverein?«

»Ja, aber wie schon gesagt: Das ist nicht der Grund, weshalb Francis versucht hat, die beiden auseinanderzubringen.«

»Warum sonst?«

»Was kann Ihrer Meinung nach zwei gut aussehende junge Männer zusammenschweißen, wenn es weder die Musik noch die Politik ist?«

Die Anspielung war so deutlich, dass sie die Antwort nicht aussprechen musste.

»Sehen Sie, man glaubt, seine Liebsten und ihre Ansichten zu kennen ... Aber erst, wenn diese dem eigenen Streben nach Höherem im Weg stehen, macht man endlich die Augen auf.«

»Francis hat die Beziehung zwischen Théo und Élier beendet, um seinen Ambitionen auf Landesebene nicht zu schaden?« Maggie schüttelte fassungslos den Kopf.

»Ja, eindeutig. Er wusste, wenn das in den Reihen seiner neuen politischen Freunde durchsickern würde, würde er in der Rangfolge der möglichen Kandidaten für das Ministeramt schlagartig zurückfallen. In den Medien geben sich all diese Leute natürlich tolerant und behaupten, nichts gegen Homosexuelle zu haben, aber ich kann Ihnen versichern, dass sie privat ...«

»Es ist also passiert? Hat die Info die Runde gemacht?«

»Ich weiß es nicht, und ganz ehrlich: Es ist mir auch egal. In gewisser Weise wäre es nur gerecht. Alles, was mich interessiert, ist, dass ein Vater seinen eigenen Sohn auf dem Altar seines Stolzes opfert. In diesem Fall der Vater meines Sohnes.«

»Théo muss stinkwütend auf ihn sein ... Ich wäre es ganz sicher. Sie etwa nicht?«

Françoise verzog zunächst nur vage zustimmend das Gesicht, milderte diesen Ausdruck aber gleich wieder ab. Sie blickte ihrer Besucherin in die klaren Augen und schien darin genug Sicherheit zu finden, um sich ihr anzuvertrauen.

»Ich weiß weder, wer Sie wirklich sind, noch warum Sie hier

sitzen. Versprechen Sie mir einfach, niemandem weiterzuerzählen, was ich Ihnen jetzt sage. Vor allem nicht der Polizei.«

»Versprochen«, sagte Maggie und kreuzte heimlich ihren Zeigefinger mit dem Schaft ihres Gehstocks zu einem Kreuz.

»Zwei Tage vor dem Attentat, also am vergangenen Donnerstag ... ist Théo aus seinem Internat La Salle-Passy-Buzenval weggelaufen.«

Damit hätte der junge Mann ausreichend Zeit gehabt, nach Saint-Malo zurückzukehren, Yvons Hütte zu besetzen, einen Hobie Cat 14 zu stehlen und ...

»Aber ich muss gleich hinzufügen: Théo hätte trotz allem nie versucht, seinem Vater zu schaden. Er liebt und bewundert ihn. Ich glaube, er ist nur abgehauen, ohne mir Bescheid zu sagen, weil er mit Élier zusammen sein wollte. Sonst nichts.«

Die Frau mit dem Gehstock hatte gerade die Wohnung verlassen – sie wollte noch an der Pförtnerloge vorbeigehen, um Françoises Alibi zu überprüfen –, als auf dem Display ihres Handys eine Nummer auftauchte, die sie am liebsten ignoriert hätte: Christophe Guilloux.

Für einen so unerwarteten Anruf gab es nur zwei Möglichkeiten. Und welche davon es auch sein mochte, dachte sie, es wäre eine schlechte Nachricht. Die Frage war nur, welche.

29

Saint-Malo, Plage de Bon-Secours, später am Abend

Die beiden Frauen lachten leise und hielten sich die Hand vor den Mund, um weniger Geräusche zu machen. Der inzwischen menschenleere Strand ringsum dehnte sich in abendlicher Ruhe. In der blauen Stunde verschwammen bereits die Umrisse der wenigen Gebäude, die Holzhütten des Segelclubs und des *L'Embraque*, eines Cafés mit direktem Zugang zum Sandstrand, in dessen Schatten sie sich für ihre nächtliche Lauer positioniert hatten.

»Moment mal ... In ihren Haaren klebte noch ein Pflaster, und du hast sie einfach so nach Paris fahren lassen?«, rief Louise kichernd.

»Ja«, bestätigte Énora. »Ein bisschen wie Kapitän Haddock.«

»Und sie hat es nicht bemerkt?«

»Nein!«

Sie lachten noch mehr, unterdrückten aber weiterhin so gut es eben ging jeden Laut.

Maggies und Nonos Ausflug im Wäschewagen des Krankenhauses hatte für ein paar Anekdoten gesorgt, wie etwa besagtes Pflaster, aber auch für einige Flecke zweifelhafter Herkunft auf ihrer Kleidung. In ihrer Eile hatte sich die älteste der Corrigan-Frauen nicht einmal umgezogen, sondern nur einen Happen gegessen.

»Um diese Uhrzeit«, fuhr die Mutter fort, »müsste sie im TGV nach Hause sitzen.«

»Ja. Ich kann es kaum erwarten, mehr zu erfahren als das, was in dieser armseligen SMS stand.«

Maggies SMS hatte zwar ihr Gespräch mit Françoise Lemoine grob zusammengefasst – »Alibi O.K. – Lemoine hat das Chauvel-Projekt abgesagt, damit sie ihn nicht verlässt – Théo ist aus der Schule abgehauen« –, aber es fehlten zweifellos viele wichtige Details.

»Da! Schau mal«, hauchte der Rotschopf plötzlich und deutete auf einen beweglichen Punkt in der Nähe der Schwimmbadmauer, die bei Ebbe deutlich über die sandige Oberfläche hinausragte.

Der Schatten trabte auf die Stadtmauer zu, in Richtung der Slipanlage hinter ihnen. Er hielt direkt auf eine der drei Hütten der Corsaires Malouins zu. Mutter und Tochter schlichen die wenigen Stufen zum Strand hinunter und folgten ihm. Die Gestalt schien sich an der Tür zu schaffen zu machen, und selbst aus der Entfernung konnte man das typische Klicken eines Vorhängeschlosses hören, das sich nicht öffnen lassen will.

»Mist, Mist, Mist ...«, fluchte die Gestalt gedämpft.

»Alles in Ordnung? Können wir dir helfen?«

Louise und Nono standen nur noch wenige Schritte entfernt. Aus dem jugendlichen Aussehen des Fremden, seinen Skaterbermudas und dem bunten T-Shirt hatte Énora geschlossen, dass es sich um einen sehr jungen Mann handeln musste, den sie duzen durfte.

»Heilige Scheiße!«, rief er. »Sie haben mich vielleicht erschreckt! Wer sind Sie überhaupt?«

»Du bist Théo, richtig? Théo Lemoine?«

Louise hatte die Zeit und ihren Zugang zu den Archiven des Rektorats genutzt, um ein Porträt des flüchtigen Teenagers sowie einige Informationen über das Gymnasium zu erhalten, aus dem er abgehauen war. Das Foto musste recht neu sein, denn der junge Mann, der vor ihnen stand, glich ihm aufs Haar: helle Augen, hellbrauner Haarschopf, längliches, wunderschönes Gesicht.

»Das geht Sie einen Dreck an!«

»Oha, bringt man dir in deinem Spießerinternat solche Ausdrücke bei? Mach mal halblang, mein Freund.«

Das Lycée La Salle-Passy-Buzenval in Rueil-Malmaison, einem Schicki-Micki-Vorort im Westen von Paris, war eine Privatschule, die von einer kirchlichen Organisation geleitet wurde. Obwohl das Gymnasium seit mehreren Jahrzehnten gemischtgeschlechtlich geführt wurde, ging es dort immer noch um Bestenauslese, Disziplin und um eine Art von Diskriminierung durch Geld – die Schulgebühren waren exorbitant hoch. Die meisten Kinder kamen aus der Oberschicht, darunter auch viele prominente Namen.

»Entschuldigung«, stotterte der junge Mann wie ein ertapptes Kind.

»Schon gut. Eigentlich wollen wir nur wissen, warum du in die Hütten unseres Kumpels Yvon einbrichst.«

»Weil ich sonst nirgends hinkann.«

»Ist das dein Ernst? Dein Vater ist der Bürgermeister dieses Kaffs. Ihr besitzt in Courtoisville eine Villa von den Ausmaßen eines Ozeandampfers!«

Der Blick des Jungen irrte durch die Nacht, als suchte er nach Hilfe, die jedoch nicht auftauchte. Ein leichtes Beben seines Körpers deutete an, dass er offenbar drauf und dran war, erneut zu fliehen. Schließlich schien er seine Fassung wiederzugewinnen.

»Ich ... Meine Eltern wissen nicht, dass ich hier bin. Ich bin aus meiner Schule abgehauen.«

»Okay. Und liegt es an der Stadt oder an der Sorge um deinen geliebten Vater, dass du ausgerechnet hierher zurückkommst, wenn du wegläufst?«

»Der Sorge um meinen Vater?«, keuchte der Junge, als hätte ihn die Frage geohrfeigt. »Warum sagen Sie das?«

»Du bist doch der Sohn von Lemoine, oder?«

»Ja ...«

»Du weißt doch sicher, was mit ihm passiert ist?«

Keine Antwort. Nur eine erstarrte Maske.

Er weiß es nicht! Die beiden Frauen blickten einander an und wussten instinktiv, was zu tun war.

In ihrem gleichmäßigen, ruhigen Lehrerinnenton schilderte Louise die Ereignisse der letzten Tage in Saint-Malo. Théos erschrockener Blick und sein Gesichtsausdruck, der an ein gejagtes Tier erinnerte, machten deutlich, dass er das alles jetzt gerade erst erfuhr. Wahrscheinlich war er seit seiner Rückkehr von einem Versteck zum nächsten gezogen, hatte die Tage auf wer weiß welchen Felsen verbracht und die Nächte in Yvons Hütte, ohne Kontakt zu irgendwelchen Medien. Der Akku seines Smartphones war vermutlich schon seit einer ganzen Weile leer.

»Wird er wieder gesund?«, fragte er nach langem Schweigen mit tonloser Stimme.

»Ich denke schon. Ich habe mit ihm gesprochen, nachdem er aufgewacht war, und er schien bei klarem Verstand zu sein.«

Énora ersparte ihm die Schilderung des hässlichen Ge-
brülls des Verletzten, das ihr Gespräch beendet hatte. Zum
Glück war Simone, die Hilfspflegerin, vor dem Wachmann ins
Zimmer gestürmt und hatte sie in letzter Minute in den Wäschewagen gepackt.

»Ach, übrigens«, wechselte Nono plötzlich das Thema,
»hast du vielleicht einen Hobie 14 aus dem Club geholt und zu
Wasser gelassen?«

»Hä? Im Leben nicht! Ich bin Mitglied der Corsaires Malouins seit ich acht Jahre alt bin. Für mich ist Yvon wie ein
zweiter ...«

Er schluckte das Wort Vater herunter, das er angesichts der
Umstände wohl für unangebracht hielt.

»Schon gut ... Aber wenn du nicht wegen deines Vaters hier
bist, warum dann?«

»Wegen Élier.«

Die Antwort kam wie aus der Pistole geschossen, mit all
der Spontaneität, die dieses Alter mit sich bringt.

»Élier? Wer ist das denn?«

»Élier Chauvel!«, rief Louise. »Der große Bruder von Tinn.
Eigentlich ihr Halbbruder. Der älteste Sohn von Bernard
Chauvel.«

Der junge Mann bestätigte dies mit einem Kopfnicken, das
seine Gefühle durchschimmern ließ. Ein Lächeln erblühte
auf seinem hübschen Gesicht. Es war nicht das Lächeln der
Freundschaft, sondern das der Liebe. Énora kannte den Unterschied nur zu gut.

Es war ein »Detail«, das Maggie in ihrem lapidaren Bericht
nicht erwähnt hatte.

»Seid ihr schon lange zusammen?«, fragte sie mit viel Em-
pathie in der Stimme

»Nein ... Na ja, ein paar Monate.«

Er berichtete von ihrer Begegnung im Lycée l'Institution, von ihrer aufkeimenden Freundschaft, dem langsamen Erblühen ihrer Liebe und schließlich von dem Versteckspiel, zu dem sie seither verurteilt waren. Nur Théos Mutter Françoise hatte fast sofort verstanden, worum es ging und geschworen, es geheim zu halten. Aber offenbar waren sie nicht diskret genug vorgegangen – der Segelclub, in dem Élier sich ebenfalls angemeldet hatte, diente ihnen als Rückzugsort –, denn kurz darauf hatte Francis Lemoine ihr Geheimnis entdeckt.

Der Sohn des Bürgermeisters eine Schwuchtel? Ohne lange nachzudenken, hatte der gewählte Volksvertreter seinen Sprössling ins Exil geschickt, in dieses fast vierhundert Kilometer von den Stränden Saint-Malos entfernte Edelinternat für gut betuchte Schüler.

»Élier wusste übrigens auch nicht, dass ich zurückkommen würde. Ich wollte ihn überraschen ... Aber es war dann seine Idee, dass ich mich hier verstecke«, fügte er hinzu. »Er hat alles, was man braucht, um Vorhängeschlösser zu knacken.«

»Aha. Ihr habt euch also getroffen, seit du wieder hier bist?«

»Ja, zwei- oder dreimal ... Immer nachts.«

»Und er hat dir wirklich nichts über den Gesundheitszustand deines Vaters erzählt?«

Wie war das möglich? Was für ein komischer Typ war dieser Élier Chauvel, dass er eine so wichtige Information verschwieg?

»Nein.« Théo schüttelte den Kopf.

»Glaubst du, dein Freund könnte einen Hobie klauen?«

»Auf gar keinen Fall, ebenso wenig wie ich!«, begehrte der junge Mann auf. »Yvons Boote sind schließlich die einzigen Orte, an denen wir ganz wir selbst sein können! Warum also hätte er das tun sollen?«

Warum ... Oder besser: Um wem zu schaden?

Gezeitentabelle
für Saint-Malo

26.September	
Ebbe	02:57 Uhr
Flut	08:23 Uhr
Ebbe	15:12 Uhr
Flut	20:35 Uhr

30

Dienstag, 26. September, Manoir des Corrigan,
Spielzimmer, am frühen Morgen

Maggie hatte das Pflaster in ihren Haaren erst bemerkt, als
sie sich am späten Abend vor dem Spiegel abschminkte. Im
Nachhinein verstand sie, was Françoise Lemoine dazu bewogen haben könnte, sich ihr anzuvertrauen: Vielleicht war sie
berührt durch Maggies skurrile Wunderlichkeit. Manchmal
hatte die Witwe Corrigan diese Wirkung, sogar ganz ohne un-
freiwillige Dekoration.

Sie ahnte, dass Énora ihr einen schelmischen Streich gespielt hatte. Die junge Frau war nicht umsonst ihre Enkelin.
Und in gewisser Weise hatte sie ihr damit ohne ihr Wissen einen großen Gefallen getan.

Am nächsten Morgen beim Frühstück überkam sie ein Gefühl
der Verbitterung, als ihr Sophie, die mit der Betreuung der
Pensionsgäste etwas überfordert war, unverblümt mitteilte:

»Ach, übrigens, der Engländer ist weg. Schon ganz früh.«

»Weg ... *Like gone?*«

»Ja, ab nach Hause, nach Breitown-wie-auch-immer.«

»Brighton«, korrigierte Maggie sie aufgelöst. »Hat er eine Nachricht für mich hinterlassen?«

»Nein, er hat nur gesagt, dass die Polizei ihm erlaubt hat, Saint-Malo zu verlassen. Ach ja, und auch, dass er sich wegen seiner geplanten Show nicht mehr so sicher sei ...«

Maggie fiel ein, dass James Hillbies Termin im Rathaus an diesem Morgen hätte stattfinden sollen. Ein Gespräch von entscheidender Bedeutung für ihn, dem er geschickt aus dem Weg gegangen war.

Wer hätte es ihm verübeln können? Der Historiker war im Geist der Eintracht und Versöhnung gekommen, war aber wie ein potenzieller Krimineller behandelt worden – gleich zu Beginn bereits von seinen Gastgeberinnen. Dass er auf die geplante Ton- und Lichtinstallation verzichten wollte, obwohl die Stadtverwaltung ihm einen Zuschuss gewährt hätte, fand Maggie alles andere als überraschend. Er war offenbar von Guilloux entlastet worden und hatte sich sofort aus dem Staub gemacht, um zu seinen Penaten zurückzukehren.

»*Once bitten, twice shy*«, sagte Maggie mit einem zerknirschten Lachen.

»Häh?«

»›Gebranntes Kind scheut das Feuer‹, sagt man bei uns.«

»Aha«, antwortete die pummelige Blondine und verschwand wieder in Richtung Küche. »Ich muss weitermachen. Gestern ist ein Mini-Van mit Holländern angekommen. Die Jungs essen für vier und haben schon zweimal eine Extraportion *Potato Farl* nachbestellt.«

Im angrenzenden Spielzimmer, das um diese frühe Zeit so ruhig dalag wie eine Wasserleiche, ließ Maggie sich auf einen der ledernen Clubsessel fallen und dachte über ihren leichten

Groll nach. Es gab nicht viele Männer, die von sich behaupten konnten, sie wie eine alte Socke abgestreift zu haben. Aber James würde eine schöne, verbotene Erinnerung bleiben – ein Engländer mit einer Malouine, auch wenn es nur eine adoptierte war! –, und das fand sie schon mal gar nicht so schlecht.

»Geht es dir gut, Granny? Du siehst irgendwie mitgenommen aus ...«

Nono stürmte ins Zimmer und riss Maggie aus ihrer düsteren Stimmung.

»*Splendid!* Du weißt ja, ich fahre gern mit dem Zug. Das gestern war toll.«

Einige Minuten lang verlor sie sich in Anekdoten über ihre Reise, insbesondere über das unerklärliche Gelächter, das sie bei den anderen Fahrgästen ausgelöst hatte. Louise gesellte sich zu ihnen.

»Ich habe mir gerade ›Constants‹ Aufzeichnung von gestern Abend angesehen«, platzte sie heraus.

»Und? Was Neues?«

»Nun, unser neuer bester Freund Jojo war wieder einmal sehr redselig. Anscheinend ist James Hillbie von jedem Verdacht befreit, vor allem dank der Funkzellenabfrage zum Zeitpunkt der Tat. Er befand sich außerhalb des Fernsteuerungsbereichs des Zodiak. Das alte Bild vom Herrenhaus war also wahrscheinlich wirklich nur ein Ergebnis seiner Neugier, und nicht etwa seiner dunklen Absichten – denn solche schien er nicht zu hegen. Was Claire Lebreton betrifft, so ist die Sache weniger klar. Ihr Alibi ist nicht hieb- und stichfest, aber es gibt auch nicht viel, was sie belasten könnte. Was Chauvel angeht, so scheint er mit all dem Zeug, das an Bord der *Sisyphos* gefunden wurde, immer noch im Visier der Polizei zu sein. Aber anscheinend ist Guilloux von ihm als glaubwürdigem Schuldigen nicht wirklich überzeugt.«

»Das ist alles?«, ärgerte sich Maggie. »Sonst nichts? *For instance* irgendetwas über den Sack mit Nitrat?«

»Nein. Jojo wusste nur, dass der Kommissar und seine Stellvertreterin sowohl Bazin als auch dem AHSM und der Hafenmeisterei einen Besuch abgestattet haben. Über einen Bericht darüber oder ihren Austausch wusste er allerdings nichts. Prigent ist eben nur einfacher Streifenpolizist. Niemand kann erwarten, dass er jedes Mal in alle Geheimnisse des Olymp eingeweiht ist.«

Mit wenigen Worten berichtete jede von ihnen anschließend über ihre Erkenntnisse vom Vortag – Maggie von der Rue de Rennes, Louise und Énora vom Strand von Bon-Secours. Und plötzlich stellten sie fest, dass beide untersuchten Stränge bei ein und derselben Person zusammenliefen, einem kleinen Neuling in ihrem Fokus: bei Élier Chauvel, dem Sohn von Bernard und dem heimlichen Boyfriend von Théo Lemoine.

»Je länger ich darüber nachdenke … Es ist schon krass, dass er Théo nichts von dem Attentat erzählt hat!«, ereiferte sich die Rothaarige. »Ganz Saint-Malo spricht seit Tagen von nichts anderem mehr, und es geht um den Vater seines Lovers … Und das behält er für sich?«

»*You're damn right*, mein Schatz.«

»Ach, übrigens«, sagte Louise, »ich habe heute Morgen direkt in dieser Schule für Privilegierte angerufen. Als angebliche Tante, die sich um ihren geliebten Neffen sorgt. Ich musste ihnen alles aus der Nase ziehen, aber schließlich bestätigten sie mir, dass der junge Lemoine am 21. September, also zwei Tage vor dem Angriff, ›unangekündigt abgereist‹ sei.«

»›Unangekündigt abgereist‹? Nennt man das bei den Geldsäcken so, wenn einer abhaut?«

»Ich habe es so verstanden, dass die Schule zwar die Eltern

benachrichtigt hat, nicht aber die Polizei. Vermutlich hat man Angst vor der schlechten Publicity, die ein solcher Vorfall für die Einrichtung bedeuten könnte.«

Eine Haltung, die so trostlos war, dass sie alle für einen Moment schwiegen. Wie so oft drehte Maggie den Knauf ihres Gehstocks zwischen ihren Handflächen. Er war eine Art tanzender Derwisch, durch die ständige Bewegung versetzte sie sich, wie die Sufis, in einen Zustand, der ihren Seelenfrieden förderte. Ebenso wie das Nachdenken.

»*You really think*, dass der junge Lemoine seinen Vater für die Trennung von seinem Geliebten bestraft hat?«

»Auf jeden Fall wissen wir, dass er in der Lage wäre, Yvons Hobie 14 zu stehlen, ganz gleich, was er gesagt hat«, spekulierte Louise. »Er hätte damit am Samstag um 11:30 Uhr auf dem Wasser sein können.«

»Ich glaube, es war nicht so sehr die Entfernung als vielmehr das Outing, das ihn geschmerzt hat«, sagte Énora ernst. »Dadurch, dass Francis Lemoine das Thema auf den Tisch brachte, hat er seinen Sprössling geoutet, ohne ihn zu fragen. Glaub mir, für die meisten Schwulen ist so etwas das Schlimmste, was man ihnen antun kann.«

»Es wäre doch sowieso irgendwann herausgekommen, oder?«

»Das Mindeste, was du von deiner Familie erwartest, ist, dass sie dich selbst entscheiden lässt, wann und wie du damit an die Öffentlichkeit gehst.«

War das ein unterschwelliger Vorwurf? Oder hatte Énora die Bemerkung sozusagen als Erinnerung an sich selbst gerichtet? Zwar erwartete sie von Fanny, dass sie zu ihrer Beziehung stand, trotzdem hätte sie sie um nichts in der Welt bei den Eltern Horvais verraten. Respekt war stärker als Liebe; nein, Respekt *war* Liebe.

»*Feckin' shit!* Aber den eigenen Daddy in die Luft sprengen? Also wirklich!«

»Hm, da ist aber noch etwas anderes«, meldete sich Louise zu Wort. »Auch wenn Hillbie aus dem Schneider ist ... Die gesamte Vorgehensweise – zum Beispiel die Sache mit der Höllenmaschine – wirkt wie ein Verweis auf etwas und kommt mir ausgesprochen symbolisch vor. Ganz abgesehen von dem Bekennerschreiben in künstlichem Bretonisch. Also ehrlich, wenn ihr ein Kind wärt, das sich an seinem alten Herrn rächen will ...«

Ihre Ausdrucksweise brachte ihre Tochter zum Lächeln.

»... Würdet ihr euch so viel Mühe machen? Dieser ganze schwachsinnige historische und politische Krempel?«

»Élier Chauvel!«, rief Maggie plötzlich.

»Was ist mit Élier Chauvel?«

»Er ist Mitglied der AHSM.«

»Mit siebzehn Jahren?! Aber da treffen sich doch nur alte Kn...« Énora brach ab.

»*Precisely*: Alte Knacker und eben auch ein junger Knacker.«

»Dann hätte er also Théo den ganzen Quatsch eingeflüstert?«

»Er, und vielleicht auch seine *dear Mum*«, fügte Maggie hinzu. »In jungen Jahren war sie in der bretonischen Unabhängigkeitsbewegung GAST aktiv.«

»Woher weißt du das?«

»*Easy peasy*: Sie hat es mir erzählt.«

Sofort stürzte sich Louise auf den Laptop ihrer Tochter und durchforstete die Pressearchive, zu denen sie Zugang hatte. Während sich die beiden anderen Corrigans über die neuen Perspektiven unterhielten, suchte sie Artikel aus den 1980er- und 1990er-Jahren heraus, die sich mit der GAST-Bewegung beschäftigten. Mist, alle auf Bretonisch. Der Extremismus gab sich nicht gerade zimperlich, selbst wenn es nur um Crêpes ging.

Einer der Artikel zeigte ein Gruppenfoto, das bei einem Sommerfest der Organisation aufgenommen worden war. Wenn die GAST nicht gerade Unterpräfekturen in die Luft sprengte, versuchte sie, sich freundlich zu geben, wie eine Art Bretonisch sprechende Pfadfinder. Neue Aktivisten fing man nicht mit der bitteren Pille der Gesetzwidrigkeit ein.

Die Bildunterschrift ließ Louises Finger über der Tastatur verharren: »Zwei Gründungsmitglieder der Außenstelle der GAST in Saint-Malo: Françoise Arhouet und Erwan Bazin«. Die Frau links war die spätere Madame Lemoine. Das Gesicht des Mannes rechts kam ihr zwar bekannt vor, aber ihr fiel nicht ein, woher.

»Erwan Bazin, Erwan Bazin«, murmelte sie vor sich hin. »Wie Yves-Malo Bazin, der Präsident der AHSM? Mama?«, fragte sie, »sagt dir der Name Erwan Bazin etwas? Hat er vielleicht mit Yves-Malo Bazin zu tun?«

»Ich glaube, das ist sein Bruder. *The younger one.* Wenn ich mich recht erinnere, arbeitet er im Archiv des Vereins. Warum fragst du?«

Louise blieb die Antwort schuldig. Zwei Klicks genügten, um sich mit der Datenbank des *Le Pays malouin* zu verbinden. Dort verschaffte ihr die Suchanfrage »AHSM + Erwan Bazin« Zugang zum Protokoll eines historischen Vortrags, den Yves-Malo persönlich im Frühsommer gehalten hatte. Aufgrund der hohen Teilnehmerzahl waren in der Bildunterschrift unter dem Gruppenfoto die Namen der Teilnehmer nicht angegeben worden. Es war schwierig, denjenigen zu finden, den sie suchten.

Aber unter den weißhaarigen Köpfen befand sich ein Teenager, dessen Augen so dunkel waren wie sein Haar, und der mit der gleichen Ernsthaftigkeit posierte wie seine älteren Kollegen. Sie drehte den Bildschirm zu ihren Mitstreiterinnen um:

»Dieser Junge ... das muss Élier Chauvel sein, oder?«

»Warte mal, den kenne ich doch!«, rief Énora. »Ich habe ihn schon ein paarmal im *Java* gesehen. Erst neulich abends, als Soizic mit uns geredet hat!«

»Dann ist er also Stammgast in deinem Hauptquartier?«

Mit einem Schulterzucken gestand die angehende Tierärztin, dass sie es nicht wusste. Vielleicht, vielleicht auch nicht. Wenn Fanny und sie es sich im *Java Café* gemütlich machten, dann sicher nicht, um nach Jungs zu schielen.

»Blöd«, meinte sie, nachdem sie auf ihrem Smartphone nach den Öffnungszeiten geschaut hatte. »Lolo macht die Kneipe erst um zwölf auf. Es ist noch zu früh, um ihn zu fragen.«

Kaum hatte sie die Worte geäußert, als das ferne Echo einer gewaltigen Detonation die Umgebung erschütterte. Ein wahrer Donnerschlag. Sofort blickten sie hinaus in den sonnendurchfluteten Park. Man musste kein Meteorologe sein, um zu erkennen, dass kein Gewitter drohte. Man musste auch kein Ballistikexperte sein, um zu verstehen, dass dieser Knall nur von einer Explosion stammen konnte.

Der zweiten Explosion innerhalb von drei Tagen.

31

26. September, Kommissariat, Jachthafen
von Saint-Malo, zur gleichen Zeit

»Was glaubst du wohl, was ich mache, während du am Strand
von Bas-Sablons spazieren gehst?« Diese Frage hätte Emma
berechtigterweise auch dem Labor in Rennes stellen können,
weil es trotz der Bitte um Eile so lange gedauert hatte, die
dringend benötigten Analyseergebnisse zu liefern. Der Brief
ging erst am späten Vormittag am Empfang des Kommissariats ein und wurde sofort an die Antragstellerin weiterge-
leitet.

»Schau dir das mal an«, rief sie und reichte die Papiere an
ihren Chef weiter. »Ich glaube, wir haben endlich etwas gefunden.«

Tatsächlich bestätigte der Bericht zwei für ihre Ermittlungen wesentliche Vermutungen: 1. Das Ammoniumnitrat,
das gegen Francis Lemoines Hobie 15 eingesetzt worden war,
stammte aus dem gestohlenen Sack, den Jojo Prigent aus dem
Meer gefischt hatte; 2. das auf der *Sisyphos* gefundene VHF-
Fernsteuerungsmodul war auf dieselbe Frequenz und densel-

ben Kanal eingestellt wie das System auf dem explodierten Zodiak.

Aus dieser doppelten Feststellung ergab sich natürlich eine doppelte Schlussfolgerung. Zunächst, dass der Dieb im Handelshafen entweder selbst der Attentäter war oder, wenn dem nicht so war, doch zumindest sein unmittelbarer Komplize. Sollte Bernard Chauvel bei seiner Vernehmung die Wahrheit über das Material gesagt haben – »Es gehört meinem Sohn« –, dann war Élier Chauvel de facto der Hauptverdächtige in dieser düsteren Angeleg...

Die Explosion unterbrach ihre Überlegungen. Die beiden Kriminalbeamten starrten sich einen Moment lang an, dann stürmten sie aus dem Büro. Unter den in der Polizeiwache anwesenden Mitarbeitern breitete sich bereits eine durch Gerüchte befeuerte Unruhe aus. »Das war am Jachthafen«, mutmaßten die Beamten.

Kaum eine Minute später saßen Guilloux und Lobo in ihrem marineblauen 208.

#

Die Anwesenheit von Marc Coullon, dem Chef der Route du Rhum, auf dem Quai Saint-Vincent verhieß nichts Gutes. Normalerweise sah man ihn eher in den schicken Restaurants der Stadt als auf den Stegen des Jachthafens – die Aristokratie des Hochseerennsports mischte sich kaum jemals unter den Plebs der Amateursegler.

Neben ihm saß eine leicht panische Fabienne Leroy mit wild durcheinander gewirbelter Föhnfrisur und sprach noch schneller und schriller als sonst.

»Ein Angriff ist ja noch okay, aber zwei? ZWEI! Weniger als einen Monat vor den Novemberferien ist das eine Katastrophe! Kein einziger Besucher wird sich hier blicken lassen!«

Mit diesen Worten empfing sie Christophe Guilloux und Emma Lobo, die so schnell es ging herbeigeeilt waren, nachdem die Detonationswelle der Explosion die Polizeiwache in einem guten Kilometer Entfernung erreicht hatte.

Leroys Fixierung auf ihre sakrosankten Touristen entlockte dem zum Unternehmer mutierten Abenteurer einen genervten Gesichtsausdruck:

»Mir ist Material im Wert von mehreren Zehntausend Euro in Rauch aufgegangen. Und das ersetzt mir niemand.«

»Ihre Anlagen sind also betroffen?«, wunderte sich Guilloux.

Coullon deutete auf die große Schleuse am Rande des Vauban-Beckens, von der aus die Schiffe zunächst in den Fischereihafen und dann ins Meer gelangten.

»Positiv«, bestätigte er in der Ausdrucksweise von Geheimagenten, zu denen er einmal gehört hatte.

»Haben Sie denn vor, die Route du Rhum abzusagen?«, hatte man ihn während der Pressekonferenz gefragt. Inzwischen war diese Frage aktueller denn je.

»Unsere beiden Werbetafeln, die auf Pontons schwimmen, sind mit einem Schlag in die Luft geflogen. Übrigens ...«

Er wandte sich an die Leiterin des Fremdenverkehrsamtes, mit dem erklärten Ziel, sie zur Rede zu stellen:

»... wäre das vielleicht nicht passiert, wenn man uns erlaubt hätte, die Zelte am Kai der Route aufzustellen. So wie wir es erbeten hatten.«

Besagter Kai, der Quai de la Route du Rhum, war in Wirklichkeit nur ein kleiner asphaltierter Weg am Eingang des Jachthafens. Er war 2014 vom damaligen Bürgermeister Claude Renoult eingeweiht worden und stellte ein Pendant zum Walk of Fame in Hollywood dar, wenn auch in viel kleinerer Dimension. Hier waren die Fußabdrücke aller Gewinner der berühmten Transatlantik-Regatta in Zement verewigt, angefangen mit dem verstorbenen Mike Birch, Sieger des Jahres 1978, bis hin zu Charles Caudrelier im Jahr 2022. Bisher waren es elf Skipper, bald würden es zwölf sein.

»Stellen Sie sich nicht dümmer, als Sie sind, Marc, Sie wissen ganz genau, warum man Ihnen das verweigert hat.«

»Um uns die Arbeit zu erschweren?«

»Quatsch … Um zu verhindern, dass sich der Eingang zu Intra-Muros in eine Einkaufszone verwandelt. Würden wir nicht für das Ansehen der Stadt sorgen, könnten Sie nicht so viele Sponsoren anwerben.«

Bei diesen Worten forderte sie den Kommissar mit Blicken heraus. Als wollte sie sagen: »Na, hat man im Rathaus noch immer weiche Knie?«

Marc Coullon quittierte die zweifellos stichhaltige Bemerkung mit einer zweifelnden Miene. Er war übrigens nicht der Einzige, der sich durch dieses etwas sinnlose Wortgeplänkel genervt fühlte:

»Wissen Sie, ob jemand den Angriff beobachtet hat?«, erkundigte sich Emma.

»Ja, die Gruppe Schaulustiger dort drüben. Wir haben die Leute gebeten, auf Sie zu warten.«

Die beiden Kriminalbeamten waren mit wenigen Schritten bei ihnen. Der inzwischen menschenleere Kai war nur wenige Minuten nach der Detonation abgesperrt worden, und das knappe Dutzend Zeugen war so deutlich erkennbar wie eine Nase mitten im Gesicht. Die Hälfte der Anwesenden waren Einheimische, der Rest eine Handvoll Touristen, darunter ein elegantes Paar aus Deutschland in den Sechzigern. Letztere schienen von dem, was sie gesehen und gehört hatten, sehr betroffen zu sein.

»*A big flash of light, then a very loud bang*«, sagte der Mann. Es gelang ihm nur schlecht, seine Gefühle zu verbergen.

»*Maybe we should also mention the Zodiac*«, fügte seine Frau hinzu.

»*Zodiak? What Zodiac?*«

Emma musste über das englische Kauderwelsch ihres Chefs lächeln.

»*A Zodiac-Dinghy. I don't know, where it came from, but we clearly saw it rushing to the floating ads.*«

»*You mean ... That the explosion burst from it? From the dinghy?*«, mischte sich Emma ein.

»*Absolutely.*«

Die Franzosen, ein wenig neidisch, dass man ihnen die Show stahl, stimmten dem zu. Alle berichteten fast wörtlich dasselbe: Am anderen Ende des Hafenbeckens sei in mäßigem Tempo ein Zodiak aufgetaucht, habe plötzlich gewendet und sei mit hoher Geschwindigkeit auf die schwimmenden Werbetafeln der Route du Rhum zugerast, habe sie gerammt und entzündet.

»War jemand an Bord?«

Die Zeugen blickten einander verdutzt an und gaben schließlich zu, dass sie sich jetzt, angesichts der Frage, nicht mehr wirklich sicher waren, eine menschliche Gestalt auf dem Boot gesehen zu haben.

»*No one on board!*«, betonte der Deutsche, der offenbar genug Französisch beherrschte, um die Bedeutung der Frage zu verstehen.

Ein ferngesteuertes, mit Sprengstoff beladenes Zodiak. Genau die gleiche Vorgehensweise wie bei Francis Lemoine. Mit dem Unterschied, dass es dieses Mal keine Opfer gab.

Die beiden Polizeibeamten sahen darin allerdings keinen Grund zur Freude. Guilloux' haselnussbraune Augen blickten mit stummer Befürchtung in Lobos schwarze Iris. Denn wenn sich die Angriffe wiederholten und andere Ziele als den Bürgermeister höchstpersönlich aufs Korn nahmen, Ziele, die für die Wirtschaft der Region wirklich wichtig waren, wurde die Hypothese einer persönlichen Rache immer unwahrscheinlicher.

Der symbolische Ehrgeiz dieses kriminellen Vorhabens – falls der Begriff »Ehrgeiz« in diesem Fall nicht zu unangebracht war – schien über den privaten Rahmen hinauszugehen, den ihre bisherigen Ermittlungen nahegelegt hatten. So hatten sie am Abend zuvor aus dem Mund des aus dem Koma erwachten Lemoine erfahren, dass noch zwei weitere Personen gute Gründe hatten, ihm etwas zu verübeln: seine Frau Françoise, die sich in ihren Überzeugungen betrogen fühlte, und vor allem sein Sohn Théo, den er in ein Internat in einem Pariser Vorort verbannt hatte, ohne den Grund für diese Zwangsmaßnahme zu nennen.

Doch all diese Spuren, denen sie in den letzten Tagen nachgegangen waren, hatten sich nun zerschlagen. Ebenso wie der mögliche Rachefeldzug eines abgewiesenen Bernard Chauvel oder einer betrogenen Claire Lebreton. Stand nicht nur Lemoine, sondern ganz Saint-Malo im Fokus? Wenn Élier Chauvel beteiligt war, wie sie inzwischen annahmen, was waren dann die Motive des jungen Mannes?

Der erste Hinweis auf eine mögliche Antwort tauchte auf Guilloux' Smartphone auf. Ein Beamter hatte in den letzten zehn Minuten dreimal versucht, ihn zu erreichen. Weil er jedoch mit dem neuen Anschlag beschäftigt war, meldete sich der Kommissar erst jetzt:

»Entschuldigen Sie die Störung, Chef, aber wir brauchen Sie hier ganz dringend.«

»Wo ist hier?«, knurrte Guilloux.

Er erkannte die schleppende Stimme des unsäglichen Jojo Prigent. Der schon wieder.

»Kennen Sie das unbebaute Gelände am Quai de Terre-Neuve, hinter der Compagnie des pêches?«

Nur ein Neuzugang wie er würde die Firma so nennen. Obwohl das Unternehmen 2004 umgetauft worden war, bezeichneten es die meisten Einheimischen nach wie vor mit seinem alten Namen Comapêche.

»Ja, kenne ich ...«

»Nun, an der Mauer steht sozusagen eine Nachricht für Sie.«

Wie die beiden Kriminalisten nach einigen Hundert Metern im Auto auf dem unbebauten Gelände feststellen konnten, hatte der seltsame Polizist sich nichts eingebildet.

»Da drüben ist es, Chef, da ist es«, eiferte sich Jojo und drehte sich wie ein aufgeregter Hund im Kreis.

»Ich habe Augen im Kopf, Prigent, ich habe Augen.«

Drei Wochen zuvor hatte Francis Lemoine an dieser Stelle mit großem Pomp eine Wand für öffentliche Meinungsäußerungen eingeweiht, die »frei und ohne Hindernisse wie die chinesischen Wandzeitungen« sein sollte – Françoise hätte diesen liberalen Bezug sicher geschätzt.

In der offiziellen Erklärung der Stadtverwaltung blieb unerwähnt, dass der Ort vor der Einrichtung dieses schönen Beispiels kultureller Demagogie zuvor als Standort für ein Meeresmuseum vorgesehen war, dessen Fertigstellung nach mehrjähriger Planung und vielen verschwendeten Millionen aufgegeben wurde.

Da die meisten Graffiti-Künstler in der Regel nicht besonders erpicht darauf sind, erlaubte Möglichkeiten zu nutzen, war die Wand – nicht überraschend – zu drei Vierteln unberührt. Der aufgesprühte Satz erstreckte sich nun über gut fünfzehn Meter.

Guilloux ging so nah heran, dass er mit einem Finger über die Oberfläche streichen konnte.

Sie war trocken.

Wenn man bedachte, dass es wahrscheinlich mehrere Stunden dauerte, bis die Farbe diesen Zustand erreicht hatte, konnte man davon ausgehen, dass die Schrift in der Nacht zuvor aufgebracht worden war. Das heißt, vor dem Angriff auf die schwimmenden Werbeinseln von Coullon.

»Immerhin ist es eindeutig«, kommentierte Emma, die neben ihn getreten war.

»KEINE DRITTE AMTSZEIT FÜR LEMOINE«, forderte der Text in Großbuchstaben. Wie in dem Brief, den sie einige Tage zuvor auf dem Luftweg erhalten hatten, war auch diese Nachricht mit N.A.P.A.L.M. unterzeichnet.

»Hast du das Wappen links neben dem Satz gesehen?«, fragte sie.

»Was ist das? Das ist doch das Wappen von Saint-Malo, oder?«

»Ja. Oder nein. Es ist das alte Wappen. Es zeigt nur einen Hermelin auf einem Fallgatter. Ohne die Farben Blau und Rot.«

»Weißt du, wann es verändert wurde?«

»Oh je, nein, so etwas überlasse ich Bazin und seinen Freunden!«

Der Kommissar entfernte sich ein paar Schritte, um das

Ganze auf einen Blick sehen zu können. Von hier aus konnte er weit genug schauen, um festzustellen, dass ...

Scheiße, keine Kameras in der Nähe.

»Mist!«, stieß seine Stellvertreterin zwischen den Zähnen hervor. »Aber schau mal, wer da zu Besuch kommt ...«

Zwei Männer gingen direkt auf sie zu. Der im Hintergrund war niemand anderes als Alain Le Divellec, der Hausfotograf von *Le Pays malouin*, eine ziemliche Klette, aber harmlos. Wahrscheinlich meinte Emma eher den Mann in Anzug und Krawatte, der ihm vorausschritt.

»Monsieur Dugué!«, rief Guilloux und streckte dem Neuankömmling seine Hand entgegen. »Was verschafft uns das Vergnügen?«

»Vergnügen?! Nennen Sie es lieber Verdruss, Monsieur le Commissaire. Sehen Sie sich das doch mal an! Und ich rede noch nicht einmal von den Beschädigungen am Hafen.«

Obwohl er noch recht jung war, hatte der örtliche Oppositionsführer einen Kropf, der bei jedem erregten Wort hin und her wackelte.

»Wir sind dran, glauben Sie mir.«

»Das hoffe ich sehr. Seien Sie versichert, dass ich persönlich vollstes Vertrauen in Sie und Ihre Männer habe.«

Emma verdrehte die Augen. Erst jetzt bemerkte Dugué seinen Gender-Ausrutscher.

»Andererseits kann ich dieser Inschrift leider nur zustimmen«, sagte er und richtete seinen Zeigefinger auf die Wand. »Es ist höchste Zeit, dass Monsieur Lemoine diese Stadt von seiner Inkompetenz befreit. Wir sind entschlossen, in der nächsten Stadtratssitzung die sofortige Annullierung seines Mandats und das seiner Stellvertreterin zu fordern. Und zu verlangen, dass beide darauf verzichten, sich im nächsten Frühjahr erneut zur Wahl zu stellen.«

Wieder eine Sitzung, die fröhlich zu werden verspricht, dachte Guilloux.

»Wenn Sie meinen, dass das gut für Saint-Malo ist ...«, seufzte er, allmählich gelangweilt von diesen politischen Streitereien.

»Natürlich ist es das! Lemoine und sein Team bringen unsere Stadt in Gefahr, das merken Sie selbst doch sicher am meisten. Die Einwohner von Saint-Malo haben ein Recht auf Ruhe und Sicherheit.«

»Selbstverständlich.«

Dugué setzte seine Tirade noch gut zwei Minuten lang fort. Je mehr er sich in Rage redete, desto weiter schweiften Guilloux' Gedanken ab.

So fragte er sich zum Beispiel, wer ein Interesse daran haben könnte, das Duo Lemoine-Lebreton aus dem Spiel zu nehmen, rein politisch gesehen. Der wetternde Kropf, der ihm gegenüberstand, schien ihm dafür eher nicht infrage zu kommen. Er war zu sauber, um einen solchen Guerillakrieg zu führen. Der amtierende Bürgermeister hatte zwar einige andere Gegner, aber keinen mit der Aura, dem Ego und der Finanzkraft eines ... Bernard Chauvel.

Chauvel, der sich mit einer Fernsteuerungsausrüstung an Bord nicht weit vom Ort des ersten Angriffs entfernt aufgehalten hatte. Chauvel, dessen Sohn mit dem möglichen Nitratdieb Erwan Bazin verkehrte und der offenbar VHF-Lenkungssysteme beherrschte. Chauvel, der den ersten Vorwand benutzt hatte – die Ablehnung seiner L'Eaudyssée –, um seine Kandidatur für das Rathaus anzukündigen. Hatten sie ihn zu schnell von der Liste der möglichen Schuldigen gestrichen? War der Sohn vielleicht nur der bewaffnete Arm des Vaters, der Engel seiner Apokalypse?

Genau diese Ratlosigkeit versuchte Alain Le Divellec mit dem Sucher seiner Leica einzufangen. Zusammen mit den Details des seltsamen Freskos an der Mauer.

Nur ein paar rachsüchtige Worte. Eine abstruse Unterschrift. Und ein Hermelin auf einem Fallgitter.

32

26. *September, Saint-Malo,* Java Café, *12:00 Uhr*

Häufig bemerkte man erst, wenn man mit einer Routine brach, dass sie zu einer solchen geworden war. Aber einmal ist keinmal, und so erschien die Breizh Brigade gleich nach dessen Eröffnung vollzählig im *Java Café*. Die Jüngste war ein wenig nervös, weil sie ihre Mutter und ihre Großmutter in den Laden einführen musste, der eigentlich ihr Versteck war. Besser gesagt, ihr Zufluchtsort. Mit leicht zittriger Hand stieß sie die hohe Glastür zur Straße hin auf und wurde sofort fröhlich begrüßt:

»Grüß dich, Nono! Sag mal, du hast den Typ deiner Freundinnen aber ganz schön verändert! Weiß Fanny schon Bescheid?«

Spöttisch deutete Lolo, der Wirt, mit einem Zipfel seines Geschirrtuchs auf Maggie und Louise. Énora wollte sich gerade beschweren und die Identität der beiden Frauen an ihrer Seite preisgeben, als ihre Granny sie alle überrumpelte:

»*Feckin' bollix!* Führen Sie eine Bar oder spielen Sie bei *Gossip Girl* mit?«

»Schon gut, schon gut«, brummte der Kahlgeschorene hinter seinem Tresen. »Man wird doch wohl noch ein Späßchen machen dürfen ... Oder hat Ihnen die Explosion gerade die gute Laune verdorben?«

Der Blick der Dame mit dem Stock war vernichtend: »*What* Explosion?«

Um die Stimmung zu heben, bestellte Louise eine Runde Kaffee, und das Trio setzte sich in die Ecke, in der sonst Fanny und Énora ihr Quartier aufschlugen. Mit abschätzendem Blick begutachtete Maggie die etwas seltsame Einrichtung des Lokals – bei der eine Ansammlung von mehr oder weniger kitschigem Nippes, wahrscheinlich von den verschiedensten Flohmärkten in der Region, mit LGBT-Postern wetteiferte. Nicht alles gefiel der alten Irin, aber sie musste zugeben, dass dieser seltsame Krimskrams einen unverkennbaren Charme ausstrahlte. Vielleicht war es aber auch die Rührung, einen (ihr bislang unbekannten) Teil der Intimität ihrer Nono zu entdecken.

Abgesehen von den drei Corrigan-Frauen war das *Java* noch leer. Unterwegs hatten die Leute, denen sie begegneten, über nichts anderes als den neuerlichen Sprengstoffanschlag auf den Jachthafen gesprochen. Sie selbst hatten gezögert, hinzugehen, aber nachdem sie im Krankenhaus zweimal beinah aufgeflogen wären, zogen sie es vor, das Schicksal nicht weiter herauszufordern. Die Zusendung einiger Fotos, die Alain vor Ort gemacht hatte, hatte sie in ihrer vorsichtigen Haltung bestärkt.

Die ersten Bilder entsprachen dem, was sie mit eigenen Augen an der Môle des Noires gesehen hatten: ein Zodiak, das auf verkohlten, halb untergetauchten Pontons zerschmolzen war. Zum Glück gab es diesmal keine Verletzten.

Die folgenden Bilder hingegen waren ganz neu ... »WEG MIT LEMOINE, KEINE DRITTE AMTSZEIT«.

»Und schon wieder N.A.P.A.L.M.«, rief Louise, als sie die Unterschrift auf der Wand entdeckte.

»Könnt ihr euch vorstellen, dass Erwan Bazin die GAST-Sektion von Saint-Malo umbenannt hat und die Untergrundarbeit von zu Hause aus fortsetzt?«

»*Who knows* ...«

Die Historikerin der Gruppe betrachtete das Graffiti genauer. Dabei fiel ihr noch etwas auf:

»Schaut euch mal das Wappen an ...«

»Das ist doch unser Wappen, oder? Das von Saint-Malo?«

»Ja, auf eine Art schon, aber dann irgendwie auch wieder nicht«, sprach Louise in Rätseln.

»*Bloody feck'*, Loulou!«, schimpfte Maggie und klopfte mit ihrem Gehstock auf den Kachelboden. »Hör auf mit diesen Rätseln! *Get to the point.*«

Louise fuhr mit leiserer Stimme fort:

»Das hier abgebildete Wappen ist die alte Version von vor 1822, ohne die Mastiffs und die Anker zu beiden Seiten und ohne das Stadttor oben. Bei der letzten Aktualisierung im Jahr 1948 bildete man sogar das Croix de Guerre und das Kreuz der Ehrenlegion unter dem Fallgitter ab.«

»Heißt das, dass die Hunde nachträglich hinzugefügt wurden?«

»Richtig, als Hommage an die Tradition der Wacht, fast ein halbes Jahrhundert nachdem sie 1777 abgeschafft worden war.«

»Dann könnte der Kerl, der das geschrieben hat, ein Nostalgiker sein, der sich nach dem alten Saint-Malo sehnt?«, spekulierte Maggie.

»Sieht ganz danach aus. Und wenn das stimmt, ist diese

N.A.P.A.L.M. keine bretonische Unabhängigkeitspartei, sondern ...«

»Eine, die sich Saint-Malo auf ihr Banner geschrieben hat!!!«, riefen die beiden anderen.

Das abschließende M des Akronyms könnte darauf hinweisen. Aber was sollten in diesem Fall die ersten fünf Buchstaben bedeuten?

Soweit Louise bekannt war, gab es in der jüngeren Geschichte der Stadt keine derartige Bewegung. Das jedoch schloss diese Spur nicht aus. So war das nun mal mit politischen Aktivisten: Sie schickten selten eine Vorwarnung, bevor sie sich ins Wasser stürzten.

Als Lolo ihnen die drei bestellten Kaffee servierte, sah er sie verwirrt an. Und weil er mit seinem Tablett bei ihnen stehen blieb, zeigte Louise ihm eine Aufnahme des Artikels aus *Le Pays malouin* über den historischen Vortrag von Yves-Malo Bazin. Sie deutete auf den Teenager, der als einziger seiner Altersstufe in der ansonsten recht betagten Runde auftauchte:

»Kennen Sie diesen Jungen? Er kommt öfter her, nicht wahr?«

»Durchaus«, antwortete Lolo vorsichtig.

»Das ist Élier Chauvel, richtig?«, mischte sich Énora ein.

»Richtig.«

»Kommt er eher allein oder in Begleitung?«

»Kommt drauf an. Meistens taucht er nach der Schule hier auf. Die ist nur drei Minuten zu Fuß von hier entfernt.«

»Ist manchmal ein Typ in den Fünfzigern bei ihm?«

»Nein, nie. Der einzige andere Typ, mit dem ich ihn gesehen habe, ist ein Junge in seinem Alter.«

Zwar hatten sie kein Foto von Théo Lemoine, aber die Beschreibung, die Énora und Louise von ihm gaben, deckte sich mit der Erinnerung des Barkeepers.

»Verhält er sich manchmal seltsam oder sagt seltsame Dinge, wenn er hier ist?«

»Seltsam? Keine Ahnung ... Aber ich muss sagen, dass er anders ist als meine übrigen Gäste. Und auch anders als andere Jungs in seinem Alter.«

»Nämlich wie?«

»Neulich zum Beispiel trug er einen alten Stadtplan von Saint-Malo mit sich herum und hat mir ganz stolz erklärt, dass der aus dem 15. Jahrhundert stammt.«

»Sind Sie sicher? War es nicht eher das 16.?«

»Kann sein, vielleicht ...«, gab der Barkeeper zu und fuhr sich mit einer Hand über den haarlosen Schädel.

Maggie und Énora starrten Louise an wie eine Außerirdische. Die kleinen Eigenheiten der Lehrerin führten häufig zu solchen Reaktionen, sogar bei ihren engsten Verwandten.

»15. oder 16. Jahrhundert, was macht das für einen Unterschied?«, ärgerte sich Maggie.

»1590, sagt euch das nichts?«

Die beiden anderen zuckten ahnungslos mit den Schultern.

»Pfft ... Euch kann man wirklich nicht als echte Malouins bezeichnen. Von 1590 bis 1594 war Saint-Malo eine vom Königreich Frankreich abgetrennte Republik. Es war der einzige Zeitraum in der Geschichte, in dem die Stadt politisch unabhängig war. Zugegeben, das war nicht sehr lange, aber abgesehen von Paris und seiner kurzlebigen Kommune im Jahr 1871 gibt es in unserem Land nur wenige andere Städte, die das von sich behaupten können.«

Die Breizh Brigade verdaute die Nachricht noch, und Lolo machte sich schon wieder auf den Weg hinter seinen Tresen, als Louise ihm nachrief:

»Ach übrigens: Spricht Élier manchmal eine fremde Sprache?«

»Meinen Sie Bretonisch?«

»Das oder etwas anderes, egal.«

»Hier jedenfalls nicht. Allerdings weiß ich, dass er eine zweisprachige Klasse besucht.«

Zweisprachig?

Eine kurze Online-Recherche genügte, um herauszufinden, dass Éliers Schule bis zum Abitur Unterricht in zwei Sprachen anbot: Französisch ... und Gallo!

»Das darf doch nicht wahr sein!«, schnaufte Énora. »Daher also dieses schräge Bretonisch des ersten Bekennerschreibens! Das ist Gallo!«

»Warte mal, übertreib es nicht gleich ...«

Die im Internet verfügbaren Quellen zum Thema Gallo waren nicht besonders zahlreich. Es gab keine automatischen Übersetzer, sondern nur eine Handvoll Teillexika mit sehr begrenztem Wortschatz. Der reichte jedoch aus, um Énoras Hypothese zu bestätigen.

Die dem Bretonischen recht ähnliche Sprache der ersten Nachricht von N.A.P.A.L.M. war tatsächlich Gallo. Eine Sprache, die heute nur noch von einer Handvoll Menschen gesprochen wurde. Und zu diesen gehörte Élier, der Stiefsohn von Sènnt, und Tinns älterer Bruder. Eine echte Gallo-Ahnenreihe.

»Du hast nicht zufällig seine Nummer?«, wagte Nono sich vor.

»Nein.«

»Hast du vielleicht eine Idee, wo wir ihn finden könnten, außer hier und in der Schule?«

»Keine Ahnung. Du weißt doch, ich stehe eher auf ›alte Böcke‹ als auf junges Gemüse. Und selbst wenn ... Es ist nicht meine Art, meinen Gästen nachzusteigen.«

»Fällt dir wirklich nichts ein?«

»Warte, doch ... Die beiden Jungs haben über ihre Segelschule gesprochen. Der Laden von Yvon in Bon-Secours. Wenn ich sie richtig verstanden habe, ist das der einzige Ort, an dem sie in aller Ruhe herumknutschen können.«

Oh ja, die herrliche Enge von Booten auf hoher See! In Maggies Erinnerung tauchten sehr emotionale Bilder auf. Ihr eigener alter Bock hatte sie an Bord der *L. T. Meade* mehr als einmal in seinen Armen aus der Fassung gebracht.

Doch die Erkenntnis brachte sie nicht weiter. Sie hatten sich schon einmal in der Nähe der Hütten der Corsaires Malouins versteckt, dort aber nur Théo angetroffen. Und so, wie es aussah, ahnte dieser nichts von den dunklen Machenschaften seines Freundes. Was nun Élier anging, so war zu erwarten, dass er sich in Zukunft sehr zurückhalten würde.

»Das Segeln ist übrigens nicht die wahre Leidenschaft des Jungen«, fügte Lolo hinzu.

»Aha, was denn sonst?«

»Fliegendes Spielzeug. Ich glaube, er ist sogar in einem Club.«

»Moment mal ... Reden wir hier immer noch von Élier Chauvel? Er fliegt Drohnen?«

»Na ja ... Ich glaube schon.«

Die Breizh Brigade konnte es nicht fassen.

Die an Bord der der *Sisyphos* gefundenen Geräte, aber auch die Drohne, die sie auf Cézembre ins Visier genommen hatte, gehörten also dem Sohn Chauvel und nicht dem Vater? Tatsächlich hatten sie noch keine Zeit gehabt, die am Strand eingesammelten Plastik- und Metallteile, die sie auf dem Dachboden des *Manoir* aufbewahrten, genauer zu untersuchen.

Aber auch wenn Élier Chauvels Motiv immer noch fadenscheinig erschien – nämlich Francis Lemoine dafür zu bestrafen, dass er seinen jungen Geliebten von ihm fernhielt – und auch, wenn das Énora nicht gefiel, passte alles andere wunderbar zusammen: die Fähigkeit, Drohnen und Katamarane zu steuern, das Beherrschen der Sprache Gallo, die historischen Bezüge, die Verheimlichung des Attentats vor Théo Lemoine, die tiefe Verbundenheit mit Saint-Malo ... Blieb zu klären, wie ein Junge wie er an den im Hafen entwendeten Sack mit Ammoniumnitrat gelangen konnte, und wie er gelernt hatte, mit dem Sprengstoff zu hantieren.

Außerdem galt es herauszufinden, wie ein gewöhnlicher, rebellischer Jugendlicher zum Terroristen hatte werden können. War sein Umgang mit dem Unabhängigkeitsaktivisten Erwan Bazin dafür verantwortlich?

33

Saint-Malo, Porte Saint-Vincent, später Mediathek
La Grande Passerelle

Tatsächlich gab es in der näheren Umgebung von Saint-Malo keinen Verein für Drohnenflieger. Der nächstgelegene befand sich in Plerguer, eine halbe Stunde südlich der Korsarenstadt in Richtung Rennes. Ein Paradoxon, wenn man um die starke Affinität der Region zu dieser Disziplin wusste – 2017 hatte ein Sechzehnjähriger aus Saint-Malo tatsächlich den Titel des französischen Juniorenmeisters im Drohnenfliegen errungen und kurz darauf den dritten Platz bei den Weltmeisterschaften belegt.

»Ja natürlich. Élier«, bestätigte der Mitarbeiter des AMC Côte d'Émeraude am Telefon. »Er ist seit mindestens zwei Jahren Mitglied. Ein herausragendes Mitglied. Höflich, pünktlich und vor allem sehr talentiert. Er könnte sein Vögelchen mit geschlossenen Augen fliegen lassen.«

Na dann …

Ein weiterer Anruf, diesmal im Lycée l'Institution, bestätigte die Vermutung, die sie seit dem Verlassen des *Java Café* beschäftigte: Élier Chauvel schwänzte seit einer guten Woche ohne Entschuldigung den Unterricht. Als hätte er sich in Luft aufgelöst. Der junge Mann war nicht nur telefonisch nicht erreichbar, zudem hatten sich weder sein Vater noch seine Stiefmutter, Bernard und Sènnt Chauvel, dazu herabgelassen, auf die Voicemails der Schulleitung und des Direktors zu antworten.

»Angesichts des Verhaltens dieser Frau in der Schule wundert mich das nicht«, meinte Louise. »Sie ist eine extrem hochnäsige Person.«

»Gut und schön, aber was sollen wir machen, um ihn zu finden? Sollen wir Guilloux einen Tipp geben und darauf warten, dass die Polizei sein Telefon ortet?«

»*Holy feck' de bleedin',* Scheiße, *no!*«, fluchte Maggie leise. »Zum einen, weil sie uns auf keinen Fall noch einmal zuvorkommen sollen ...«

Drei Monate zuvor hatte sich die Breizh Brigade in einem anderen Fall ihren Vorsprung schon einmal von dem Kommissar und seinen Leuten wegschnappen lassen.

»... Außerdem bezweifele ich, dass der Junge so dumm ist, sein normales Smartphone weiter zu benutzen. Wenn er ebenfalls abgehauen ist, hat er bestimmt seine SIM-Karte vernichtet.«

»Also ich würde es ja machen«, sagte Louise. »Siehst du denn andere Möglichkeiten, ihn aufzuspüren?«

Das Trio war von der Rue Sainte-Barbe bis zur Porte Saint-Vincent geschlendert, dem Haupteingang in die befestigte Stadt. Wie so oft, wenn sie innerhalb der Stadtmauern unterwegs waren, hatten sie Maggies alten Käfer, die unermüdliche Lilybeth, auf dem Parking de la Galère ganz in der Nähe abgestellt.

Es hatte leicht zu nieseln begonnen, und sie suchten Schutz unter einem der beiden großen Torbögen.

»Erwan Bazin.«

»Der Bruder von Yves-Malo? Der Archivar? Ein bisschen riskant, oder? Alles, was wir über ihn wissen, ist, dass er mal in der Unabhängigkeitsbewegung aktiv war und dass er im selben Geschichtsverein ist wie der Sohn von Chauvel.«

»*It's better* als gar nichts, oder?«

»Na toll! Und wie kriegen wir den in die Finger?«, fragte Énora herausfordernd.

Natürlich war kein Erwan Bazin im Telefonbuch zu finden. Auch bei der Eingabe des Namens in eine Suchmaschine wurden weder Adresse noch Kontakte angezeigt. In den wenigen Artikeln, in denen er erwähnt wurde, ging es entweder um seine frühere Mitgliedschaft in der GAST oder um seine Aktivitäten in der AHSM. Es gab keinen Hinweis darauf, wo er sich hier und jetzt aufhielt.

Glücklicherweise jedoch gab es im *Le Pays malouin*, dieser unerschöpflichen Quelle für lokale Informationen, täglich einen Terminkalender, in dem die meisten Veranstaltungen in und um Saint-Malo notiert waren. So wurde in der aktuellen Ausgabe auf einen historischen Vortrag von Yves-Malo Bazin hingewiesen, der am selben Tag um 14:00 Uhr in der Mediathek La Grande Passerelle stattfinden sollte, im Viertel rund um den Bahnhof. In Ermangelung des jüngeren Bruders könnte ihnen vielleicht der ältere weiterhelfen …

»Das ist in zwanzig Minuten!«, rief Louise. »Wenn wir nicht trödeln, kommen wir vielleicht noch rechtzeitig.«

Mit Lilybeth war es nur eine Kurzstrecke. Die wellenförmige Silhouette des großen Gebäudes lag nur einen knappen Kilometer von der Altstadt entfernt am Ende der Avenue Louis-Martin. Die Mediathek nahm fast die gesamte Breite eines von modernen Wohnhäusern umgebenen Platzes ein.

271

Im Jahr 2014 hatte der Bau dieses Kulturzentrums mit seiner avantgardistischen Architektur wie so oft für einige Aufregung in der Öffentlichkeit gesorgt. Doch in den folgenden Jahren hatten die Bewohner den Ort angenommen, und die Bibliothek sowie die drei Kinosäle des Vauban 2 waren gut besucht.

Am Eingang eines der Kinosäle, der für diesen Anlass in ein Auditorium umgewandelt worden war, entdeckten die Corrigans den Referenten, der sich mit seinen »Fans« unterhielt, die alle im reiferen Alter waren. »Jacques Cartier und seine Nachkommen?«, stand auf dem Plakat mit der Ankündigung seines Vortrags.

»Mannomann, interessiert das wirklich jemanden?«

Wie aus der Pistole geschossen antwortete Énoras Mutter:

»Wenn du ein bisschen auf die Details achten würdest, anstatt rumzumosern, wäre dir das Fragezeichen hinter dem Titel des Vortrags aufgefallen.«

»Ja und?«

»Offiziell hatte Jacques Cartier keine Kinder mit seiner Ehefrau Catherine des Granges. Die Frage ist also, ob man bei dem berühmtesten Mann von Saint-Malo von Nachkommenschaft sprechen kann oder nicht. Entschuldige, aber ganz im Gegenteil zu dir finde ich das Thema sehr spannend.«

Maggie kümmerte sich nicht um die kleine Streiterei und bahnte sich mit ihrem Gehstock einen Weg zum Star des Tages. Kokett strich sie sich eine graue Strähne hinters Ohr und sprach den Mann mit der Brille an:

»Yves-Malo, *my dear*, wie geht es dir?«

Zwischen Tochter und Enkelin entspann sich sofort ein stummer Dialog. *Sie kennt ihn? Sag bloß nicht, dass sie auch mit dem geschlafen hat!*

»Grüß dich, Maggie, ganz schön lange her … Tut mir

leid, dass ich nicht zum Gottesdienst für Constant kommen konnte. Am Samstag um diese Zeit haben wir unsere Generalversammlung abgehalten. Wusstest du übrigens, dass die Mitgliedschaft bei uns auf Ehepartner übertragbar ist? Deine wartet seit fast zwanzig Jahren in unserem Büro auf dich.«

Das also war des Rätsels Lösung: Constant Corrigan war Mitglied des von Bazin geleiteten Geschichtsvereins gewesen. Wahrscheinlich kein besonders eifriges, denn weder Louise noch Énora hatten im *Manoir* je von ihm gehört.

»Einundzwanzig«, korrigierte Maggie. »Aber ich fürchte, sie wird noch ein paar Jahre auf mich warten. Kommt ganz auf die richtige Motivation an«, fügte sie mit einem anzüglichen Blick hinzu.

»Ah, nun ja …«

»Ich spreche doch nicht von dir, du Schlingel! Allerdings habe ich gehört, dass ihr *nowadays* sehr junge Leute anwerbt.«

»Meinst du Élier? Élier Chauvel?«

»Genau! Er ist der Schützling deines Bruders, nicht wahr?«

Mit einem Schlag verschloss sich ihr bisher vollkommen entspannter Gesprächspartner, reagierte jetzt defensiv, die buschigen Brauen über seinen großen runden Augen waren gerunzelt.

»Könnte man so sagen.«

»*Well*, machst du dir keine Sorgen um den Kleinen?«

»Warum sollte ich?«

»*Your brother* Erwan war immerhin Aktivist bei der GAST, *wasn't he?* Er und Françoise Arhouet träumten doch von einer bretonischen Revolution?«

Nono und Loulou standen nur wenige Schritte von ihnen entfernt und beobachteten bewundernd Maggies Taktik. Sie stellte dem Mann eine Falle. Von den drei Frauen war Maggie bei Weitem die talentierteste, wenn es darum ging, Verhöre zu führen, vor allem informelle, bei denen die ausgefragte Person nichts von ihren Absichten wusste.

»Jugendlicher Leichtsinn«, versuchte Bazin zu verharmlosen. »Sie waren verliebt und haben sich gegenseitig hochgeschaukelt.«

Mir nichts, dir nichts hatte er die Existenz einer früheren Beziehung zwischen seinem Bruder und der Frau bestätigt, die später Madame Lemoine geworden war.

»Für ihn ist das alles längst vorbei«, fügte er hinzu. »Er hat seinen Weg gefunden. Politisch, meine ich. Heutzutage kämpft er eher um die Erhaltung des Kulturerbes und der Umwelt. Was genau unserer Linie bei der AHSM entspricht.«

»*Like* ... dann seid ihr also gegen Bernard Chauvels Projekt L'Eaudyssée?«

»Unter anderem«, wich er aus.

Das plötzliche Auftauchen der beiden anderen Corrigan-Frauen neben ihnen entlockte dem alten Historiker vor Überraschung einen Seufzer, als würde er Luft ablassen.

»Und was macht Ihr Bruder heute so?«, erkundigte sich Énora.

»Er arbeitet halbtags als Angestellter des Vereins. Als Chefarchivar. Aber ich wüsste nicht, was Sie das ...«

Ein bedeutsames Wort für einen Job, der eher bescheiden schien.

»Seit wann?«, unterbrach Énora ihn.

»Seit er im Hafen gekündigt hat«, antwortete er, schien seine Worte aber sofort zu bereuen. »Das war vor etwa sechs Monaten.«

Im Hafen? Stumm blickten die Frauen sich an.

»Was hat er dort gemacht?«

»Nichts Besonderes. Es war Lagerarbeiter.«

Mit anderen Worten: Er hatte direkten Zugang zu den auf

den Docks gelagerten Beständen. Ein potenzieller Ammoniumnitratdieb ...

»Sind Sie jetzt mit Ihrem FBI-Verhör fertig?«, versuchte Bazin mit grimmigem Gesichtsausdruck zu entkommen.

Er öffnete schon die Tür zu Raum 3, um seine Schäfchen mit seinem enzyklopädischen Wissen über die Unfruchtbarkeit von Jacques Cartier zu erfreuen.

»Moment!«, hielt Louise ihn in letzter Sekunde zurück. »Nur noch eine letzte Frage.«

»Was ist denn noch? Wollen Sie ein Buch über meinen Bruder schreiben, oder was?«

»Spricht Ihr Bruder Erwan Gallo?«

»Nein, nicht dass ich wüsste.«

»Sind Sie sich da sicher?«

»Ganz sicher. Vor ein paar Monaten hat er den kleinen Chauvel gebeten, ihm alte, in Gallo verfasste Texte zu übersetzen. Der Junge ist sehr versiert darin. Er spricht es sogar fließend. Aber dürfte ich fragen, was Sie mit diesen Dingen zu tun haben?«

34

Saint-Malo, verschiedene Örtlichkeiten, am Nachmittag

»Ich glaube, ich habe die Lösung ...«

»Um Erwan Bazin zu finden?«

»Sozusagen. Um an seine Adresse zu kommen.«

Mit Yves-Malos kategorischer Weigerung, sie ihnen zu geben, schwanden die Möglichkeiten. Aber Louise sprudelte geradezu vor Ideen, wie sie die beiden Verdächtigen Erwan Bazin und Élier Chauvel aufspüren könnten. In Anbetracht der Situation würde die Lokalisierung von einem der beiden wahrscheinlich zu dem anderen führen. Die kriminelle Komplizenschaft zwischen dem Drohnenexperten und dem Archivar war nicht mehr zu leugnen.

»Wenn du jetzt wie Janot behauptest, dass deine fliegenden ›Schätzchen‹ ihn aus der Luft orten können«, grummelte Maggie mürrisch, »dann stopfe ich dir eigenhändig das komplette Telefonbuch in den Mund.«

»Gedruckte Telefonbücher gibt es seit 2020 nicht mehr.«

»*Never mind*«, gab Maggie zurück und wirbelte ihren Stock herum. »Ich finde schon etwas anderes.«

Nachdem sie die Mediathek verlassen hatten, ließen die drei Frauen Lilybeth stehen und spazierten eine Weile auf der Avenue Moka in Richtung Meer. Sie durchquerten das Viertel Rocabey und kamen am gleichnamigen Friedhof vorbei, wo der geliebte Constant begraben lag. Einen Moment lang schwiegen sie andächtig.

»Also«, begann Énora schließlich. »Wie lautet deine geniale Idee?«

Sie hatten gerade die Chaussée du Sillon erreicht. An diesem Nachmittag waren auf dem zementierten Damm entlang des ausgedehnten Strandes nur eine Handvoll älterer Spaziergänger und Jogger unterwegs. Jetzt, da Flut war, leckten die smaragdgrünen Wellen über den Sand bis an die Steine. Auf den Nieselregen war eine seltsame Aufhellung gefolgt, die den Himmel in zwei deutliche Abschnitte teilte: klar am Horizont, tintenschwarz über ihren Köpfen.

»*Le Pays malouin* ...«

»Was ist damit?«

»Wenn ich an seine Aktivitäten denke, wäre ich erstaunt, wenn unser Freund Bazin nicht Abonnent der Tageszeitung wäre. Und sei es auch nur probe- oder zeitweise gewesen ...«

»Papa könnte ihn in der Datenbank der Abonnenten finden!«, frohlockte ihre Tochter.

»Ganz genau.«

Ein kurzer Anruf bei Alain genügte, damit er ihren Wunsch erfüllte, dabei zog sein Stottern den Prozess nur unwesentlich in die Länge.

»Rue du Ponant Nummer 23«, verkündete Louise stolz, nachdem sie aufgelegt hatte.

»Das ist doch in La Découverte, oder?«

Énora hatte recht. Die Rue du Ponant, gesäumt von Gebäuden aus den sechziger Jahren, befand sich in der Nähe des Einkaufszentrums von La Découverte. Dieses Viertel von Saint-Malo hatte den traurigen Ruf, ein Epizentrum für Dealer und Schmuggler aller Art zu sein. Maggie zögerte, ihre fesche Lilybeth dort zu parken.

»*Holy feck, this place is giving me the heebie-jeebies*«, rief sie.

»Nun sag bloß nicht, dass du zum ersten Mal hier bist?«

Maggie antwortete nicht, aber ihr Blick und ihre Kopfhaltung verkündeten ein tiefes Misstrauen und sogar einen gewissen Ekel. Trotz ihrer Kindheit in sehr einfachen Verhältnissen erschien ihr das Baltimore ihrer frühen Jahre wie ein Paradies im Vergleich zu diesem grauen, würfelförmigen Elend.

An dem Haus mit der Nummer 23, an einer von zwei blauen Türen, die in ein vierstöckiges Gebäude führten, fanden sie eine Sprechanlage mit einem Dutzend Namen.

»Bazin, dritte links«, zischte Louise und drückte auf den Knopf.

Wie erwartet erhielten sie keine Antwort.

»So, jetzt bin ich dran, mal ein bisschen smart zu sein«, meinte Maggie.

Mit diesen Worten klingelte sie bei der Hausmeisterin, die ihnen sofort die Tür öffnete. Eine Frau in den Fünfzigern mit strähnigem Dutt und einer altmodischen Bluse begrüßte sie in der Eingangshalle, wo sich die Briefkastenreihen befanden.

»Guten Tag, *my family* und ich haben die *Flat* von Mister Bazine gemietet. *You know, on Airbnb*?«

Um einigermaßen glaubwürdig die Touristin darzustellen, hatte Maggie ihren Akzent und die systematische Verwendung von Anglizismen übertrieben.

»Bazine ... Ach so, Sie meinen Monsieur Bazin! Er hat Ihnen seine ...?«

Die Frau wollte gerade »Bruchbude« sagen, hielt sich aber

in letzter Sekunde zurück. Sicher gab es nicht viele Urlauber, die in dieser Gegend Ferien machten.

»Ja, Mister Bazine! *We booked his flat* für zwei Nächte. *But he doesn't answer our calls*, und er scheint *right now* auch nicht zu Hause zu sein.«

»Nein, ich habe Monsieur Bazin seit mindestens gestern Morgen nicht mehr gesehen.«

Nono stand ein paar Schritte hinter ihnen und tippte auf ihrem Telefon herum, um es schließlich der verwirrten Hausmeisterin zu präsentieren:

»*Look! This is our booking on Airbnb.*«

Zur Unterstützung ihrer Großmutter hatte sie innerhalb kürzester Zeit mit Photoshop eine falsche Buchung gebastelt.

Noch etwas misstrauisch beäugte die Tussi den gefälschten Eintrag, überprüfte Datum, Name und Adresse und musste dann einsehen:

»Nun gut. In diesem Fall, und weil es mit ihm und dem Anbieter so abgesprochen ist ... Dann darf ich Ihnen wohl einen Satz Schlüssel anvertrauen.«

»*Wonderful, thank you so much! You're an angel!*«

Die Frau errötete leicht, verschwand mit der Geschwindigkeit eines gejagten Insekts in ihre Höhle und kam samt Schlüsselbund wieder heraus.

Nachdem sie die Tür aufgeschlossen hatten, konnten sie die Verwunderung der Hausmeisterin über die vermeintliche Abmachung mit Erwan Bazin verstehen. Der Geruch nach abgestandenem Bier und fauligem Gemüse überfiel sie noch vor dem ersten Schritt auf dem verquollenen Parkett. Der Rest war nicht besser: ein einziges Durcheinander, in dem sich Schichten von Schmutz und Unordnung hoffnungslos übereinanderstapelten. Schlimmer konnte man sich die Wohnung eines alleinstehenden Mannes kaum vorstellen. Mit wenigen Worten teilten sie die Erkundung der drei Zimmer untereinander auf.

In der Büroecke des Wohnzimmers zog Louise unter wackeligen Stapeln alter Papiere eine beeindruckende Anzahl von Dokumenten hervor, die mit der Republik Saint-Malo zu tun hatten. Das zeigte klar, wie sehr der Wohnungsinhaber auf dieses Thema fixiert war. Als weiteren Beweis fand sie zudem einen Entwurf für eine Art Manifest, das Bazin eigenhändig unterschrieben hatte: »Nicht Franzose, nicht Bretone, ich bin aus Saint-Malo« lautete der Titel des etwa fünfzigseitigen, maschinengeschriebenen Pamphlets. Der Einleitung zufolge, die Louise kurz überflog, entwickelte der Autor darin sogar eine strategische Argumentation, mit der Saint-Malo seine verlorene Unabhängigkeit wiedererlangen sollte.

Im Schlafzimmer fiel Nono eine Sammlung von Schiffsmodellen auf, alles Jachten, die an der Route du Rhum teilgenommen hatten. Noch interessanter war eine Styropor-Nachbildung der kürzlich zerstörten Werbepontons, die in der Mitte des ungemachten Bettes stand wie eine maßstabsgetreue Simulation des Schauplatzes des zweiten Anschlags.

Doch den Höhepunkt des Ganzen entdeckte Maggie in der von ihr inspizierten Küche. Mit Papiertaschentüchern bewehrt, förderte sie mehrere luftdicht verschlossene Behälter zutage, in denen sich ein weißliches Pulver befand.

»*Holy fuck*«, brummte sie, nachdem ihr ein entsprechendes Duftwölkchen entgegengeweht war. »Ammoniumnitrat.«

Ammoniumnitrat galt zwar als geruchlos, verströmte aber dennoch einen leichten Ammoniakgeruch. Maggie hatte ihn in der URALCHEM-Tasche, die sie vor Cézembre aus dem Meer gefischt hatten, noch ganz leicht gerochen und war sich sicher, ihn auch hier erkannt zu haben.

»Das erratet ihr nie!«, riefen sie alle drei, als sie sich im Flur trafen. An den Wänden hingen vergilbte Fotos von Erwan Bazin während seiner Zeit bei der GAST. Viele von ihnen zeigten ihn an der Seite von Françoise Arhouet, beide noch jung und oft eng umschlungen – Überbleibsel eines längst nicht mehr existenten Paares.

Doch obwohl alles Bazin zu belasten schien – der Sprengstoff, der taktische Plan, die sezessionistischen Ambitionen –, blieb die Frage nach seinem Motiv unklar.

»Was glaubt ihr?«, spekulierte Louise laut, »tut er das alles, um Saint-Malo die Unabhängigkeit zurückzugeben?«

Die im zweiten Bekennerschreiben formulierte Forderung ging in diese Richtung. Weg mit Lemoine und der bestehenden Ordnung.

»Oder will er sich nur an dem Mann rächen, der ihm seine damalige Freundin weggeschnappt hat?«

»Vielleicht beides«, schlug Maggie vor. »Vielleicht ist er verrückt genug, zu glauben, dass er Françoise zurückgewinnen kann, indem er unserer schönen Stadt wieder zu Größe verhilft.«

»Aber was hat Élier mit alldem zu tun? Er war noch nicht einmal geboren, als die beiden ein Paar waren.« Was das Zusammenspiel zwischen den beiden Männern, dem Heranwachsenden und dem über Fünfzigjährigen betraf, herrschte zugegebenermaßen noch dichter Nebel. Ihre Komplizenschaft lag mittlerweile auf der Hand, der Grund dafür allerdings nicht leicht zu verstehen. Stimmte Élier Chauvel den separatistischen Wahnvorstellungen von Erwan Bazin zu? Oder war er nur von dem Wunsch besessen, den Vater seines Liebsten, des jungen Théo, zu bestrafen?

Was Lolo vom *Java Café* ihnen über die Karte im Besitz des Gymnasiasten erzählt hatte, deutete auch in seinem Fall auf eine Verflechtung zwischen privaten Motiven und gesellschaftlichen Idealen hin. Wie Bazin schien er die beiden Bereiche zu vermischen und mit seinen Überzeugungen und Gefühlen völlig durcheinandergeraten zu sein.

Bevor sie die Wohnung verließen, fotografierten sie noch so viele Beweise wie möglich. Als sie diese zweite Runde gerade beendet hatten, rief Maggie aus dem Wohnzimmer:

»Blimey O' Riley! Watch this!«

Der Pappordner in ihren Händen mit der schlichten Aufschrift »Die Nächsten« enthielt Katasterpläne von mehreren Standorten im Großraum Saint-Malo. Insgesamt waren es drei.

New targets, schlussfolgerte sie logisch.

Die ersten beiden dieser Ziele waren nicht wirklich überraschend – der Hauptsitz der Chauvel-Gruppe in Paramé und die Unterpräfektur von Ille-et-Vilaine –, aber das dritte haute sie beinahe um. Maggie stützte sich mit ihrem gesamten Gewicht auf ihren Stock in dem Versuch, ihr Gleichgewicht zu halten.

Sie hatten die ganze Zeit geglaubt, es sei James Hillbie, der sie ins Visier genommen hatte, doch stattdessen ...

»Aber ... das ist unser Haus!«, japste Énora hinter ihr. »Das ist das *Manoir*! Nicht zu fassen! Diese Arschlöcher wollen auch uns in die Luft sprengen!«

Fühlten sich die angehenden Terroristen von der Breizh Brigade bedroht? Hatte Théo Lemoine seinem Freund nach ihrem Besuch in Bon-Secours zu viel erzählt?

Da das *Manoir* gut sechs Kilometer Luftlinie vom Meer entfernt lag, kam ein explosives Zodiak für ein Attentat nicht infrage. Auf der Skizze waren jedoch mehrere Linien zu sehen, die auf das elegante Gebäude aus dem 18. Jahrhundert zuliefen, und zwar in Bahnen, die mit den existierenden Straßenverläufen nichts zu tun hatten.

»Drohnen!«, keuchte Louise. »Dieses kleine Arschloch will uns mit seinen verdammten Drohnen bombardieren!«

»*Motherfucker* ...«

Énora riss ihrer Großmutter die Skizze aus der Hand, drehte sie um, entzifferte das Datum, das mit Bleistift in eine Ecke gekritzelt war, und fragte dann mit tonloser Stimme:

»Habt ihr morgen schon etwas vor?«

»Eigentlich nicht, wieso?«

»Umso besser! Denn offenbar ... droht Mittwoch Gefahr!«

Gezeitentabelle
für Saint-Malo

27.September	
Ebbe	03:33 Uhr
Flut	08:56 Uhr
Ebbe	15:47 Uhr
Flut	21:08 Uhr

35

Mittwoch, 27. September, in der Nähe des Manoir des Corrigan

Wenn sich eine Ermittlung dem Ende näherte und sich ein kriminelles Muster abgezeichnet hatte, war es häufig so, dass die Flut an Beweismaterial mehr Verwirrung stiftete als sie Klarheit schaffte. Vor allem dann, wenn sich die Herkunft der Beweisstücke als zweifelhaft erwies.

Nachdem ein gewöhnlicher Pizzabote am Abend zuvor einen an »Monsieur le Commissaire« adressierten Umschlag in seiner Tasche entdeckt hatte – er würde sich noch lange fragen, wie der Umschlag ohne sein Wissen in seine Tasche gelangt war –, hatte Christophe Guilloux den Umschlag zunächst nur widerwillig entgegengenommen und dann mehr als eine Stunde verstreichen lassen, ehe er sich mit dem Inhalt befasste.

Im Nachhinein musste er jedoch zugeben, dass dieser wirklich aufschlussreich war. Obwohl der Brief keine Unterschrift trug, erkannte er die Handschrift der geheimnisvollen Breizh Brigade, die ihn seit einigen Monaten mit erstklassigen Informationen versorgte. Auf einer einfachen gelben Haftnotiz stand in runder, fast kindlicher Schrift: »Bei Erwan Bazin«. Ein Foto des Gebäudes mit der Nummer 23 in der Rue du Ponant und eines von seinem Namen auf der Gegensprechanlage bestätigten die Adresse.

Was nun den Rest anging …

Hätte man im historischen Themenpark Puy du Fou die Werkstatt eines kleinen Unabhängigkeitsterroristen nachbauen wollen, hätte man sich an dieser Wohnung orientieren können.

»Hm, die Nitratrückstände müssen wir trotzdem mit den Analysen des Labors von der Tasche und den Ablagerungen auf dem Hobie vergleichen. Beantragst du bitte bei Le Cam einen Durchsuchungsbeschluss?«

»Ist schon so gut wie erledigt.«

Doch trotz der vielen belastenden Details – des Styropor-Modells der schwimmenden Werbung, der Pläne mit neuen Zielen, des von Bazin unterzeichneten politischen Glaubensbekenntnisses – fehlte immer noch ein logisches Bindeglied. Eines, das den Archivar unzweifelhaft mit dem jungen Élier Chauvel in Verbindung brachte. Kein Gegenstand, der in der Rue du Ponant gefunden wurde, trug dessen Handschrift oder auch nur einen Hinweis auf ihn; es gab nichts, was eine Komplizenschaft bewies.

Nach den Fotos des Jungen im Internet zu urteilen, entsprach seine schlanke Figur der des Diebes im Hafen oder der des Mannes an Bord des Hobie 14, des Geisterkatamarans, von dem aus wahrscheinlich der Angriff auf Lemoine erfolgt war. Die Beziehung zwischen diesen beiden, scheinbar durch nichts verbundenen Männern – abgesehen vielleicht von der gemeinsamen Leidenschaft für die Geschichte von Saint-Malo und dem gemeinsamen Alibi für den Zeitpunkt des Attentats – zeichnete sich erst nach und nach ab: die Verflechtung von privaten und politischen Motiven, die Instrumentalisierung des Jüngeren durch den Älteren, wobei Bazin für die Ideologie, Chauvel für die Logistik und die Aktion stand ... Trotzdem konnten die beiden Kriminalbeamten bisher noch nicht den Finger auf die genauen Details dieses Gefüges und die exakten Zusammenhänge legen.

Kurz nach Mitternacht hatte Guilloux eine offizielle Fahndung nach beiden Männern eingeleitet, denn natürlich hatte die Ortung ihrer Smartphones nichts ergeben. Wahrscheinlich hatten sich Erwan Bazin und Élier Chauvel längst aus dem Staub gemacht, weil sie wussten, dass sie verdächtigt wurden, und ihre Telefone ausgeschaltet (und jede andere digitale Präsenz gekappt).

Waren sie gemeinsam geflohen? Oder war jeder von ihnen auf eigene Faust losgezogen, wie die Funde in Bazins Haus vermuten ließen? Würden sie die Androhungen in dem Ordner mit der Aufschrift »Die Nächsten« in die Tat umsetzen?

Bernard Chauvel gab auf Nachfrage zu, dass er seinen Sohn seit mehreren Tagen weder gesehen noch von ihm gehört habe. Genau genommen seit Freitagabend, dem 22. September, dem Tag vor seiner letzten Ausfahrt mit der Jacht.

#

»Was soll das heißen ... evakuieren?«

Dodik Cadious Gesicht wurde noch röter als sonst, und ihr grauer Bob zuckte hektisch. Sie betrachtete den Beamten, der sie in aller Herrgottsfrühe aufforderte, ihr Haus zu verlassen, wie einen dieser unliebsamen Drücker, über die sie sich immer so aufregte.

»Aber woher wollen Sie überhaupt wissen, dass Gefahr im Verzug ist?«, entrüstete sie sich.

Sie schien gekränkt, diesmal nicht der Urheber der Warnung zu sein.

»Dazu darf ich Ihnen keine Auskunft geben, Madame. Ich kann Ihnen lediglich sagen, dass wir die Drohung sehr ernst nehmen. Und dass zu Ihrer eigenen Sicherheit ein sofortiges Verlassen Ihres Hauses zwingend erforderlich ist. Sie müssen meinen Kollegen zu den Lieferwagen am Ende der Straße folgen.«

»Das waren doch wieder diese Schlangen aus dem *Manoir*, nicht wahr? Sie bringen uns nur Unglück! Sie waren das!«

Mit einem vor Zorn zitternden Zeigefinger deutete sie auf das von der aufgehenden Sonne beschienene Herrenhaus auf der gegenüberliegenden Straßenseite. Von einer Handvoll Uniformierter begleitet, verließen die Bewohner des Gästehauses das Gelände durch das hohe, halb offene Tor. Einige von ihnen waren noch im Schlafanzug, und alle hielten sich ruhig an die Anweisungen.

Weder sie noch Dodik bemerkten die drei Corrigan-Frauen in einem schwarzen, nicht weit entfernt geparkten Zivilfahrzeug.

»Es wird schon alles gut gehen«, versuchte Emma Lobo, die bei ihnen saß, sie zu beruhigen.

»Trotzdem. Stehen wir nicht etwas zu nah am Ziel?«

Louise verzog das Gesicht. Insgeheim nahm Maggie Anstoß daran, dass ihre Tochter ihr geliebtes *Manoir* als Ziel bezeichnete.

»Wie schon gesagt, der Kommissar und ich glauben nicht, dass sie angreifen. Die Verdächtigen wissen wahrscheinlich längst, dass wir sie enttarnt haben, und werden kein solches Risiko eingehen. Aber wenn sie tatsächlich dumm genug sind, sich mit uns anzulegen, haben wir das hier, um es mit ihnen aufzunehmen.«

Sie wies mit dem Finger aus dem Fenster. »Das hier« war ein seltsamer Lieferwagen mit einer Antenne auf dem Dach, der ununterbrochen in der Rue du Puits-Sauvage hin und her fuhr.

»*What's that shit?*«

»Ein Peilfahrzeug. Auf gut Deutsch: ein Detektor für UHF- und VHF-Frequenzen. Wenn eine Fernbedienung Navigationsbefehle für eine Drohne in dieser Gegend hier aussendet, auch wenn sie kilometerweit entfernt ist, wissen wir das sofort, noch ehe das oder die Fluggeräte hier ankommen. Und wir können diese Frequenzen bis zu ihrer Quelle zurückverfolgen.«

Wenn die Polizei ein solches System einsetzt, dachte Énora, dann nimmt sie die Gefahr, die von Bazins taktischen Plänen ausgeht, sicher nicht auf die leichte Schulter. Die Möglichkeit eines Angriffs war also doch nicht so unwahrscheinlich, wie Capitaine Lobo es darstellte.

Wie ein Echo dieser Gedanken ertönte plötzlich Guilloux' knappe, angespannte Stimme im Cockpit. Der Kommissar befand sich im Peilwagen und war über Funk mit seiner Stellvertreterin verbunden.

»Guilloux an Lobo«, krächzte der Lautsprecher.

»*Roger!* Hier Lobo!«

»Verdammt, Emma, hör auf mit dem Scheiß, wir spielen hier nicht CSI! Wir haben ein Signal von einer herannahenden Drohne und verfolgen sie.«

»Was sollen wir tun?«

»Ihr bleibt, wo ihr seid. Je weniger von uns in der Gegend herumlaufen, desto weniger Misstrauen erregen wir.«

Eine Viertelstunde lang herrschte Funkstille. Angst und unbeantwortete Fragen breiteten sich aus. Dann wurde die Heckklappe des Vans mit einem Ruck aufgerissen. Eine sportliche Gestalt zeichnete sich im Gegenlicht ab.

»Diese Mistkerle haben uns nach Strich und Faden verarscht«, knirschte Guilloux wutentbrannt. Er zeigte ihnen einen seltsamen Gegenstand.

»Was ist das?«, wollte Énora wissen.

Sie hatte eine gewisse Vermutung, denn das Ding ähnelte den Trümmern der Drohne, die sie auf Cézembre aufgelesen hatten.

»So etwas habe ich noch nie gesehen«, gestand er. »Die Sprengkraft ist minimal. Aber sie haben ein VHF-Steuerungsmodul an die Fernbedienung der Drohne geklebt und das Ganze an dem hier befestigt.«

»*What the feck' does that mean?*«, fragte Maggie verärgert. Das Warten im Polizeifahrzeug stresste sie mehr als die mögliche Gefährdung ihres Eigentums.

Wenn sie das nächste Mal in ein solches Fahrzeug stiegen, würden sie vielleicht andere Armreifen als ihren eigenen Schmuck an den Handgelenken tragen ... Die Corrigans hatten keine andere Wahl gehabt, als die Bullen in ihr Geheimnis einzuweihen, aber Maggies natürlicher Widerspruchsgeist bedauerte das bereits.

»Es bedeutet, dass diese Fernbedienung vom Boden aus von einer anderen gesteuert wird. Diese hier gibt nur die Eingangsbefehle des Bedieners weiter.«

»Wie ein Proxy-Server?«, rief Énora.

»In gewisser Weise, ja. Mit mehr oder weniger den gleichen Auswirkungen wie bei Computernetzwerken: Unsere Peilung hat nur das Signal der Bordfernbedienung geortet ... Aber die erste, die das Ganze steuert, konnte er nicht aufspüren.«

»*Fuck* und *fuck* und *fuck!*«, fluchte Emma. Maggie lächelte anerkennend. »Wo habt ihr das verdammte Spielzeug gefunden?«

»Am Strand, in der Nähe der Bucht von Rochebonne. Ein paar Kids haben damit gespielt ...

Glücklicherweise war Ammoniumnitrat stabiler, als die großen Explosionen in Beirut hätten vermuten lassen. Ein einfacher Umgang damit, ohne direkte Zündquelle oder starke Erhitzung, führte selten zu einer Entzündung.

»Moment mal«, meinte Louise. »Wenn sie ihren Hightechapparat aufgegeben haben, ohne anzugreifen …«

»… heißt das, dass sie vermutlich geahnt haben, dass wir auf sie warten und ihrer Spur folgen würden, ja. Kurzum, wer auch immer sie sind, technisch haben sie eine Menge Ahnung.«

Maggie musste grinsen. Was für eine Heuchelei! Jeder hier wusste, wer gemeint war, doch das Geheimnis der polizeilichen Ermittlung verbot ihnen, die beiden Namen zu nennen.

Wo waren Erwan Bazin und Élier Chauvel? Würden sie erneut zur Tat schreiten?

Nachdem die Aktion erfolglos verlaufen war, entschied Guilloux, die Gefahrenstufe aufzuheben und den Anwohnern die Rückkehr in ihre Häuser zu erlauben. Wie von ihren Sünden freigesprochene Pilger kehrten auch die Bewohner des *Manoir* mit hängenden Schultern, aber erleichtertem Gesichtsausdruck nach und nach ins Gästehaus zurück.

Als Maggie einige Minuten später ihr Büro betrat, stand ein nicht besonders freundlich dreinblickender Mensch vor ihr.

Élier *feckin'* Chauvel!

»Sie sind Maggie Corrigan, nicht wahr? Sie und Ihre Freundinnen haben uns also an die Bullen verpfiffen!«

Das war zwar eine etwas verzerrte Darstellung der Realität, aber der junge Mann, der ihr gegenüberstand, schien felsenfest davon überzeugt. Seine Überzeugung beruhte zweifellos auf den Berichten von Yves-Malo Bazin, Théo Lemoine und der etwas naiven Hausmeisterin in der Rue du Ponant.

Erst auf den zweiten Blick entdeckte die Hausherrin den durchsichtigen Beutel mit weißem Pulver, den der Eindringling in den Händen hielt. An dem explosiven Beutel hing ein Kabel, das in einer Art Druckknopf endete, wie man ihn von Joysticks kennt, auf dem sein Daumen lag. Maggie selbst benutzte solche Geräte zwar nicht, aber sie hatte sie oft in den erfahrenen Händen von Énora und Malo gesehen.

»*Don't be ridiculous*«, trumpfte sie schließlich souverän auf. »Du bist viel zu jung, um so dämlich zu sterben, und ich bin zu alt, um zu versuchen, dich daran zu hindern.«

»Aus Liebe zu töten – aus Liebe zu meiner Stadt, aus Liebe zu ... meinem Mann, finden Sie das wirklich lächerlich?«

Der Blick aus seinen schönen braunen Augen in dem ausgemergelten Gesicht wirkte wie besessen. Maggie sehnte sich in das Alter zurück, in dem sie selbst solche Leidenschaften entwickelt hatte. Wie süß dieser Extremismus doch war! In gewisser Weise beneidete sie ihn.

»Ich hatte keine Chance, mir diese Frage zu stellen ... Meine eigene Liebe wurde mir vor über zwanzig Jahren genommen, da warst du noch nicht einmal geboren. Du siehst also ... Du solltest dich eigentlich glücklich schätzen, so etwas zu haben. Ihn zu haben.«

»Tut mir leid«, murmelte der junge Mann, gerührt von den Gefühlen der alten Dame. »Aber das hält mich nicht davon ab, Ihre Bruchbude in die Luft zu sprengen.«

Das Wort »Ziel« vorhin und jetzt auch noch »Bruchbude« waren für Maggie zu viele Abwertungen an einem einzigen Tag.

»Und dich ebenfalls, *little eejit*.«

»Na und? Was geht Sie das an?«

»Mich? Absolut nichts, *believe me*. Aber hast du mal an Théo gedacht? Hast du dir vorgestellt, was ohne dich hier aus ihm wird? Hast du dir überlegt, wie sein *Life* – ihr sagt doch auch immer *Life* – aussehen würde?«

Dieser Junge, der bereit war, alles für seine Gefühle zu opfern, schien nicht eine Sekunde darüber nachgedacht zu haben, welche Gefühle sein Verlust bei den Seinen hervorrufen würde. Eine typisch jugendliche Nabelschau.

Während sie mit ihm sprach, verringerte Maggie nach und nach den Abstand zwischen ihnen. Wie in einem Film, in dem der Held seinen Gegner unter Hypnose setzte, wirbelte sie ihren Gehstock vor seinen Augen und betete, dass sie damit die volle Aufmerksamkeit des großen Schlakses auf sich ziehen konnte.

»Na, sag schon, hast du auch ein bisschen an ihn gedacht oder *only you, you, you?*«

Das Manöver funktionierte. Éliers Daumen glitt unmerklich vom Zünder. Sein Blick wurde unstet, und seine hohe Gestalt schien leicht zu schwanken.

Als Maggie nur noch eine Armlänge von ihm entfernt war, tat sie so, als wollte sie den kleinen Anhänger in Scherenform an ihrem Hals richten, nestelte ihn jedoch mit zwei Fingern von der Kette. Dann machte sie einen Ausfallschritt wie eine Fechterin – dabei freute sie sich über ihre Geschmeidigkeit, die sie sich in unzähligen Umarmungen angeeignet hatte – und versenkte die Spitze ihrer Miniaturschere in den dünnen Oberschenkel des jungen Mannes. Seine Überraschung bot genau die richtige Ablenkung. Eine Sekunde zwischen Chaos und Rettung.

Und gerade Zeit genug für Arnaud Prigent, der hinter dem Rücken des angehenden Terroristen aufgetaucht war, um diesen mit einem dicken Wälzer niederzuschlagen. *The complete works of L. T. Meade* stand in goldenen Lettern auf dem Buchrücken.

»*Just about time*«, hauchte Maggie und strich sich eine Strähne aus dem Gesicht.

Und apropos Liebe: Maggie hatte schon immer gewusst, dass die irische Krimikönigin ihr eines Tages das Leben retten würde.

In diesem Moment begriff sie, dass es die Geschenke von Constant und Jacques waren, die kurz hintereinander zu diesem Wunder beigetragen hatten. Wie ein Handshaking über die Zeit hinweg und mitten durch ihr Herz.

War es richtig oder falsch gewesen, den Heiratsantrag des Sieur Gaillard aufzuschieben?

»Ist alles okay bei dir, Maggie?«, stammelte der Säufer.

»Es geht mir sehr gut. Wolltest du etwas Bestimmtes?«

Sie richtete ihre Kleidung, als wäre sie aus einem bösen Traum erwacht, und zwang sich zu einem Lächeln, das sowohl ihr selbst als auch ihrem besten Kunden galt.

»Na ja, Jojo und ich sind unten, haben aber niemanden in der Kneipe gesehen. Da haben wir uns gefragt ...«

»*Well*, es ist erst acht Uhr, *you know*.«

»Ja eben! Normalerweise öffnet die Bar um sechs, oder?«

»Morgens, *my dear*. Es ist acht Uhr morgens.«

36

Saint-Malo, Kommissariat und Courtoisville,
Haus der Familie Chauvel

»Wir sind so weit, wenn du also bereit bist ...«

Emma Lobo zögerte kurz, wie sie ihren Vorgesetzten ansprechen sollte: Chef? Kumpel? Oder noch vertraulicher? Hoffentlich war ihre Verwirrung nicht sichtbar.

Die von ihnen gewählte Vorgehensweise war jedoch außergewöhnlich genug, um für Ablenkung zu sorgen. Soweit Emma wusste, hatte es noch nie zuvor eine Hausdurchsuchung parallel zu einem Verhör mit Videoübertragung gegeben. Sie war für die Durchsuchung vor Ort zuständig, er für die Anhörungen im Kommissariat.

Auf der Polizeiwache hatte Christophe Guilloux die beiden Beschuldigten in nebeneinanderliegenden Verhörräumen untergebracht. Erwan Bazin saß in Raum 1 und Élier Chauvel in Raum 2. Mit dem Tablet, auf dessen Bildschirm er die Durchsuchung live verfolgen konnte, würde er von einem Raum zum anderen wechseln, je nachdem, was seine Kollegin herausfand oder was die Angeklagten enthüllten.

Der Archivar hatte sich, nicht sonderlich schlau, bei einem Nachbarn in dessen Haus in der Rue du Ponant versteckt und war leicht zu finden gewesen, nachdem sie den jungen Chauvel bei den Corrigans aufgegriffen hatten. Seitdem gab er sich jedoch schweigsamer denn je. Der Kommissar konnte ihm gerade mal ein Ja oder Nein als Antwort auf seine Fragen entlocken:

»Sie und Élier haben sich doch bei der AHSM kennengelernt, oder?«

»Ja.«

»Er ist vor etwa sechs Monaten beigetreten?«

»Ja.«

»Hatten Sie ihn davor schon einmal getroffen?«

»Nein.«

La Découverte war nicht gerade die Art von Viertel, wo Leute wie die Chauvels sich aufhielten.

»War Ihnen seine sexuelle Orientierung bekannt?«

»Ja.«

»Darf ich annehmen, dass er Ihnen von seiner Beziehung zu Théo, dem Sohn von Lemoine, erzählt hat?«

»Ja.«

»Würden Sie von sich sagen, dass Sie Gefühle für Élier hegen?«

»Nein.«

»Okay. Wenn ich Sie richtig verstehe, war es also nicht Liebe, sondern Ihr gemeinsamer Hass auf Francis Lemoine, der Sie einander nähergebracht hat?«

»Ja.«

»Für Élier war Lemoine derjenige, der seinen Liebsten ins Exil geschickt hat, und für Sie derjenige, der Ihnen Ihre große Liebe Françoise Arhouet ausgespannt hat, richtig?«

»Ja«, erwiderte Bazin nach einem schier endlosen Schweigen. »Aber nicht nur.«

Endlich mal mehr als nur eine Silbe!

»Sie meinen, es war nicht Ihr einziges Motiv, um den Bürgermeister von Saint-Malo anzugreifen?«

»So ist es.«

»Ich höre.«

Das aufgedunsene, unrasierte Gesicht veränderte sich plötzlich. Bazin stieß einen langen Seufzer aus, aus dem sowohl seine Erschöpfung als auch die Erleichterung über das Geständnis herauszuhören waren. Sein leicht glasiger Blick verlor sich an der leeren Wand, ehe er loslegte:

»Lemoine verkörpert alles, was ich immer gehasst habe.«

»Sie meinen, politisch?«

»Ja, aber auch menschlich. Seine Gier, der Opportunismus, der Klientelismus ... Um ehrlich zu sein: Françoise hat mich nicht seinetwegen verlassen. Aber als ich von den beiden erfuhr, hat mich das krank gemacht. Echt krank.«

Verfolgte er seinen kriminellen Plan seit zwanzig Jahren? Ging es hier um einen derart alten Groll?

»Warum haben Sie denn nicht schon damals etwas gegen ihn unternommen?«

»Weil er seine Spielchen damals noch versteckt spielte. Er tat so, als würde er Françoises und meine Ziele unterstützen. Er war noch nicht zu dieser Verkörperung der verräterischen Republik geworden, die er heute ist. Zu dieser Karikatur eines intriganten, karrieregeilen Politikers.«

Die markante Wortwahl verhehlte seinen Hass nicht, sondern unterstrich ihn mit ätzender Verbalsäure.

»Und was hat Sie schließlich bewogen, zur Tat zu schreiten?«

»Das Projekt von Chauvel.«

»L'Eaudyssée?! Aber Sie wussten doch vermutlich, dass Lemoine es abgelehnt hat?«

»Nein. Die Beratung im Gemeinderat war geheim, ich habe

erst später erfahren, dass er dagegengestimmt hat. Und wenn schon ... Wie ich ihn kenne, hat er das vermutlich nur getan, um Françoise zu halten, nicht aus Überzeugung. Einer wie Lemoine wird immer seine eigenen Interessen über die der Stadt stellen. Und wäre es nicht der Öko-Park von Chauvel gewesen, den er ja zunächst unterstützt hat, dann wäre es etwas anderes. Ein Typ wie er findet immer eine neue Masche. Immer irgendein Mittel, das eher seinem Ehrgeiz schmeichelt als seinem Land dient.«

Mit »Land« meinte Bazin ganz offensichtlich Saint-Malo und nicht Frankreich.

»Wie zum Beispiel James Hillbies Inszenierung?«

»Zum Beispiel.«

»Aber Hillbies Marotte hat Ihnen ganz gut geholfen, die Aufmerksamkeit abzulenken, oder irre ich mich?«

»Das stimmt. Ohne ihn, ohne seine Idee mit der dusseligen Show, wären wir nie auf die Idee gekommen, unsere Operation als Nachstellung der ›Höllenmaschine‹ zu tarnen.«

»Und Sie hätten auch nicht gewartet, bis er hier in Saint-Malo vor Ort war, um zu versuchen, ihm die Schuld in die Schuhe zu schieben«, vermutete Guilloux.

»Das stimmt. Sein Besuch kam genau zum richtigen Zeitpunkt.«

»Wann hat er ihn angekündigt? Kurz bevor Sie das Nitrat gestohlen haben?«

»Ja, das war der Zeitpunkt, an dem unser Plan Gestalt anzunehmen begann.«

Ein Knistern auf dem monochromen Monitor lenkte die Aufmerksamkeit des Kommissars wieder auf Emma:

»Apropos Nitrat, das hier ist besser als das Maison de la Chimie«, sagte sie.

Um ihre Bemerkung zu veranschaulichen, richtete sie die

Kamera auf den Keller, in dem sie sich befand. Zwischen Kartons und ausrangierten Möbeln war ein improvisiertes Labor zu erkennen, in dem sich Kanister, Töpfe und Fläschchen aller Art stapelten.

»Das war die Küchenseite«, fuhr Emma fort. »Und das hier ist die Werkstattseite.«

Sie schwenkte die Webcam auf die gegenüberliegende Seite, die mit Material und Werkzeug vollgestopft war: mehr oder weniger zerlegte Drohnen, Fernbedienungen, Gehäuse mit unklarem Verwendungszweck und vieles mehr.

»Wussten Sie zum Zeitpunkt von Éliers Beitritt von seinen Fähigkeiten in Bezug auf Elektronik und Modellflug?«, fragte Guilloux den Archivar.

»Er hat mir nicht sofort davon erzählt. Aber als ich es bemerkte, erkannte ich schnell den Nutzen, den er und ich daraus ziehen konnten. Auf diesem Gebiet ist der Junge ein kleines Genie.«

»Er und ich« – Begriffe, die auf die Anfänge ihres gemeinsamen Plans anspielten.

Bazin berichtete in groben Zügen, wie der junge Mann, überwältigt von den historischen Kenntnissen seines Mentors, nach und nach unter dessen Einfluss geriet und eigene ideologische Spintisierereien entwickelte: das wieder unabhängige Saint-Malo.

Als der Archivar seinen Bericht beendet hatte, verließ Guilloux Raum 1 und ging in Raum 2, wo ein überrumpelter Élier Chauvel wartete. Der junge Mann schien immer noch überrascht zu sein, dass er sich von einer alten Dame mit einem Stock und einem Kettenanhänger hatte täuschen lassen. Offenbar war er in Sachen Stolz auf einem Höhenflug, nun aber mit ordentlichem Getöse abgestürzt.

»Ich nehme an, deine Eltern wussten nicht, was du mit dem ganzen hübschen Spielzeug vorhattest?«, griff ihn der Kommissar aus heiterem Himmel an.

»Mein Vater geht nie in den Keller.«

»Deine Mutter auch nicht?«

»Sie ist nicht meine Mutter, sondern meine Stiefmutter, Sènnt. Meine Eltern sind seit zwölf Jahren geschieden. Sie ... ich glaube, sie hat ein bisschen was geahnt ... Aber da es ihr Lebensziel ist, meinen Alten nicht zu verstimmen, hat sie es für sich behalten.«

Reizende Vorstellung von einem Eheleben, dachte der Polizist.

»Angesichts dessen, was ich hier sehe«, fuhr er fort und hielt Élier den tragbaren Bildschirm vor die Nase, »hattest du ausreichend Material für weitere andere ›Höllenmaschinen‹, oder?«

»Für sieben oder acht insgesamt. Und für ungefähr ein Dutzend Drohnen, wie die, die ich in Rochebonne abgelegt habe.«

Er verkündete es wie eine Leistung und schien ziemlich stolz auf sich zu sein.

»Okay. Erzähl mir mal, wie du das Attentat auf Francis Lemoine vorbereitet hast. Du hast das Ammoniumnitrat, das du bei Edeis gestohlen hast ... Wir sind uns doch einig, dass du das warst, dort am Hafen, oder?«

»Ja. Erwan hat mir den Code für den Zugang gegeben, das war super easy.«

»Gut. Du und Bazin, ihr wusstet also, an welchem Wochenende ihr zuschlagen musstet, nämlich an dem, als Hillbie zunächst bei der AHSM und dann im Rathaus vorstellig werden wollte. Und dann?«

»Erwan hatte die beiden Zodiaks bereits in zwei verschiedenen Sportgeschäften in Rennes gekauft. Das war diskreter als bei Decathlon in Saint-Jouan.«

»Verstehe. Was ist mit dem Hobie Cat 14? Von dem aus hast du ja dein Gerät zum Angriff gesteuert.«

Genau in der Mitte des vom Labor berechneten VHF-Frequenzbereichs.

»Ja. Théo hätte uns beinah einen dicken Strich durch die Rechnung gemacht, indem er zurückkam, ohne mich vorzuwarnen. Das war ja süß und hat mich auch gefreut ... Aber er hätte mich fast erwischt, als ich den Hobie aus Yvons Club geklaut habe.«

»Wann war das?«

»In der Nacht von Freitag auf Samstag.«

»Hattest du keine Angst, dass er erraten könnte, wer dein Ziel war?«

»Doch, durchaus«, gab Élier zu und verzog das Gesicht.

Théo Lemoine war zwar wütend auf seinen Bürgermeister-Vater, aber nicht so stark, dass er eine gewalttätige Aktion gegen ihn befürwortet hätte, auch wenn der Mann der Grund seiner Qualen war.

»Du segelst also gemütlich am Samstag auf deinem am frühen Morgen gestohlenen Kat, und was machst du dann?«

»Ich hatte das vorbereitete Zodiak bereits an einem Strand auf Cézembre abgestellt.«

»›Vorbereitet‹?«

»Beladen mit dem Nitrat und dem Steuermodul für das Ruder.«

Der URALCHEM-Sack war also von Cézembre bis zur Plage de l'Eventail getrieben, wo Prigent ihn angeblich an sich genommen hatte.

Erstaunlich, aber ... wer weiß?

»Okay. Du holst also deine schwimmende Bombe ab und und

wartest ruhig, bis du Lemoines Hobie 15 auf dem Wasser entdeckst?«

»Genau. Das Ganze war nicht sehr kompliziert. Lemoine segelt ... na ja, er segelte jede Woche die gleiche Strecke. Théo hatte es mir genau beschrieben: Ablegen von Bon-Secours, Umrundung von Grand Bé aus Richtung Osten, dann eine Schleife um Cézembre von Westen her, und zurück.«

»Wenn ich dich richtig verstanden habe, lief alles nach Plan?«

»Nicht ganz, nein ...«

»Warum?«

»Weil ich nicht damit gerechnet habe, dass mein blöder Vater mit seinem Boot ebenfalls dort sein würde! Der Depp hat sogar versucht, Lemoine mit seinem Nebelhorn zu warnen, er hätte beinahe alles verdorben!«

»Hast du deshalb versucht, ihm die Schuld in die Schuhe zu schieben? Hast du deshalb dein VHF-Steuergerät und deine Drohne nachträglich auf der *Sisyphos* platziert?«

Guilloux bluffte. Würde sein Mut belohnt werden? Die Antwort kam sofort:

»Irgendwie schon. Auch, damit er endlich aufhört, uns mit seiner beschissenen Eaudyssée zu nerven. Diese kapitalistische Schweinerei!«

»Du weißt aber schon, dass dein Vater ohne dieses Projekt riskiert, pleitezugehen?«

»Ja und? Was geht mich das an?«

Der Kommissar verzichtete auf eine Moralpredigt nach dem Motto: »Was glaubst du wohl, wo das Geld für deine Spielsachen herkommt?«

Erneut mischte sich Emma Lobos Stimme in ihr Gespräch.

»Chef?«

»Ja?«

»Wir haben in seinem Durcheinander einen Laptop gefunden. Könntest du deinen ›Besucher‹ bitte nach dem Passwort fragen?«

Élier Chauvel ließ sich nicht lange bitten, da er wusste, dass es der Polizei ohnehin irgendwann gelingen würde, den Zugang zu seinem Computer zu knacken – egal, ob er kooperierte oder nicht. Und in der Tat war das Sesam-öffne-dich recht einfach zu erraten: N.A.P.A.L.M.

»Tutorials über die Verwendung von Ammoniumnitrat und die Herstellung von selbst gebautem Sprengstoff, Handbücher über den Umgang mit VHF ... Das erwartete Paket«, stellte Emma müde fest.

»Ach, noch etwas«, hakte Guilloux ein, »wer hat die Bekennerschreiben geschickt? Du oder dein Kumpel Bazin?«

»Entworfen hat er sie, die Übersetzung ins Gallo und das Abschicken habe ich übernommen.«

Als spektakuläre Lieferung per Drohne vor die Polizeiwache.

»Und was bedeutet N.A.P.A.L.M.?«

»*Noyau autonome du parti anarchiste libéral malouin.*« (Autonomer Kern der liberal-anarchistischen Partei von Saint-Malo).

Liberal-anarchistisch? Was für ein ideologisches Kuddelmuddel! Das ergibt doch keinen Sinn!, wollte der Kommissar rufen, hielt sich aber zurück.

Dumm. Unreif. Unzurechnungsfähig. Das waren die drei Eigenschaften, die ihm zu seinem jugendlichen Gegenüber einfielen. Geld und gute Erziehung schützten also nicht grundsätzlich vor Beschränktheit.

»War das auch deine Idee?«

»Klar. Napalm ist doch geil! Ich fand es total cool.«

Coolness, die beinah jemanden das Leben gekostet hätte. Dummheit war tatsächlich manchmal eine tödliche Waffe.

Als Guilloux den Verhörraum verließ, traf er auf den unbezahl-
baren Jojo Prigent. Was macht der denn noch hier?, überlegte
er, ohne sich jedoch die Zeit zu nehmen, dem Mann selbst die
Frage zu stellen.

Zweifellos war sein Maß für Dummheit für diesen Tag erschöpft.

37

Manoir des Corrigan, *am folgenden Abend*

In der Luft hing der säuerliche Geruch von Bier und Apfelwein, vermischt mit dem von Möbelpolitur. Glücklicherweise landeten die Getränke trotz der fortgeschrittenen Trunkenheit der Gäste eher in ihren Kehlen als auf den von Sophie frisch polierten Tischen.

Jojo Prigent lehnte an seinem üblichen Platz an der Theke und erfreute seine Zuhörer – einschließlich »Constant« – mit den neuesten Enthüllungen zum Fall Lemoine. Zu den Stammgästen gesellten sich einige Neugierige, die gehört hatten, dass im Gemeinschaftsraum des *Manoir des Corrigan* abends die tollsten Geschichten erzählt wurden. Louise und Maggie erkannten einige der Fischer wieder, die sie am Morgen der ersten Explosion auf der Mole befragt hatten. Énora saß im hinteren Teil des Raumes und spielte unfreiwillig die Kupplerin zwischen Soizic und Clara, die ihr Interesse an der jeweils anderen nicht verbergen konnten. Alles im allem: Was nützen Ex-Freundinnen, wenn man sie nicht recyceln kann?

Wenn man dem Polizisten mit dem Trollgesicht Glauben

schenkte, war die doppelte Verhaftung fast allein sein Verdienst. Sein Greisenkopf zeigte ein beinahe kindliches Lächeln, das ausnahmsweise einmal zu seinem mickrigen Körper passte. Sein Cousin Arnaud war zwar maßgeblich an der Ergreifung von Élier Chauvel beteiligt gewesen, gab sich aber deutlich zurückhaltender.

»Wie sieht es nun eigentlich aus?«, dröhnte der bereits recht angetrunkene Arnaud, »wird gegen das Bürschlein Chauvel und Freund Bazin ... wird gegen die beiden ermittelt oder nicht?«

»Klar! Um diese Zeit müssten sie längst in Vezin in U-Haft sitzen.«

Vezin-le-Coquet, das Gefängnis von Rennes.

»Das ist für den Jungen mal was ganz anderes als Courtoisville.«

»Keine Sorge, ich gehe jede Wette ein, dass der junge Lemoine ihm *Kouign-amann* mitbringt! Butter wird im Gefängnis doch immer gebraucht, oder?«

Alle anwesenden Männer lachten, und es wurden noch einige ähnliche Witze gerissen, ehe die Diskussion wieder zu ernsteren Themen zurückkehrte. Zunächst ging es um den wie durch ein Wunder geretteten Francis Lemoine. Er war an diesem Tag aus dem Krankenhaus entlassen worden und hatte sofort wieder seinen Platz im Rathaus eingenommen, um deutlich zu machen, wie sehr er sich für die Belange der Stadt einsetzte. Wenig überraschend war seine erste Amtshandlung als wiedereingesetzter Bürgermeister die Ankündigung einer großen Werbekampagne, um die negativen Auswirkungen der jüngsten Ereignisse auf die Touristenzahlen auszubügeln. Fabienne Leroy rieb sich die Hände, während Marc Coullon die Meinung vertrat, dass dies angesichts des erlittenen Schadens für die Route du Rhum wohl das Mindeste wäre.

»Und was wird jetzt aus der Lebreton?«, überlegte Arnaud.

»Ich glaube, sie hat ihr Amt niedergelegt«, mischte sich der Fischer mit der roten Mütze ein, der zweifellos besser über die Wechsel in der Lokalpolitik informiert war als der Zugereiste aus Brest. »Ich halte es jedenfalls für unwahrscheinlich, dass sie bei den Kommunalwahlen antritt. Lemoine hat bereits angekündigt, dass er seine Kandidatur für das nächste Frühjahr aufrechterhält.«

»Diese Klette!«

»Stimmt. Aber einer wird nicht so ungeschoren davonkommen.«

»Chauvel?«

»Genau. Wenn du mich fragst, sitzen dem die Gerichtsvollzieher längst im Nacken. Ich habe gehört, dass sie schon die *Sisyphos* auf dem Kieker haben.«

Noch einer, der trotz aller Prahlerei wahrscheinlich darauf verzichten würde, sich um die dreifarbige Schärpe zu bewerben.

»Apropos Boot, das habe ich euch noch gar nicht erzählt«, meldete sich Jojo, bemüht, weiter die Oberhand in diesem Gespräch zu behalten. »Der Hobie 14 des Segelclubs wurde wiedergefunden. Genau an der Stelle, die der kleine Chauvel genannt hat.«

»Und wo war das?«

»Die Insel Marburg, sagt euch das was? Gleich dahinter, vertäut an einem großen Felsen.«

Donnerndes Gelächter brach los.

»Die Insel heißt Harbour, du Depp, nicht ›Marburg‹!«

Louise, die auf der anderen Seite des Tresens Gläser spülte und so tat, als würde sie nicht zuhören, wunderte sich, dass die Breizh Brigade das Boot bei ihrem Besuch auf der Insel übersehen hatte. Es sei denn, Élier Chauvel hatte den Kat nach dem Anschlag mehrmals verlegt. Bei diesem komischen Kerl war schließlich alles vorstellbar.

Maggie war leicht verstimmt und der Meinung, genug gehört zu haben, und so stützte sie sich kurz auf ihren Gehstock, richtete sich sofort wieder auf und verließ den Raum, ohne die Anwesenden eines Blickes zu würdigen. Ohnehin würde der mit der Webcam verbundene Computer in ihrem Büro die bierselige Diskussion festhalten. In den nächsten Tagen würde das Trio genügend Zeit haben, den Inhalt zu entschlüsseln und so die letzten Lücken im komplexen Geflecht der Geschichte zu schließen.

Auf dem Weg zum Rosengarten, wo sich unter einem fast vollen Mond Glühwürmchen tummelten, dachte sie an ihren Besuch bei Françoise Lemoine zurück. Obwohl Françoise gut zehn Jahre jünger war als sie, erkannte Maggie zwischen ihnen beiden eine Art Schicksalsgemeinschaft. Für Frauen in ihrem Alter war es nicht leicht, frei und unabhängig zu bleiben. Und obwohl sie die Entschlossenheit der zukünftigen Exfrau des Bürgermeisters bewunderte, musste sie zugeben, dass sie selbst sich recht einsam fühlte, seit sie Jacques abgewiesen hatte und James in sein perfides Albion zurückgekehrt war. Wer sonst in der Nachbarschaft würde die abscheuliche Dodik vor Empörung zum Schnaufen bringen, wenn keine Frau mehr da war, die so laut kommen konnte wie sie?

Feckin' Christ, dachte sie mit einem schuldbewussten Seufzer, der Engländer hat sich gar nicht schlecht geschlagen.

Nach einigen Schritten durch die duftenden Wege – manche Rosen verströmen ihren betörendsten Duft erst nachts – blieb sie vor der Rosa Baltimora stehen, die ihr offizieller Liebhaber ihr zum Geburtstag geschenkt hatte. Fast schon symbolisch welkte das von einem heißen Sommer gebeutelte Stämmchen kümmerlich vor sich hin. Genau wie meine Liebe zu Jacques, dachte sie. Bei der Pflege des Strauchs hatte sie wohl versagt.

Hätte er doch nur akzeptiert, mit ihr zu einem dieser Zusammen-leben-getrennt-wohnen-Paare zu werden, wie es heutzutage so viele junge Leute machten. Dann wäre alles viel einfacher gewesen. Aber Jacques, ganz alte Schule, wollte sein Ehegefängnis nur zugunsten eines anderen, zärtlichen Käfigs verlassen, in den er sie und sich einsperren würde. Was für ein Wahnsinn!

Sie dachte noch darüber nach, als sie in der lockeren Erde rund um die Baltimora ein Stück Papier entdeckte. Hastig hob sie es auf und faltete es auseinander. Zum Glück hatte es seit Tagen nicht mehr geregnet, und der Morgentau hatte die Tinte auf dem Blatt kaum verlaufen lassen.

Die Unterschrift erkannte sie auf den ersten Blick: J.H.

»Liebe Maggie«, stand da auf Englisch,

»ich hoffe, Du bist mir nicht allzu böse wegen meiner überstürzten Abreise. Aber vielleicht ist es auch besser so. Unsere Küsse werden für immer die Süße dieses Spätsommers bewahren, und ich werde die einzigartige Erinnerung daran in Ehren halten. Und wer weiß, vielleicht wird die Vorsehung uns wieder zusammenführen. Wie Horatio Nelson einst sagte: ›Etwas muss dem Zufall überlassen werden.‹

Mit zärtlichen Grüßen
Dein J. H.«

»Nelson!«, stieß sie, gerührt und wütend zugleich, hervor. »*What a bollix!* Ist ihm nichts Romantischeres eingefallen, um

310

mich abzuservieren, als ausgerechnet Admiral Nelson? Warum nicht gleich Hitler oder Cromwell?«

Scheiß-Historiker.

»Aber Sie müssen wissen, dass Nelson ein großartiger Liebhaber war«, meldete sich eine elektronische Stimme aus der Dunkelheit. »Er hat einen großen Teil seines Lebens und seiner Ambitionen für Lady Hamilton geopfert.«

Wie schon bei ihrer ersten Begegnung vor vier Monaten wäre Maggie beinah in Ohnmacht gefallen. Der vermummte Unbekannte stand nur wenige Schritte von ihr entfernt, und vor seinem Mund klebte ein kleines Gehäuse, das seine Stimme verzerrte. Sein dunkles Outfit ließ auf einen eher kleinen und untersetzten Körperbau schließen.

»Ich bin hier, um Ihnen zu helfen«, hatte er damals behauptet. Ihr helfen? Während der neuen Ermittlungen hatte er durch Abwesenheit geglänzt.

»Ich dachte, ich könnte mich auf Sie verlassen, was Informationen aus erster Hand betrifft«, warf sie ihm vor, als sie sich wieder einigermaßen gefangen hatte.

»Soweit ich weiß, habt ihr drei es ganz gut ohne mich geschafft.«

»Ihr drei«, hatte er gesagt! Wusste er alles in Bezug auf die Breizh Brigade? Würde er sie am Ende an Guilloux und seine Leute verraten? Oder sie erpressen?

Was zum Teufel wollte er?

»*You're kidding or what?* Die Hütte wäre fast in die Luft geflogen und wir mit ihr!«

»Aber nur *fast*. Und ich sage es noch einmal: Ich bin nicht hier, um Ihnen die Arbeit abzunehmen, Maggie. Ich bin hier, um Sie anzuspornen. Entwickeln Sie Ihre eigenen Techniken, Ihre eigenen Ressourcen.«

Wäre die Minischere an ihrer Halskette nicht so klein,

hätte sie sie ihm ins Gesicht geworfen. Für wen hielt sich dieser Clown? Wer war er, dass er sie wie ein Kind belehrte?

Wäre ihr Constant noch da, hätte er diesen Kerl sie niemals derart erniedrigen lassen. Vielleicht lag darin der Unterschied zwischen ihm und den James' oder den Jacques', die ihre Gegenwart bevölkerten. In dieser selbstverständlichen Ritterlichkeit. In diesem uneingeschränkten Glauben, den ihr »CO$_2$« ihr einflößte und der ihr so schmerzlich fehlte. Glauben statt sehen.

EPILOG

»Geht ruhig, ich packe das schon allein«, hatte Sophie ihnen so zuverlässig und tatkräftig wie immer vorgeschlagen. Dazu musste gesagt werden, dass ihre Bleibe, eine Wohnung in der Siedlung Saint-Étienne, die Alain gehörte und die er an sie vermietet hatte, nur zwei Gehminuten vom *Manoir* entfernt lag.

Maggie war bereits verschwunden, und Louise und Énora ließen sich nicht lange bitten. Letztendlich saßen nur noch die beiden Prigent-Cousins unverrückbar an der Bar angedockt und befanden sich in einem Zustand, der fast so flüssig war wie das, was sie Glas für Glas zu sich nahmen.

»Gehst du ins Bett?«, fragte die Tochter.

»Ja, ich fühle mich wie gerädert«, bestätigte Louise. »Du nicht?«

»Doch, aber ich bin noch nicht müde.«

»Es war ja auch eine ganz schön anstrengende Woche, die wir da hinter uns gebracht haben. Gut, dass wir zu dritt waren, um das alles zu entwirren.«

»Oh ja, eine ganz schön anstrengende Woche …«, wich Nono aus.

Die Sommersprossen der jungen Frau schienen für einen Moment in der Dunkelheit zu leuchten. Sie hielt den Atem an und zögerte kurz.

»Mama?«

»Ja?«

Doch Nono machte sofort wieder einen Rückzieher. Es gab sicher einen besseren Zeitpunkt, um über ihre Abreise zu sprechen. Irland würde noch ein paar Tage auf sie warten können.

»Ach nichts. Gute Nacht.«

»Gute Nacht, mein Schatz.«

Sie ignorierte Fannys wiederholte Anrufe und stieg in das Obergeschoss des *Manoir* hinauf, wo sie direkt auf das Büro ihrer Großmutter zusteuerte. Der Bildschirm des Laptops leuchtete gespenstisch im Dunkeln.

Da Morpheus sich ihr ohnehin noch entzog, konnte sie sich durchaus noch ein wenig an dem Spektakel erfreuen.

»Wusstest du, dass Renée Magon gestorben ist?«, hörte sie Jojo durch das elektronische Auge im Kopf der Schaufensterpuppe murmeln.

»Hä? Wer ist gestorben?«

»Na, die verrückte Alte, weißt du? Ihre Tochter Alice ist sogar bei uns vorbeigekommen, um zu erklären, dass ihre Mutter nur Unsinn erzählt.«

»Ach, die Verrückte ... Okay.«

Énora spitzte die Ohren. Bestimmt handelte es sich nur um einen gewöhnlichen Zufall. Doch je länger sie den beiden Betrunkenen zuhörte, desto mehr schien das beschriebene Profil auf die seltsame alte Dame zu passen, die Maggie in der Kathedrale angesprochen hatte.

»Aber in Wirklichkeit hat sie nicht nur Unsinn gesabbelt.

Sie sprach doch von diesem Jungen, der Vögel kontrollieren kann ... Na ja, sie meinte wohl den jungen Chauvel und seine Drohnen. Da musste man nur erst mal drauf kommen!«

»Stimmt, gar nicht so dumm.«

»Aber sie hat auch gesagt, dass sie nachts Geister auf der Stadtmauer herumlaufen sieht«, fügte Jojo wieder skeptischer hinzu. »Also wer weiß ...«

»Der Vogeljunge war es, das können Sie mir glauben!« Nono erinnerte sich an die Worte der Verstorbenen, die sie nach der Pressekonferenz zu Kommissar Guilloux gesagt hatte, und die sie selbst und ihre beiden Mitstreiterinnen nur mit einem Ohr zur Kenntnis genommen hatten, weil sie der Frau nur wenig Aufmerksamkeit geschenkt hatten.

Wenn aber Renée Magon die Wahrheit über das Attentat auf Lemoine gesagt hatte, warum sollten dann nicht auch ihre Informationen über das Verschwinden von Constant glaubwürdig sein?

»Er ist in Richtung Cézembre gefahren, im letzten Moment abgebogen, hat die Insel umrundet und ist dann weiter auf das offene Meer hinausgesegelt.«

Nono wurde noch blasser, als es ihr Teint einer Rothaarigen ohnehin schon war.

War alles, was Maggie seit zwanzig Jahren über den Tod ihres Mannes zu wissen glaubte, falsch? Gab es eine andere, eine glaubwürdige Version?

Ihr Dilemma beschäftigte sie jedoch kaum länger als zwei Sekunden.

Würde sie ihrer Großmutter von diesen Aussagen berichten, würde das auch beinhalten, Maggies Chancen auf eine innere Genesung zu schmälern. Es würde außerdem bedeuten, die Aussichten von Jacques oder eines anderen Mannes schon im Keim zu ersticken, noch bevor er seine Rolle erfüllen könnte.

Im Gegenzug würde ihr Schweigen bedeuten, ihrer Großmutter ein einigermaßen normales Leben zu ermöglichen. Vielleicht nicht unbedingt ideal – welches Leben war das schon –, aber einigermaßen normal. Am Ende, beschloss sie, haben die Toten zu schweigen, damit die Lebenden atmen können.

DANKSAGUNG

Zum Abschluss dieses zweiten Bandes der Breizh Brigade denke ich voller Dankbarkeit an Sarah Rigaud und das gesamte Team von Les Escales sowie an Gregory Messina, ohne den ... (Er weiß, wie es weitergeht.)

Ich denke aber auch an Saint-Malo, die Stadt, in der meine Familie verwurzelt ist. Besonders der Strand von Bon-Secours, mit dem ich unzählige Kindheitserinnerungen verbinde, liegt mir am Herzen.

Saint-Malo ruft das Andenken an viele liebe Menschen wach, von denen einige noch auf dieser Welt leben, andere aber leider schon gegangen sind. Cécette, Renée, Constant, Marie-Thérèse und all die anderen. Ich vergesse euch nicht. Ihr begegnet mir oft in meinen Träumen.

Mein Dank geht an alle, die in Saint-Malo geboren sind – die waschechten Malouins –, aber auch an diejenigen, die von dieser Stadt adoptiert wurden.

Schließlich möchte ich ganz besonders an Yves-Malo erinnern, den stolzen Nachfahren eines Korsaren-Kapitäns, und an Jacques Cartier, das sicherste Bindeglied zwischen dieser unvergleichlichen Stadt und mir.

Rätselhafte Morde an der französischen Atlantikküste

Jean-Claude Vinet
GEHEIMNISVOLLES
LA ROCHELLE
Commissaire Chevalier
ermittelt an der
Atlantikküste
Frankreichkrimiserie vor
atmosphärisch
ausgeleuchteter
Urlaubskulisse

384 Seiten
ISBN 978-3-7577-0075-1

Ein goldener September in La Rochelle. Commissaire Chevalier genießt die ersten Austern und die Zeit der Weinlese, als ein Anruf dem spätsommerlichen Idyll ein jähes Ende setzt: Solène Flamant, Erbin einer reichen Cognac-Dynastie, wurde auf einer Luxusjacht erschossen aufgefunden. Wenig später wird der Geschäftsführer eines konkurrierenden Weingutes getötet. Während Chevalier immer tiefer in die dunklen Geheimnisse der einflussreichen Familien eintaucht, stößt er auf ein undurchdringliches Netz aus Lügen und Intrigen – und trifft auf eine alte Bekannte, die ihn schon bald in eine höchst riskante Lage bringt ... Altehrwürdige Familien, edler Cognac und tödliche Intrigen – Commissaire Chevalier ermittelt in seinem dritten Fall.

Lübbe